Ojalá nunca lo leas

ANN LIANG

Ojalá nunca lo leas

CROSS BOOKS

Ilustración de portada: © 2024 por Robin Har
Diseño de portada: Maeve Norton
Adaptación de portada: Planeta Arte & Diseño
Fotografía de la autora: Alyssa Liang
Ilustraciones de interiores: Freepik
Traducido por: Luis Eduardo Bermudez Ham

Bajo el sello editorial CROSSBOOKS M.R.
Avenida Presidente Masarik núm. 111,
Piso 2, Polanco V Sección, Miguel Hidalgo
C.P. 11560, Ciudad de México
www.planetadelibros.com.mx

Primera edición en formato epub: junio de 2024
ISBN: 978-607-39-1502-1

Primera edición impresa en México: junio de 2024
Primera reimpresión en México: marzo de 2025
ISBN: 978-607-39-1394-2

Impreso en los talleres de Operadora Quitresa, S.A. de C.V.
Calle Goma No. 167, Colonia Granjas México, C.P. 08400, Iztacalco, Ciudad de México.
Impreso y hecho en México - *Printed and made in Mexico*

Para mi familia

Capítulo I

Me siento honrada de esperar en la entrada de la escuela a pesar del frío invernal.

Es lo que me he estado repitiendo la última hora, temblando bajo mi *blazer* planchado, observando con un poco de preocupación cómo se me ponen moradas las uñas. Es un honor inmenso. Un privilegio. Un *placer*. Es exactamente lo que me imaginé cuando la señorita Hedge, la coordinadora de la generación, me llamó ayer a su oficina a la mitad de Matemáticas Avanzadas y me pidió que diera a un grupo de madres de familia una visita guiada por la escuela.

—Sé que eres la persona indicada para hacerlo —me dijo con una sonrisa enorme, reposando sus manos huesudas sobre la mesa—. Como capitán escolar, puedes contarles lo mucho que a la Academia Woodvale le importan sus estudiantes, y cómo los estamos preparando para alcanzar el éxito. Claro que también puedes mencionarles todas tus actividades extracurriculares y todos tus logros, como tu primer lugar en las finales regionales de atletismo hace poco. Les encantará eso.

Yo sonreí y asentí fingiendo tanto entusiasmo que acabé con el cuello contracturado.

Mi nuca sigue adolorida, y yo ajusto las insignias de mi bolsillo delantero y doy de pisotones para evitar que se me congelen los pies. Mi mejor amiga, Abigail Ong, siempre se burla de mí diciendo que colecciono insignias como niña exploradora. No se equivoca por completo. Pero no solo estoy admirando la forma en que el relieve dorado de las palabras «capitán escolar» brilla con la luz pálida de la mañana. Se trata, también, de una cuestión simbólica. Cada insignia que llevo es prueba de algo: que tengo calificaciones perfectas, que soy la jugadora más valiosa de cada equipo en el que estoy, que soy un miembro activo de la comunidad escolar, que soy voluntaria en la biblioteca local. Que soy inteligente y exitosa y que tengo un buen futuro delante de mí…

Unos pasos crujen sobre el pasto seco.

Levanto la cabeza y entrecierro los ojos para ver a la distancia. Es tan temprano que el estacionamiento sigue vacío, a excepción de una Toyota oxidada que seguramente ha estado ahí desde antes de que se construyera la escuela. Los edificios de ladrillo que forman el campus están en silencio, las ventanas cerradas, las nubes se levantan sobre los árboles ya sin hojas, brillando en tonos de acuarela rosa.

No hay indicio de madres buscando una guía.

Se trata de algo peor. Mi visión se enfoca en una cara terrible y familiar; cada músculo en mi cuerpo se tensa por pura costumbre. Ojos negros, mentón afilado, sonrisa como una navaja. Un mechón de cabello oscuro, solitario y ridículo posado sobre su frente. El *blazer* escolar colgando de sus hombros como si estuviera posando para una revista de moda.

Julius Gong.

Mi cocapitán y la causa principal de descontento en mi vida.

Con tan solo verlo me atraviesa una sensación de odio tan pura y visceral que casi me sorprende. Es difícil creer que alguien con una personalidad tan nefasta pueda verse tan bien, o que alguien que se ve tan bien pueda tener una personalidad tan nefasta. Es el equivalente de abrir un regalo con listones de seda y encontrar dentro una serpiente venenosa.

La serpiente en cuestión se detiene a menos de un metro de mí. El pasto entre nosotros, escaso y amarillo, se vuelve tierra de nadie.

—Madrugaste —me dice con esa forma lenta que tiene de hablar, como si le diera pereza decir un enunciado completo. En los diez años que he tenido el infortunio de conocerlo, Julius nunca ha iniciado una conversación conmigo con un saludo de verdad.

—Llegué más temprano que tú —le digo, como si fuera un punto a mi favor haber estado aquí tanto tiempo que ya no puedo sentir los dedos de mis pies.

—Sí, bueno, yo estaba ocupado con otras cosas.

Me doy cuenta de lo que está intentando decir: «Estoy más ocupado que tú. Tengo cosas más importantes que hacer porque soy una persona más importante».

—Yo también he estado ocupada —le digo de inmediato—. Muy ocupada. Toda la mañana estuve resolviendo asuntos urgentes. De hecho, vine aquí justo después de terminar mi rutina en el gimnasio.

—Ah, sí. Suena a un asunto de grave urgencia. Temo que la economía del país colapsaría si no completaras tu set diario de lagartijas.

«Solo estás resentido porque te probé en Educación Física que puedo hacer más lagartijas que tú». Las palabras están reposando en la punta de mi lengua. Sería tan satisfactorio decirlas, casi tan satisfactorio como vencerlo en otra prueba física, pero me las trago. Meto las manos en los bolsillos. He llegado a asociar la desagradable sensación del frío esparciéndose por la médula de mis huesos con los inviernos aquí, en Melbourne.

Julius sonríe con un solo lado de la boca, una expresión tan poco sincera que preferiría que me frunciera el ceño.

—¿Frío?

—Nop —respondo mientras mi mandíbula tiembla—. Ni un poquito.

—Tu piel está azul, Sadie.

—Es la luz de la mañana.

—También estás temblando.

—De la emoción.

—¿Te das cuenta que no hacía falta estar aquí sino hasta las siete treinta?

Se arremanga un poco para consultar su reloj. Es alguna marca demasiado cara para que yo pueda reconocerla, pero lo suficientemente elegante como para saber que es cara. No me sorprendería si solo estuviera checando la hora para presumir.

—Son las siete veinte. ¿Cuánto tiempo has estado aquí parada como una estatua honoraria?

Ignoro su pregunta.

—Claro que me doy cuenta. Estaba ahí cuando la señorita Hedge nos lo dijo.

Porque tras el discursito jovial de la señorita Hedge sobre representar a la escuela, Julius había llegado a su oficina también y, para mi desgracia, le habían encomendado la misma labor. Me juré que lo vencería: llegaría a la escuela mucho más temprano, cien veces más preparada, por si acaso él llegaba temprano también, y causaría una increíble primera impresión con los padres antes de que él tuviera oportunidad de hacerlo. Sé que esto no es algo por lo que vayamos a recibir una calificación, pero no importa.

En mi cabeza llevo un puntaje que toma en consideración cada examen, competencia, y oportunidad en la que Julius y yo nos hemos enfrentado desde que teníamos siete años, solo yo lo entiendo:

Tres puntos por recibir una de las inusuales sonrisas de aprobación del señor Kaye.

Cinco puntos por llegar a la meta en la recaudación de fondos.

Seis puntos por quedar en primer lugar en el torneo de básquetbol.

Ocho puntos por ganar un debate en clase.

Hasta ahora, Julius lleva 490 puntos. Yo llevo 495 gracias a que le gané en el examen de Historia de la semana pasada. Aun así, no puedo ser complaciente. La complacencia es para los perdedores.

—Más les vale llegar pronto —dice Julius, checando su reloj otra vez. Su acento tiene un ligero tono americano que enfatiza su desdén. Desde hace tiempo tengo la sospecha de que es un acento falso. Solo ha ido a los Estados Unidos para visitar universidades; no hay una razón lógica para que hable así, a menos que quiera sonar especial—. No me interesa congelarme.

Le tuerzo los ojos. Me gustaría gruñirle: «el mundo no está hecho para servirte». Pero parece que al mundo le gusta reírse de mí. Justo en ese momento, como si Julius los hubiera invocado, cuatro coches entran al estacionamiento. Las puertas se abren, una por una, y una tía sale de cada automóvil.

Tía es la descripción más puntual en la que puedo pensar. No me refiero a un lazo sanguíneo (aunque en definitiva todas mis tías son tías), sino más bien a un estado mental, un estilo de vida específico. Puede verse y puede sentirse, pero no puede definirse por completo. Tiene ciertos rasgos únicos: esos gigantescos peinados rizados, las cejas tatuadas, las bolsas Chanel, los aretes de jade caro atados con hilo rojo barato. Pero también hay ciertas variaciones notables entre ellas.

Por ejemplo, la primera tía en llegar a las puertas lleva tacones de quince centímetros y una bufanda verde neón tan brillante que podría servir de semáforo. La tía que llega después de ella lleva colores más sutiles y tiene un rostro severo que me recuerda a mi madre.

No me sorprende que las familias interesadas en enviar a sus hijos a nuestra escuela sean todas asiáticas. Somos, al menos, el noventa por ciento del cuerpo estudiantil de la Academia Woodvale. La cuestión de por qué esto es así es un eco de la gallina y el huevo. ¿Hay chicos asiáticos aquí porque sus padres querían enviarlos a una preparatoria selectiva para estudiantes dotados? ¿O sus padres se interesaron en la escuela porque escucharon que había un gran número de estudiantes asiáticos?

Sé que para mi madre fue la segunda opción. Una semana después de que mi padre se fuera, me sacó de la primaria en la que estaba —que era católica y dónde mis compañeros eran todos blancos—, y nos mudamos al otro lado de la ciudad. «Es bueno estar rodeado de comunidad», me dijo con un cansancio en su voz que no me dejaba pensar en otra cosa más que en seguirla a donde fuera, ese día y todos los demás. «La gente lo entenderá».

Julius se mueve a mi lado y regreso al presente. Cuando da un paso al frente, yo doy otro, más rápido, frente a él, y pongo mi sonrisa de estudiante modelo. La practico frente al espejo todos los días.

—*¿Ayi, shi lai canguan xuexiao de ma?* —digo con mi mejor pronunciación en mandarín. «¿Están aquí para conocer la escuela?».

La primera tía me mira atónita y responde en un inglés impecable, con un acento americano que deja en ridículo al de Julius:

—Sí, así es.

Mi cara está hirviendo. Sin tener que mirar puedo intuir la alegría de Julius, la satisfacción que le da verme avergonzada. Y antes de que me pueda recuperar, él logra hacer su entrada triunfal, la espalda recta, mentón en alto, la curva engreída de sus labios volviéndose una sonrisa cálida.

—Hola —les dice, porque nunca ha tenido ningún problema saludando como se debe a otras personas—. Soy Julius Gong, el capitán escolar. Seré su guía el día de hoy.

Me aclaro la garganta.

Él levanta una ceja y me mira, pero no dice nada.

Vuelvo a aclararme la garganta, más fuerte.

—Y ella es Sadie —dice después de un momento, haciendo un ademán poco entusiasta en mi dirección—, la otra capitán.

—Soy capitán escolar —no puedo evitar decir. La cara comienza a dolerme de tanto sonreír—. Llevo el mejor promedio de la generación.

—Honestamente no creo que les importe —Julius me susurra al oído en voz baja para que solo yo pueda escucharlo. Su aliento es cálido a pesar del clima.

Intento actuar como si no existiera. Pero a mi pesar las cuatro tías están ocupadas escaneando a Julius de pies a cabeza, como si estuvieran eligiendo a su futuro yerno.

—¿Cuántos años tienes? —pregunta una de ellas.

—Diecisiete —contesta Julius.

—Eres muy alto —dice otra de las tías—. ¿Cuánto mides?

—Uno ochenta y cinco —Julius las trata con toda la paciencia del mundo.

—Es muy alto —dice ella, como si fuera un logro impresionante, a la par de curar el cáncer. «Es pura genética», quisiera decir, pero claro, me contengo. «Literalmente no tuvo que hacer nada»—. ¿Y hace cuánto que estás en esta escuela?

—Diez años —le responde—. Casi toda mi vida.

Aprieto mi lengua contra el borde de mis dientes. Podría responder esta pregunta por él. Ya sea por coincidencia o por maldición (y estoy casi segura que es por maldición), Julius y yo entramos a la Academia Woodvale el mismo año. Yo era la chica callada, tímida, la nueva con quien nadie quería juntarse, mientras que él era interesante, misterioso, el chico genial sin siquiera intentar serlo. Se comportaba como si supiera entonces que un día la escuela le pertenecería, observando todo con su mirada oscura y astuta. Luego, en Educación Física, terminamos en equipos opuestos durante un juego de quemados. En cuanto tuvo un balón en sus manos, su mirada se clavó en mí. No me quitaba los ojos de encima. Era como uno de esos documentales de animales de David Attenborough donde se puede ver en cámara lenta cómo la serpiente ataca a su presa. Yo era la liebre; él, la víbora.

Por alguna razón, de los más de treinta alumnos en ese gimnasio hediondo y poco ventilado, me había elegido a mí como la persona a quien tenía que vencer. Pero no contaba con lo buena que yo era para esquivar, con mi gracia y mis reflejos. Cada vez que tiraba, yo lograba evadir su ataque. Al final, solo quedamos él y yo. Él siguió atacando. Yo seguí esquivando. Podría haber seguido hasta el último periodo de clases, pero los otros chicos se estaban aburriendo, y al final el maestro tuvo que intervenir y declarar un empate.

A partir de ese momento, Julius Gong se volvió mi pesadilla personal. El problema es que nadie comparte mi forma de sentir; él no le enseña sus colmillos a nadie más que a mí.

De hecho, las tías ya lo adoran. Él sonríe y asiente con la cabeza, les pregunta por su salud y qué han cocinado últimamente, les habla sobre el próximo mercado de agricultores (a pesar de que estoy segura de que Julius jamás ha visitado un mercado en su vida) y ellas están encantadas. Cuando una de las tías le pregunta sobre sus calificaciones, él hace una pausa, gira su cabeza una milésima de centímetro hacia mí, y sonríe de una manera burlona que solo yo puedo entender.

—Están bien —les dice, modestia falsa—. Recibí el premio por los mejores resultados en Inglés el semestre pasado. Y en Química. Y Economía. Y Física.

—Guau —las tías exclaman al mismo tiempo. No podrían estar más de su lado aunque les pagaran.

—Eres muy inteligente.

—¿Cómo te va tan bien en una escuela tan competitiva? Debes ser un genio.

—Inteligente y guapo. Tus padres hicieron un excelente trabajo.

Puedo visualizar cómo mi sangre hierve en mi interior. El vapor me escalda la garganta. Para el resto del mundo, él podrá ser un ángel, un estudiante perfecto, una cara linda. Pero yo sé quién es en realidad, yo conozco su verdadera forma de ser.

—Deberíamos comenzar el recorrido —digo con dulzura, apretando la mandíbula para mantener mi sonrisa radiante y falsa—. Hay mucho que ver. Ya que hay cuatro de ustedes, puedo mostrarles la escuela a ustedes dos. —Señalo a las tías que están paradas más cerca de mí. Ninguna parece estar de acuerdo con el arreglo. La tía con la bufanda verde deja salir un suspiro de derrota, lo cual seguro es una buena señal—. Y Julius puede llevar a las demás.

De inmediato, las otras dos mujeres se ponen detrás de él, y Julius abre las puertas de acero como si fuera el anfitrión de una fiesta.

—Con gusto —les dice—. Síganme.

En mi cabeza, los números parpadean como una advertencia: «Tres puntos para Julius».

Capítulo 11

Durante la siguiente hora, me la paso hablando hasta que me duele la garganta.

Ni siquiera es que el campus sea tan grande: tenemos tres edificios en total, diseñados con el mismo estilo aburrido y rectangular, con ventanas con marcos blancos y techos a dos aguas, repartidos a lo largo del óvalo principal.

El problema más bien son las explicaciones que hay que dar.

Por ejemplo: explicar por qué las fotos de los maestros con más antigüedad están pegadas al techo.

—Es un gesto de aprecio y respeto —les digo, porque la palabra «travesura» no encajaría bien aquí—. En Woodvale, los estudiantes y los maestros somos muy cercanos, y se nos alienta a expresarnos, emm, de formas creativas. Cada vez que caminamos por estos deslumbrantes pasillos, recordamos que nuestros maestros siempre nos están mirando desde arriba. Como, emm, ángeles. O como Dios.

O explicar por qué hay una estatua gigantesca de un burro verde a medio vestíbulo cuando nuestra mascota es un caballo y los colores escolares son azul y blanco.

—Los burros son simbólicos —improviso frente a ellas. La verdad es que nuestra subdirectora, quien ordenó la estatua vergonzosa, no le presta mucha atención ni a los animales ni a los colores. Podría haber sido peor, supongo; podría haber ordenado una estatua de una vaca—. Representan la determinación, el trabajo duro y el carácter: todos estos son valores escolares que nos tomamos muy en serio.

O por qué el horario en el corcho de anuncios escolares dice que nuestras próximas asambleas serán a las 9:00 a.m., 10:00 a.m., 10:20 a.m., 3:00 p.m., 3:35 p.m., y de alguna forma también a las 8:00 p.m.

—Nos gusta ser flexibles —les digo, marcando el paso para que no se detengan—. Todos sabemos que solo hay un horario para la asamblea, claro. Nos lo han comunicado desde antes porque la comunicación en la escuela es perfecta. Y miren, ¿ya vieron nuestros bebederos? Tenemos un sistema de filtración increíble…

O por qué hay una obra en construcción junto a la cafetería.

—Recuerdo haber leído sobre esto en la página de la escuela —interviene la tía con la bufanda verde, un poco molesta. Nos detenemos afuera, junto a la malla ciclónica, e incluso yo tengo que admitir que la vista no es la mejor. No hay más que escombro y postes repartidos por el sitio. Mientras observamos el paisaje, una pelota de paja literal rueda frente a nosotras—. Es donde estará el nuevo centro deportivo y recreativo, ¿no es cierto? Pensaba que ya lo habían terminado hace unos años.

—Cierto. Sobre eso… —mi sonrisa crece al mismo tiempo que mi sensación de pánico. No sé cómo decirle que sí, que el centro deportivo-recreativo fue inaugurado hace dos años. Pero había un problema menor con los baños. Siendo específica, los inodoros se instalaron mirando hacia un lado, en lugar de hacia la puerta, así que no había forma de sentarse sin golpearse la cara. Al principio la escuela nos pidió ser agradecidos y flexibles, que lo tomáramos como un aprendizaje, pero después de que Georgina Wilkins saliera con un chipote de los baños y amenazara con demandar, la escuela decidió que era mejor reconstruir todo desde cero— Ha habido algunos contratiempos menores —les explico—, pero es para hacerlo mejor y más grande. Tienen planes bastante emocionantes, como un campo de minigolf en la azotea, una piscina y tres gimnasios privados. Pero como ya bien lo saben, la excelencia toma tiempo.

La tía considera esto un momento, y me siento aliviada una vez que decide continuar el recorrido.

Estamos de regreso en las puertas de la escuela. Los estudiantes comienzan a llegar, gritan adiós a sus padres desde la banqueta, arrojan sus mochilas sobre sus hombros y se mensajean con sus amigos. Julius también está ahí. Está de pie junto a las tías, con su peinado brillando a la luz naranja del sol saliente, con su piel perfecta y su uniforme perfecto y su postura perfecta. Tan solo verlo me hace querer golpear algo sólido, de preferencia, su mandíbula.

—Por supuesto que inscribiremos a nuestra hija —dice una de las tías—. Si tú eres el modelo a seguir para los estudiantes aquí, entonces Woodvale es la escuela perfecta.

Siento un relámpago de ira, siento electricidad en mi espalda. Julius me mira a los ojos y la sensación solo empeora. Es como si quisiera asegurarse de que estoy escuchando.

—Ha sido un placer —dice con elegancia.

—No, no, el placer ha sido mío —le responde la tía en mandarín, y mi mandíbula cae al suelo. Es quien me había contestado en inglés cuando llegaron. Probablemente no significa nada. O en definitiva significa que Julius le cayó mejor que yo y que se siente más cercana y más cómoda con él y que confía en él a pesar de que hay estafas piramidales más confiables—. No podríamos haber pedido un mejor guía. De verdad.

Con la mirada todavía clavada en mí, Julius sonríe.

—Me alegra tanto escucharlo.

Me muerdo la lengua, ahogo mis impulsos violentos, y me despido de las tías con un saludo de la mano. En cuanto el claqueteo de sus tacones se pierde en la distancia, me lanzo a correr a mi primera clase: Historia. Por desgracia, también es la primera de las clases que comparto con Julius, y tras un momento demasiado corto, sus pasos ya me han alcanzado.

—Salió bien, ¿no lo crees? —me dice por encima del hombro.

—¿Te parece? —le respondo, empujando la puerta de vidrio del edificio de humanidades con un poco más de fuerza de la necesaria. Una parte de mí espera que la puerta lo golpeé en la cara, pero, por supuesto, él la atrapa con una mano y entra al edificio detrás de mí.

—Quiero decir que salió bien para mí —aclara—. Ambas enviarán a sus hijas aquí. Estoy seguro de que la señorita Hedge estará feliz. Seguro ya sabía que yo era el indicado para la tarea, supongo que tú también contribuiste, a tu manera.

Mascullo algo irrepetible bajo mi aliento.

—¿Qué dijiste? —casi puedo escuchar su sonrisa engreída en su voz.

—Nada. Solo dije que vamos a llegar tarde si seguimos hablando.

—Bueno, a diferencia de ti, a mí no se me dificulta hacer dos cosas al mismo tiempo.

«Ve a tu lugar feliz», me digo a mí misma mientras abro la puerta que sigue. En mi mente, no estoy caminando por este pasillo, no escucho la campana de advertencia. No estoy ni siquiera en esta ciudad. En mi mente, ya me gradué, invicta, con el mejor promedio de la generación, como capitán escolar, y obtuve mi título en Berkeley, y le compré una casa gigantesca en una gran ciudad a mi mamá y a mi hermano mayor, Max (lo ideal sería que él encontrara un trabajo después de terminar su universidad deportiva, la cual no es nada barata, por cierto, pero se supone que esto es un sueño realista, no una realidad alterna). En la nueva casa hay más ventanas que paredes y, al amanecer, la luz del sol cubre todo de oro. Tendremos floreros llenos de jazmines frescos, comeremos fresas cubiertas de chocolate de postre, y tomaremos el almuerzo en nuestro propio jardín. Mi mamá seguirá administrando la panadería, pero no tendrá que trabajar doce horas al día, tendremos suficientes empleados para ayudarnos con todo, y solo visitaremos la panadería para robarnos panes de taro y rollos de atún del horno.

Solo seremos nosotros, no necesitaremos a nadie más. Nuestra vida será mejor incluso que cuando mi papá seguía aquí. Haré todo lo que se suponía que él debía hacer. Voy a proveer todo lo que él debería haber provisto. Daré tanto que nadie sentirá su ausencia molestando en la sala como un fantasma. Quizás mamá hasta vuelva a sonreír.

Solo tengo que esforzarme unos meses más para volver realidad ese sueño. Entregar mis tareas a tiempo, acertar todos los exámenes que quedan y hacer felices a mis maestras para que la oferta de admisión condicional que tengo a Berkeley siga en pie. Abigail siempre enfatiza la parte de «admisión», pero a mí me preocupa la parte de «condicional».

Entonces. Unos meses más de esto.

Podrá sonar simple, pero con tan solo pensarlo siento una presión en las costillas como si estuviera entre dos piedras pesadas. Tengo que tomarme un segundo antes de entrar al salón. Respiro por la nariz, me balanceo sobre la punta de mis pies, justo como lo hago antes de una carrera. No ayuda que la luz es demasiado brillante, que hay demasiado ruido, que el salón entero está platicando a todo volumen junto a sus pupitres.

Julius se detiene junto a mí.

—¿Qué pasa, no vas a entrar? —las comisuras de sus labios se arquean en mueca de condescendencia, pero me mira por un momento más de lo habitual, como si estuviera intentando descifrar algo.

—Claro que sí —le digo, ignorando la presión en mi pecho y haciéndolo a un lado.

No doy ni dos pasos dentro cuando un rostro lleno de pecas se abalanza sobre mí. Rosie Wilson-Wang. Es el tipo de persona que sabe exactamente lo bonita que es y lo usa a su favor cada que puede. También es la chica que copió mi proyecto de ciencias el año pasado sin decirme y que recibió un diez por su «innovación» y su «creatividad».

—Sadie —me dice con la voz llena de emoción, lo cual siempre es una mala señal. Más allá del proyecto de ciencias, Rosie y yo no nos llevamos mal, pero eso solo se debe a que me he empeñado en llevarme bien con todo el mundo. O al menos aparentarlo.

—Hola —le digo.

—¿Entraste con Julius? —lo mira por encima de mi hombro con una admiración que me parece innecesaria—. Es tan genial, ¿no lo crees?

No sé si reírme o toser sangre. Supongo que el hecho de que solo Abigail sepa cuánto lo odio habla mucho de lo bien que sé esconder mis sentimientos.

—Mm… —respondo.

—Su cabello se ve increíble hoy —ella lo sigue con la mirada mientras él toma asiento al frente del salón—. De que, ¿se ve tan suave? —es preocupante que haya formulado su comentario como una pregunta. Implica un deseo por conocer la respuesta.

—Perdón —le digo disimulando mi desconcierto—. ¿Me ibas a preguntar algo?

—Cierto —me sonríe—. Quería saber si me podrías enviar tus apuntes.

—Claro. ¿De Historia, o…?

—De todas nuestras clases de Historia este semestre —me dice con velocidad—. Ya sabes, ¿para el examen del mes que viene? Digo, totalmente podría usar mis propias notas, pero las tuyas son mucho más detalladas y organizadas.

—Oh. Sí, claro, supongo que podría…

—Genial —me dice y aprieta mi muñeca. Sus uñas de acrílico me rasguñan un poco, pero me mantengo quieta—. Eres una santa, Sadie. De verdad, me estás salvando la vida.

El cumplido me sabe más dulce que la miel. Me genera una sensación de calidez interior. Es vergonzoso lo mucho que me aferro a estos pedacitos de validación, cuánto quiero caerle bien a los demás, lo mucho que deseo que todos sean felices. A veces pienso que les daría uno de mis propios brazos si me lo pidieran de forma muy amable.

Rosie camina hacia su pupitre junto a la ventana, donde se sienta todo su círculo de amigas. Todas son hermosas, la mayoría son bailarinas, o *influencers*, o bailarinas *influencers*. Ayer una de ellas posteó un video de diez segundos donde estaba de pie frente a un espejo, moviendo la cabeza. Llegó a los setenta mil *likes*, y en los comentarios la gente le rogaba que los adoptara o que los atropellara con su Porsche.

—Por cierto —me dice Rosie de nuevo—, ¿podrías escanear tus notas a color y organizarlas por fecha y tema?, ¿y podrías enviar tus ensayos también? Puedes enviarlo todo a mi correo escolar en la noche...

—¿Podrías mandármelo a mí también? —su amiga, la *influencer* que mueve la cabeza, me guiña un ojo.

—Y a mí también, porfis, ya que estás en ello —interviene otra de sus amigas.

Les digo que sí con la cabeza, sin mucho fervor, y el grupo se voltea a reírse de algo en sus celulares.

—Gracias —dice Rosie sin voltear a verme—. Te cú eme.

Trago saliva. Siento que voy a vomitar. Pero está todo bien. No pasa nada. No hay razón para molestarse. Hago una nota mental para pasar a usar la impresora escolar en la tarde antes de partir hacia la panadería de mi mamá. Será un retraso de unos treinta minutos en mi horario, ya de por sí apretado, lo cual significa que tendré que correr solo cinco kilómetros o cenar mientras trabajo o quizás ambas, pero, en serio, no es un problema.

Respiro profundo, aunque la respiración suena un poco forzada incluso para mis oídos, un poco frenética, como alguien que ha estado bajo el agua demasiado tiempo y jala aire antes de sumergirse de nuevo.

Todo está bien.

Ya tengo mis libretas fuera con todo y la fecha de hoy anotada cuando Abigail Ong entra al salón como si no estuviera siete minutos tarde.

Le pediría que al menos intentara ser más sutil, pero sé que sería pedirle lo imposible. Abigail es básicamente la versión humana de un signo de exclamación que brilla en la oscuridad, con su cabello platino y su falda corta y sus botas de combate de plataforma que en realidad son solo tacones con estilo. Sus pasos resuenan en la alfombra mientras camina hacia mí. La señorita Hedge la ha regañado en varias ocasiones por no utilizar calzado apropiado para la escuela, pero Abigail terminó escribiendo un ensayo de cinco páginas, con bibliografía y todo, sobre por qué sus botas sí cumplían con los códigos de vestimenta escolar. Creo que nunca se había esforzado tanto para un ensayo.

—He llegado —Abigail le anuncia al salón.

Nuestra maestra de historia, la señorita Rachel, alza la vista desde su escritorio.

—Extraordinario. Por favor toma asiento, Abigail —Ninguna otra maestra se lo tomaría con tanta soltura, y esa es una de las razones por la cual todo mundo adora a la señorita Rachel. Las otras son que está en sus veintes, organiza fiestas de Navidad con pizza al final de cada año escolar, y que su apellido parece un nombre propio, dando la ilusión de que podemos llamarla por su nombre.

—Les daré la mitad de la clase para trabajar en sus proyectos grupales —la señorita Rachel le informa a Abigail—. Aunque claro, ya que lo deben entregar hoy a las nueve, quiero pensar que no queda mucho en lo que trabajar. Pero me gusta ser generosa.

Abigail hace un saludo militar de broma y se desploma en la silla junto a mí.

—Hola, querida —me dice. El año pasado comenzó a llamar a las personas «querido» o «querida» de forma irónica, pero parece que ya es parte de su vocabulario diario. Lo mismo aplica para «cool», «impactada», y su propia frase inventada, «regar la planta que no era».

Subrayo la fecha con mi regla para que la línea quede impecable y derecha ¿Quién necesita drogas cuando existe eso?

—Hola —le digo—. ¿Quiero enterarme de por qué llegaste tarde?

—Ya te lo imaginarás. Mi hermana se peleó con Liam de nuevo, así que él canceló a último minuto. Tuve que caminar dos punto cinco kilómetros en plataformas para llegar —Extiende sus botas para enfatizar su punto.

—¿Has considerado, no lo sé, no depender del novio intermitente de tu hermana como medio de transporte?

—Liam tiene un Lamborghini.

—¿Y?

—Y a mí me gustan los carros deportivos.

Me río por la nariz.

—Eres tan capitalista.

—Prefiero pensar que estoy apoyando a las personas que contribuyen a nuestra economía.

—Nada más que agregar. Además, no es como que haya comprado el coche con su propio dinero —señalo—. Es un *fuerdai*; sus papás seguramente se lo dieron cuando cumplió veinte años como guarnición para su villa en Sanya. Pero más allá del dinero, solo siento que es un poco una *red flag*.

Abigail levanta una mano para contradecirme.

—Claro que no…

—Literalmente tiene una bandera roja en su coche.

—Está bien, pero igual dices eso de todos los hombres —responde Abigail—. No confías en ninguno de ellos.

Puede que tenga razón. En definitiva, no confío en Liam, pero supongo que también tengo que darle un poco de crédito: es la única razón por la que Abigail y yo somos amigas en primer lugar. Cuando comenzó a llevar a Abigail a la escuela hace tres años, alguien malentendió la situación y se corrió el rumor de que Abigail estaba saliendo con un tipo mucho más grande que ella por su dinero. Como siempre pasa en Woodvale, todo mundo, incluidos los recepcionistas, se habían enterado antes de que terminara el segundo periodo. A pesar de que nunca habíamos intercambiado más que unas cuantas palabras, no pude resistir detenerme junto a su casillero durante el receso para preguntarle si estaba bien.

Para mi sorpresa, lo estaba. De hecho, la situación le parecía hilarante. Me sorprendió que a alguien pudiera no importarle lo que otras personas pensaran de ella, en especial porque su situación habría sido mi peor pesadilla; a ella le sorprendió que alguien se pudiera preocupar de verdad por quien no conocía y que sacrificara su propio tiempo libre para consolarla.

Nos la pasamos todo el receso hablando, y el periodo que siguió, y luego la última hora de clases, y llegado ese punto lo más lógico era intercambiar números y seguir la conversación desde casa.

—Te estoy diciendo que no es una mala persona. Tengo un radar para estas cosas. ¿A poco no he adivinado cada vez que una pareja termina en nuestra generación? —me dice. Saca su mochila y se pone a buscar—. Estoy segura de que escucho algo crujir —saca un lápiz sin punta, una hoja de trabajo del año pasado, una bolsita de gomitas y su almuerzo. Lo debió haber empacado su mamá; el pan no tiene orillas, las zanahorias tienen forma de corazones, y hay una notita que dice: «¡Eres una estrella!». Sus padres creen fervientemente en los mensajes positivos, pero también son admiradores incondicionales de Abigail. Antes de visitar su casa por primera vez, yo asumía que ese tipo de amor incondicional y de apoyo solo existía en programas viejos de televisión—. Oye, ¿y qué tal salió la visita guiada a los padres, por cierto?

—Perdí —respondo con amargura. Se lo digo en voz baja, porque prefiero morir a que Julius me escuche admitir mi derrota.

—¿Perdiste? —repite Abigail entre risas— No se puede perder en una visita guiada.

—Sí se puede. Soy la prueba.

—Ridícula, es lo que eres —me dice. Me lo tomaría como una afrenta si cualquier otra persona me lo dijera, pero Abigail solo molesta a un pequeño número de personas: a quienes considera importantes. Para ella, todos los demás bien podrían ser ruido de fondo, moscas, motas de polvo; a sus ojos, simplemente no existen—. Al menos no te tienes que preocupar por el proyecto grupal. Me imagino que ya terminaste, digo, con tu obsesión insana por la organización.

—Así es. Ya sabes cómo me gusta trabajar —Cada vez que recibo una fecha de entrega, me pongo mi propia fecha de entrega al menos una semana antes. Por eso pasé los primeros dos días de las vacaciones de invierno completando mi parte del proyecto sobre la era de los señores de la guerra en China, incluyendo un ensayo de investigación de cuatro mil palabras, una animación hecha a mano de la Guerra Zhili-Anhui y un mapa interactivo de las facciones militantes. Fue estresante, sí, pero solo me puedo permitir la calma cuando llevo ventaja—. Solo necesito que mi grupo me dé sus resúmenes y podremos entregarlo.

Abigail levanta la mirada y señala a los miembros de mi equipo, Georgina Wilikins y Ray Suzuki, quienes están caminando hacia nuestros pupitres.

—Estem... no parece que traigan nada. ¿Deberías preocuparte?

Entrecierro los ojos y frunzo el ceño. En efecto, no traen nada, y a medida que se acercan más puedo notar una sonrisa cargada de timidez en la cara de Georgina.

Una sensación horrible se asienta en mi estómago.

Pero igual, estoy dispuesta a darles el beneficio de la duda.

—Ey, ¿cómo están? —les pregunto porque se siente demasiado grosero pedirles sus resúmenes de golpe.

Pero a Ray no parece importarle.

—No lo hicimos —me dice a secas.

Lo miro. Se siente como un golpe al riñón.

—No hicieron... ¿el resumen?

—Nop —responde y se lleva sus manos a sus bolsillos.

—Muy bien —Hay un zumbido en mis oídos que se vuelve un chillido de agonía con cada segundo que pasa. Intento recalibrar. Mantener la calma. Mantenerme amigable. Mantenerme concentrada—. Okey. Okey, estem. Está bien si no terminaron. Quizás, enséñame lo que tienes y...

—No hice nada —me dice.

Otro golpe, mucho más duro que el anterior. Si estuviera de pie, alguien tendría que sostenerme.

—Bueno. ¿Y hay alguna razón por la que no lo hiciste, o...?

Me mira directo a los ojos.

—No sé. Supongo que solo no sabía cómo. O no sabía qué era lo que teníamos que hacer, ¿sabes?

—El resumen —mascullo. «El resumen que ya había escrito para ustedes» añado en mi interior. «Palabra por palabra. El que te pedí que copiaras usando la plantilla que diseñé e imprimí y que llevé a tu casa mientras llovía el primer día de las vacaciones para que pudieras hacerlo cuando tuvieras tiempo. ¿Ese resumen?»—. Pensé que... Bueno, está bien —le digo, notando su mirada perdida—. Está bien. ¿Qué hay de ti, Georgina?

Georgina hace un gesto que me hace pensar en una flor marchita.

—Perdón —me dice, haciendo un puchero con la boca—. Intenté empezar, lo prometo, pero mi cara todavía me duele de cuando me golpeé contra el muro en el baño.

—Pensé que dijiste que ya estabas bien —dice Ray.

Georgina le lanza una mirada rápida y afilada, y luego se voltea de regreso a mí, con los ojos llenos de emoción.

—El dolor es peor cuando tengo que completar un proyecto. Es, de que, superdesafortunado. Quisiera poder hacer más para ayudar, pero…

«Mantén la calma» me digo a mí misma. Tenso los músculos en mi brazo hasta que duelen y luego, muy lentamente, me obligo a relajarlos de nuevo. Repito esto una y otra vez hasta que ya no tengo ganas de asesinar a nadie.

—No es tu culpa —le digo, mirando el reloj de reojo. Quedan dieciocho minutos para la entrega. Tengo que escribir dos resúmenes, lo cual significa que tengo nueve minutos para cada uno. Ocho minutos para tener tiempo de revisarlos al final antes de entregar el proyecto—. ¿Saben qué? Yo puedo hacer lo que queda. Todo bien.

Me preparo para que me lo discutan, pero ambos regresan a sus asientos de inmediato, como si hubieran dejado una granada sobre mi regazo.

Pero no es momento de preocuparme por ellos. Este es mi proyecto. Es mi calificación lo que está en juego. Un solo error y mi promedio bajará y Berkeley no querrá recibirme. Me arremango la blusa y abro mi computadora escolar para encontrar mis apuntes. Quedan diecisiete minutos. Por un breve momento, mientras miro cómo se cargan palabras diminutas en la pantalla, mientras miro las múltiples pestañas que tengo abiertas, me siento tan abrumada que podría ahogarme. Las palabras se desvanecen, mi visión se pone borrosa.

No me puedo concentrar.

Entonces me doy cuenta de que Julius me está observando. Lo veo por el rabillo del ojo, es como un golpe de electricidad. Mi visión se enfoca de nuevo. No le daré la satisfacción de verme batallar. Me rehúso.

Fingiendo calma, tomo mi pluma y comienzo a copiar el resumen.

Los próximos diecisiete minutos no me muevo, ni hablo, ni levanto la mirada hasta que la última palabra queda escrita. Luego dejo salir un suspiro que recorre mis huesos, mis músculos cansados, mis dedos acalambrados. Estuvo cerca. Demasiado cerca. Para la próxima, será más seguro hacer todo por mi cuenta.

—Gracias, Sadie —dice la señorita Rachel mientras recoge nuestros trabajos—. No puedo esperar a leer esto; la era de los señores de la guerra es fascinante. Era uno de mis temas favoritos en la universidad.

Finjo que la información me es nueva, como si fuera una coincidencia feliz. Como si no hubiera pasado horas buscando a la señorita Rachel en línea y leyendo una entrevista de hace muchos años para la revista de su universidad donde mencionaba su interés en la era de los señores de la guerra. Como si no hubiera escogido este tema en particular para apelar a sus gustos personales.

Abigail denomina cariñosamente a este tipo de comportamiento como «tendencias sociopáticas».

—Voy a mi oficina a guardar los trabajos —me dice la señorita Rachel, indicando la pila de papeles que lleva en los brazos—. Serán solo cinco minutos. ¿Podrías quedarte a cargo de la clase mientras no estoy?

—Por supuesto.

—Genial. Siempre puedo contar contigo —la señorita Rachel sonríe a todo mundo como si fueran especiales, pero de alguna forma se siente de verdad cuando me sonríe a mí.

En cuanto sale de la puerta, el salón entra en caos. La gente se arrumba en sus sillas, suben los pies a sus pupitres, estiran los brazos con bostezos boquiabiertos y ruidosos. Lo que antes eran conversaciones en voz baja se vuelven risotadas y gritos que atraviesan el salón.

Antes de que pueda hacer algo al respecto, una notificación ilumina mi pantalla.

«Un correo nuevo».

Mi corazón se acelera. Rezo por que se trate de un correo del señor Kaye, nuestro profesor de matemáticas. Ayer a la medianoche le envié un correo desesperado sobre una de sus preguntas extra. Pero todas mis pestañas siguen abiertas, y la edad de mi computadora parece protestar. Tengo que hacer clic en mi bandeja de entrada unas veinte veces antes de que la ruedita color arcoíris desaparezca. En cuanto leo el nombre del remitente, mi esperanza se transforma en rabia.

Es Julius.

Solo para que sepas, la señorita Rachel le echó un vistazo a nuestro proyecto y dijo que le parecía —y cito— «fenomenal». Te lo digo ahora para que no te sorprendas demasiado cuando nos entreguen las calificaciones y la mía sea más alta que la tuya. Sé lo mucho que te afecta la derrota.

Saludos cordiales,

Julius Gong, Capitán Escolar

Le clavo la mirada de inmediato, pero él está volteando hacia otro lado, platicando con la chica linda que se sienta junto a él. Suelta una risa, y a mí me inunda un deseo visceral de caminar hacia él, tomarlo de los hombros, sacudirlo, hundir mis uñas en su piel suave, dejarle una marca permanente. Quiero que lo sienta, quiero que le duela. Quiero destruirlo.

—Sadie —La voz de Abigail parece estar a un millón de kilómetros a pesar de que está sentada al lado de mí—. Este… Creo que deberías acudir a un profesional de la salud para que examine esa vena que tienes en la sien.

Frente a mi falta de respuesta, se inclina sobre mí y lee el correo en mi pantalla.

—Rayos —susurra—. Ese chico sí que está empeñado en sacarte de quicio.

Suelto una risa que más bien suena como si me estuvieran estrangulando.

Al otro lado del salón, él sigue riéndose junto a la chica linda.

«Lugar feliz», me digo a mí misma. «Recuerda tu lugar feliz. Tu futuro».

Pero cuando intento conjurar la imagen de esa casa gigantesca, con cuartos bañados por el sol y cortinas de tela suave, lo único en lo que termino pensando es en la mueca de Julius, sus ojos oscuros como el abismo, sus pómulos arrogantes, su sonrisa retorcida. Hermoso y horrible, como esas flores llamativas que uno se encuentra en la naturaleza y que de hecho son carnívoras.

Así que pongo mis manos sobre el teclado y comienzo a escribir con un ímpetu furioso, apuñalando cada letra con mis uñas. Este es mi último recurso, mi santuario, el antídoto contra mi enojo. Porque yo sé mejor que nadie que no soy una santa. Ni cerca. Solo me gusta dar rienda suelta a mi ira en borradores de correo en los que puedo ser tan dura, mezquina e inclemente como quiera porque también sé que jamás tendré el valor de enviarlos. Cuando escribo, escribo todo lo que me viene a la cabeza.

Julius:

Solo para que TÚ sepas, voy a guardar tu correo como evidencia para que, cuando nos entreguen las calificaciones y la mía sea obviamente más alta que la tuya, entiendas lo que se siente caer por tu propia mano. No puedo esperar a que llegue el día. Pero, también, incluso si es un empate, no creo que tengas ninguna razón para regodearte. Solo lograste completar el proyecto porque tienes a personas inteligentes como Adam en tu grupo, y solo tienes a Adam en tu grupo porque le echaste ese discurso barato a la maestra sobre cómo querías cambiar las cosas y conectar con otros compañeros y por eso te dejó elegir.

Quizás la maestra y los padres de familia de esta mañana se traguen tus mentiras, pero yo te veo por quién eres en realidad, Julius Gong. Estás hambreado de atención y obsesionado contigo mismo y eres insoportablemente vanidoso y luces tu cinismo como una corona;

eres el tipo de niño que se robaría un juguete en el kínder no porque lo quisiera, sino porque alguien más lo quiere.

Además, tu peinado es ridículo. Podrás pensar que se ve todo natural y como si no te esforzaras, pero estoy segura de que te pasas horas frente al espejo arreglándolo con un peine diminuto para encontrar un solo mechón que caiga sobre tu frente en el ángulo perfecto. Desde el fondo de mi corazón, espero que tu peine se rompa y se te acaben cualesquiera sean los productos caros que has estado usando para hacer que tu cabello parezca suave porque estoy segura de que no lo es, no hay nada suave en ti, en ningún lugar…

—¡Buenos días, señor Kaye!

El nombre me trae de vuelta a la realidad. Despego los ojos de la pantalla y veo al señor Kaye cruzar el pasillo afuera del salón, con la mano arriba, saludando.

Guardo el borrador. Tengo cincuenta y siete otros; la mayoría son para Julius, pero hay algunos otros que he escrito a compañeros o maestros que me han hecho la vida difícil.

—Profesor Kaye —lo llamo mientras me levanto de mi pupitre tan rápido que me golpeo la rodilla—. Profesor Kaye, espere… —Reprimo una mueca de dolor mientras corro tras él por el pasillo.

—Sadie —me dice, con la misma paciencia colmada de un abuelo dándole gusto a su nieto más energético. Probablemente sea demasiado viejo para ser mi abuelo, aunque con el tinte negro que tiene en el pelo es difícil calcular su edad.

—Lamento molestarlo —digo—, ¿pero recibió el…?

—¿El correo que enviaste? —me dice antes de que pueda terminar. A diferencia de su cabello, sus cejas son gris pimienta. Se levantan lentamente en su frente amplia—. Sí, lo recibí. ¿Estás a menudo despierta a la una de la mañana?

—No, claro que no —Casi siempre me voy a dormir más tarde, pero no hay razón para preocuparlo y lo último que quiero es que esta conversación se enfoque en mis hábitos de sueño. Solo quiero saber si mi respuesta está bien o no—. Para la pregunta seis…

—El libro de texto estaba mal —me dice—. No te preocupes, Sadie, tus cálculos son correctos. La respuesta debería ser noventa y dos. Lo mencionaré en clase, aunque dudo que nadie más que Julius y tú se habrá tomado el tiempo de hacer las preguntas extra.

«El libro de texto estaba mal» es el enunciado más hermoso que ha existido jamás. Es como si alguien me hubiera inyectado un rayo de sol. Me siento tan eufórica y aliviada que ni siquiera me importa que haya mencionado a Julius.

—Dios mío, qué increíble —le digo con una inusual y completa sinceridad—. Es… Muchísimas gracias, señor Kaye. Hice mis cálculos una y otra vez; intenté como ocho métodos distintos…

—Me lo imagino —me dice, y las comisuras de sus labios se levantan como si le divirtiera—. ¿Era todo?

—Sí —balbuceo, intentando contener mi emoción—. Sí, gracias de nuevo. No tiene idea… Me acaba de hacer el día.

Me siento radiante al regresar al salón. Mi cabello rebota, mis pasos son ligeros. Quizás la mañana fue un poco dura. Está bien. Las cosas están bien ahora.

Ni siquiera me importa que la situación en el salón haya empeorado, o que Rosie y sus amigas hayan recorrido algunas de las mesas, incluida la mía, para grabar un video de ellas girando por alguna razón que no me interesa conocer. Espero que terminen y vuelvo a acomodar las mesas.

—Qué rápido cambia tu humor —dice Abigail—. ¿El señor Kaye te dio un premio o algo?

—Mejor: el libro de texto estaba equivocado —digo con un suspiro de felicidad—. Yo estaba bien.

Cuando me siento de nuevo, noto que mi computadora está en una posición un poco distinta. Me tomo un momento. Podría haber jurado que había bajado la pantalla casi por completo, no solo a la mitad. Pero entonces la profesora Rachel regresa y nos comparte información importante sobre el próximo examen. Olvido todo lo demás. Estoy demasiado enfocada planeando mi próxima movida para vencer a Julius.

Capítulo III

A veces tu cuerpo lo sabe antes de que tu mente se dé cuenta. Siento un hormigueo sobre la piel mientras camino hacia la cafetería al aire libre durante la hora del almuerzo, aunque no sabría decir por qué. A primera vista parece que todo sigue igual: el frescor invernal en el aire, los estudiantes haciendo fila para comprar chocolate caliente y pan, calentándose las manos y envolviéndose en sus bufandas blanquiazuladas mientras esperan.

Pero algo se siente distinto. Algo cambió.

—¿Sientes eso? —le pregunto a Abigail mientras nos formamos. El sol se abre camino a lo alto del cielo, y el patio de la escuela está bañado por luz dorada.

—¿Qué cosa?

—No lo sé —le susurro, mirando a mi alrededor. Mi mirada se traba con la de una chica de unos grados abajo. Me mira por un momento, como confirmando algo, y luego se voltea a susurrarle algo a su amiga, cubriéndose la boca. «No se trata de ti», me digo a mí misma. «No tienen ninguna razón lógica para estar hablando de mí». Pero siento cómo la náusea se esparce por mi torso—. No lo sé… Solo siento que la gente nos está mirando.

—Seguro es por lo hermosas que somos —Abigail acomoda su cabello brillante y con una mano lo lanza por detrás de su hombro—. Yo también nos estaría mirando.

—Me inspira tu confianza —le digo—. Pero no creo que sea por eso.

Avanzamos en la fila y ocurre de nuevo. Hay otra chica que me mira y que, en cuanto la miro de regreso, evita por completo mi mirada.

—Bueno, querida, eres capitán escolar —dice Abigail—. La gente va a notarte, ¿cierto? Pensé que ya te habías acostumbrado.

Y es cierto. La gente me nota. Es la razón por la que invertí tanto tiempo en mi campaña para ser capitán escolar, y por la que me esfuerzo tanto en los discursos que presento durante las asambleas escolares, y por la que envío recordatorios masivos sobre recaudaciones de fondos y encuestas que la directora apenas pretende leer. Bueno, eso, y porque sabía que se vería increíble en mi aplicación a Berkeley, y porque me enteré de que Julius se postularía como capitán y, por ende, yo tenía que demostrarle que también podía hacerlo. Pero en este momento, la gente no solo me está notando. Por el rabillo del ojo veo cómo alguien con quien jamás he hablado me señala con la mano.

—Okey —digo, un poco nerviosa—. Quizás es solo paranoia, pero de verdad creo que…

—¿Qué mierda te pasa?

Me doy media vuelta y veo a Rosie caminar directo hacia nosotras. No, hacia mí. Sus ojos están entrecerrados, tiene su celular en la mano. Solo mide metro y medio, es tan pequeña que nuestros compañeros la cargan para divertirse, pero en este momento, mientras se planta frente a mí con firmeza, no hay nada de pequeño en ella.

Me quedo en blanco. Solo puedo pensar una cosa: «¿Qué diablos está ocurriendo?».

—Si tienes algo que decir, ¿por qué no me lo dices a la cara? —me dice, con una voz severa, de acusación— ¿Tienes un problema conmigo, Sadie?

—¿Qué? —Me quedo viéndola. Los engranajes en mi cabeza giran y giran, intentando pensar en alguna razón por la que Rosie, que me llamó una santa esta mañana, ahora actúa como si hubiera atropellado a su perro. ¿Será por los apuntes? ¿Tanta prisa tenía por conseguirlos? Pero no puede ser solo eso. De cerca, sus labios están temblando. Todos los músculos de su cara están tensos—. Yo no… Por supuesto que no. No tengo ningún problema…

—Pensé que eras una buena persona —El volumen de su voz va creciendo junto con la rabia de su expresión—. E incluso si tuvieras algún problema conmigo, me lo debiste haber dicho en privado en vez de decirle a todo el mundo.

El patio se ha quedado en silencio y todos los presentes nos voltean a ver.

—No sé qué está pasando —le digo, como rogando. Me da vueltas el estómago. Odio cuando alguien se enoja conmigo. Lo odio, lo odio, no lo puedo soportar—. Te lo juro, seguro es solo un malentendido.

—Cómo no.

—No estoy…

—¿De verdad vas a hacer como que no fuiste tú?

—Oye —interviene Abigail dando un paso entre nosotras, protegiéndome con un brazo. Pero yo ya estoy temblando, mis dientes castañean tanto que puedo sentir la reverberación en todo el cráneo. Quiero doblarme, desaparecer. «No te enojes», quisiera decir, aunque suene patético. «No sé qué esté pasando, pero por favor, solo no te enojes». Puede que sea Rosie quien esté delante de mí, pero en mi cabeza se trata de alguien más. Pasos que retumban en la sala, la puerta azotándose como un trueno, el gruñido del motor, el silencio terrible y pesado. Es lo que pasa cuando las personas se enojan. Se van para siempre, te olvidan, y no hay nada que se pueda hacer.

—¿Tú escribiste esto, o no? —me dice Rosie, sosteniendo su teléfono frente a mí.

Hago un esfuerzo por concentrarme en la pantalla, por leer el correo que Rosie tiene cargado en su celular, y entonces el mundo se desmorona a mi alrededor.

Puedo escuchar mi respiración entrecortada, la sangre me retumba en los oídos.

Reconozco cada palabra porque, en efecto, las escribí yo. Incluso recuerdo dónde estaba: recargada contra la pared de mi cuarto, furiosa. Rosie acababa de enviar un correo masivo a la generación entera planeando una fiesta para celebrar que había recibido el primer lugar en la feria de ciencia. «Supongo que ahora me pueden decir nerd», había bromeado. Sin pensarlo dos segundos, ya estaba escribiendo a un ritmo que mis dedos no podían seguir.

> *Si te vas a robar el proyecto de alguien y a llevarte todo el crédito, podrías al menos tener la decencia de no presumirlo como si lo hubieras hecho tú. ¿Desde cuándo te importa la ciencia?, ¿desde cuándo te importa alguna materia? Te la pasas todas las clases en el celular, enviando mensajes, comprando en línea y viendo videos de gatos; cuando llega la hora de entregar un proyecto, ¿piensas que puedes robarte mi trabajo? Que no haya dicho nada no significa que no lo supiera…*

—¿Y bien? —me presiona Rosie.

—No debería estar ahí —susurro. Los dedos me hormiguean. Siento el cuerpo entero entumido. No debería estar ahí. No debería. No puede ser. Se supone que el correo debería estar en mis borradores, que solo yo debería tener acceso a él. Pero la verdad me está mirando a la cara. Por alguna razón que desconozco, mi borrador se envió, y no solo a ella. Se envió con un «Responder a todos», lo que significa que todos a quienes ella incluyó en su correo original —es decir, la generación entera— lo recibieron.

Y luego me doy cuenta de otra posibilidad horrible.

Es tan horrible que mi corazón se detiene. Se me hiela la sangre.

«Oh, Dios…»

La multitud se aparta, y la última persona que quisiera ver aparece. Ni siquiera tiene que abrirse paso, solo camina hacia delante, mentón en alto, y todo mundo lo deja pasar, le ofrece todo el espacio que necesite.

Julius pasa junto a Abigail y Rosie como si ni siquiera estuvieran ahí y se detiene frente a mí. Sus ojos negros hierven, pero el resto de sus expresiones son puro hielo. De repente, mis peores miedos se confirman.

—Sadie —dice con una voz más rasposa de lo normal.

Dice mi nombre como si fuera veneno, como si le costara.

—Ven conmigo.

Y comienza a caminar, sin siquiera detenerse a revisar para saber si lo estoy siguiendo.

Yo lo sigo.

No quiero, pero es eso o quedarme a que Rosie me siga gritando frente a todo el mundo.

Me arde la cara cuando Julius decide finalmente detenerse en los jardines de la escuela. Estamos bastante lejos de la cafetería y de las canchas de basquetbol, y no hay nadie alrededor. A pesar de lo que siento en este momento, me doy cuenta de que es un lugar bastante bonito, con enredaderas que trepan por la reja y rosas de invierno floreciendo al fondo. Incluso hay un pequeño estanque, brillando entre el verdor. Cuando construyeron los jardines de la escuela, trajeron a un pato también, pero luego un zorro entró de noche y lo mató. A la gente le afectó tanto que tuvimos un funeral. Todo mundo estaba presente, uno de los chicos de mi generación lloró, y al pato lo enterraron en el pasto.

De hecho, creo que el pato está enterrado justo donde estoy parada.

—La idea de que me pusieron este nombre por un dictador romano —Julius comienza a decir, en voz baja y furioso— es ridícula.

Estoy tan desorientada, tan afligida, que solo puedo responder.

—¿No es así?

—En absoluto.

—¿De dónde viene tu nombre?

—Una compañía de impresoras —me dice, y luego hace una pausa, como si se arrepintiera por darme esta información—. Pero eso no importa.

Me toma un momento darme cuenta de a qué se refiere. Un dictador romano. Mis correos. En uno de los muchos correos de enojo que le escribí, me había burlado de su nombre. «Tus padres deben estar tan orgullosos», había escrito. «De verdad le haces honor a tu nombre».

—No —digo en voz baja mientras mi estómago da vueltas—. No, no, no, no. No. No...

—¿Cuánto tiempo habías estado planeándolo? —me pregunta, presionándome tanto con su voz como con su cuerpo. Da un paso hacia mí. Mi cuerpo se retrae, las púas de un arbusto me rozan la espalda. Con gusto dejaría que las espinas atravesaran mi piel si eso me ayudara a esconderme de este desastre. Nada de esto debería estar ocurriendo—. Había cuarenta y dos correos dirigidos a mí. El primero era de hace nueve años.

—¿Los leíste todos? —De repente, me gustaría cambiar de lugar con el pato muerto—. Yo... ¿cómo?, ¿cuándo?

—¿Me estás preguntando a mí? —Julius insiste— Tú eres quien los envió. Imagínate mi sorpresa cuando abrí mi laptop en clase de Física para descubrir que mi bandeja de entrada estaba saturada de correos tuyos. Si me perdí alguna lección crucial durante la clase por estar concentrado en tus varios insultos a mi persona, espero que sepas que es cien por ciento tu culpa.

—No —sigo intentando decir, repitiéndolo como si la fuerza de mi negación pudiera cambiar la realidad—. No.

—¿Los estuviste guardando todo este tiempo?, ¿estabas esperando el mejor momento para atacar?

—No es así.

—¿No es cómo? —Y, a diferencia de Rosie, él espera a que yo responda.

—No… No era mi intención enviar esos correos —le digo. Me siento a punto de desmayarme, o de vomitar, o ambas—. Solo… Hay mucho ocurriendo. Pero no sé cómo te llegaron esos correos. De verdad… Lo juro, tienes que creerme. No se suponía que los recibirías.

Sus ojos oscuros recorren mi cara, y el aire en mis pulmones se detiene. La forma en que me mira... es como si pudiera verlo todo, todos los pensamientos terribles y desagradables que han pasado por mi mente, cada impulso y fantasía, cada mentira e inseguridad.

—Te creo —me dice al fin.

Estoy tan sorprendida que apenas puedo hablar.

—¿Me… me crees?

—Creo que jamás habrías querido que otras personas leyeran esos correos —me dice, cruzando los brazos frente a su pecho, bajo el filo hostil de las expresiones de su cara—. Eso iría en contra de tu reputación como buena estudiante, ¿no es cierto? Jamás serías tan valiente —añade con burla—. Eres demasiado falsa.

Siento como si alguien me hubiera quemado las mejillas con un soplete. Todo arde dentro de mí.

—¿Crees que soy falsa?

—¿No lo crees tú? —Echa su cabeza hacia atrás—. Te dedicas a sonreír y a conquistar maestros y a decir sí a lo que sea que la gente te pida como si fueras un ángel, y luego vas y te pones a escribir tus mensajitos secretos sobre lo mucho que me odias y cuánto quieres estrangularme…

—Se llama ser amable —lo interrumpo.

—Sí, la estrangulación es un acto de amabilidad. Prácticamente es una ofrenda de paz.

—No es lo que estoy diciendo.

Suelta una risa, es un sonido frío y áspero.

—Nunca dices lo que quieres decir de todas formas.

Siento una presión que va creciendo tras mis ojos. Parpadeo una y otra vez, aprieto mis puños, intento no pensar en el doloroso nudo en mi garganta.

—No puedes decir que soy falsa solo por tener modales básicos… —Si fuera cualquier otro día, me detendría aquí. Justo antes de una confrontación real, antes de decir lo que pienso. Pero de repente me doy cuenta, como una explosión de histeria, de que Julius ya sabe lo que pienso. No tiene caso seguir fingiendo cuando ya ha visto lo peor de mí. Casi es liberador— Ya sé que no te importa nadie más que tú mismo, y que siempre te sales con la tuya porque eres tú, pero no todos tenemos esa suerte.

Algo ensombrece su cara, y yo titubeo.

Quizás fui demasiado lejos. Quizás fui demasiado severa. No importa cuánto lo odie, los correos siguen siendo mi culpa.

—Lo siento —me obligo a decir, ablandando mi tono solo un poco—. Estaba muy, muy molesta cuando escribí esos correos. Si hirieron tus sentimientos…

Y como si hubiera encendido un interruptor, su expresión se endurece. Su boca se contrae en una sonrisa burlona, sus ojos negros brillan. Cuando exhala, puedo ver el fantasma de su aliento en el aire entre nosotros.

—¿Herir mis sentimientos? —Lo dice como si fuera un juego—. Tienes una opinión demasiado alta de ti misma, Sadie. Tú no puedes herirme. Al contrario… ¿no recuerdas lo que escribiste?

Una alarma comienza a sonar en mi cabeza.

«Peligro».

«Retirada».

Pero estoy congelada. Solo mi corazón galopa, cada vez más rápido.

—Si bien recuerdo, escribiste dos párrafos enteros atacando el color de mis ojos —exclama, y siento cómo el miedo me hace palidecer—. Son demasiado oscuros, como si fuera un monstruo salido de un cuento. Como un lago en el que te podrías ahogar el día más frío del invierno. Mis pestañas son demasiado largas, como si fueran las de una chica. No merezco ser tan guapo. Mi mirada es demasiado profunda, demasiado intensa; no puedes sostenerla por mucho sin sentir que te rebasa —Me mira fijamente mientras habla, como si quisiera comprobar si es verdad, como si quisiera comprobar el efecto que tiene en mí en tiempo real—. Escribiste que mi presencia hace que te cueste concentrarte en clase.

Siempre he resentido la memoria perfecta de Julius, pero nunca tanto como en este instante.

—Ya basta —intento decir.

Pero claro que no me escucha. Si acaso su determinación parece haberse renovado.

—Luego escribiste trescientas palabras quejándote de mis manos —Extiende sus dedos largos, los examina a detalle—. No tenía idea que le ponías tanta atención a la forma en que sostengo mi pluma, o el arco de mi violín, o en cómo me veo cuando paso al pizarrón a resolver un problema.

Aflojo la mandíbula para defenderme, pero no puedo pensar en una sola palabra. La mortificación me consume.

—¿Sabes qué es lo que pienso? —me dice al oído, tan cerca que su boca roza mi oreja, y su cara implacable nubla mi visión. Mi respiración se detiene. Se me pone la piel de gallina— Creo que estás obsesionada conmigo, Sadie Wen.

Siento un latigazo de fuego. Me muevo para empujarlo, pero mis manos impactan contra el músculo duro y magro de su pecho amplio. Se ríe de mí, y yo quiero matarlo. Lo siento en cada célula de mi cuerpo. Nunca lo he querido matar tanto. Lo odio tanto que podría llorar.

—Ya vete —le gruño.

—No hay razón para avergonzarse...

No suelo alzar la voz, pero lo hago ahora.

—Dios, solo déjame en paz. Estoy harta de ti.

La frase suena más fuerte de lo que esperaba, rompe con la serenidad de los jardines, resuena por encima de los árboles. Siento como si las palabras me hubieran abierto la garganta.

Al fin da un paso hacia atrás y me dice, con un gesto inexpresivo.

—No te preocupes. Ya me iba de todos modos.

Porque tiene que ser su elección irse, no mía. Porque se rehúsa a darme incluso esta pequeña satisfacción.

No volteo a verlo mientras se va. Más bien, busco mi celular en el bolsillo de mi falda y cargo mis correos. «Quizás no son tan terribles como pienso», me digo, intentando calmarme, aunque suena como un delirio, la voz de una niña insistiendo en que el fuego es pequeño mientras se quema su casa. «Quizás estoy exagerando. Quizás la situación todavía se pueda salvar».

Pero luego abro el primer correo a Julius, de hace nueve años, y tras unos enunciados, me siento más estatua que persona.

> *eres un mentiroso, Julius Gong.*
>
> *cuando el maestro de mandarin nos pidio la expresion para «agua y fuego no se mezclan» respondi al mismo tiempo que tu!!!!!!! como te ATREVES a decirle al maestro que tu estabas bien y no yo??!! como TE ATREVES a llevarte MI estrella dorada???? quien te dio el derecho??? no te mereces ninguna estrella. eres una persona muy mala, no me importa que otras personas no lo crean. voy a hacer que te harrepientas de esto tanto que vas a llorar. vas a ver.*

Mi ortografía de hace tantos años es casi tan vergonzosa como el contenido.

En mi desesperación, leo otro correo. Un «Responder a todos» tras un correo que Julius había enviado a la generación debajo de la nuestra, ofreciendo vender sus materiales de estudio a un precio desorbitante, justo un día después de que yo hubiera ofrecido mis apuntes. Mi ortografía mejoró. Pero el contenido del mensaje es peor.

> *A veces sueño con ahorcarte. Lo haría lentamente, cuando menos te lo esperes, cuando estés relajado. Imagino cómo envolvería mis manos*

alrededor de tu cuello largo y pálido mientras el miedo florece en tu mirada. Imagino cómo tu piel se va volviendo roja, cómo tu respiración se agita mientras forcejeas. Quiero ver tu dolor de cerca. Quiero que me supliques. Quiero que admitas que estabas equivocado, que yo gané. Quizás incluso te pondrías de rodillas para mí. Me suplicarías piedad. Sería divertido, pero incluso entonces, no sería suficiente…

Necesito de toda mi fuerza de voluntad para no arrojar mi celular al estanque.

Cierro los ojos con tanta fuerza que comienzo a ver estrellas. Me considero una persona inteligente. Estoy orgullosa de las cosas que sé, como si una gráfica está mal hecha, o si una respuesta es correcta, o qué tema funcionará mejor para un ensayo.

Pero no se necesita mucha inteligencia para saber que estoy completa y absolutamente arruinada.

Capítulo IV

La campana que indica la siguiente clase interrumpe mis cálculos sobre cuánto tomaría mudarme de forma permanente a otra ciudad.

Me podría ir a casa en este momento. Tomar mi pasaporte, llamar a un taxi y comprar el primer vuelo fuera de aquí. Tengo suficientes ahorros de trabajar en el Festival de Primavera cada año como para durar al menos un mes. Entretanto, podría conseguir un empleo de medio tiempo, como tutora para niños rezagados o como mesera en un restaurante de *hot pot;* he escuchado que siempre están buscando empleados bilingües. Quizás me decolore el pelo, me ponga un bronceado artificial y lentes de contacto; quizás cambie mi nombre y mi identidad. Nadie de Woodvale me podría encontrar.

Pero incluso mientras fantaseo en mi cabeza, mis pies se arrastran hacia la clase de Inglés.

No puedo evitarlo.

La necesidad de obedecer las reglas, de llegar a tiempo, de mantener mi asistencia perfecta, está todo demasiado grabado en mí. Soy como uno de los perros de Pávlov, solo que cuando escucho la campana, siento la necesidad de sentarme en mi lugar y sacar mis cuadernos.

Estoy frente a la puerta y quiero vomitar. Estoy temblando, mis dientes chocan con tanta fuerza que temo que se rompan. El olor a desinfectante y a cera para zapatos es abrumador, el ruido creciente de las voces a mi alrededor perfora mis oídos como chillidos. No entiendo lo que dicen, pero una certeza enferma y densa en mi interior me asegura que están hablando de mí.

Mis dedos tiemblan sobre la perilla. Intento respirar, pero termino tomando demasiado aire demasiado rápido hasta que me siento mareada.

La campana suena de nuevo.

«Solo entra».

«Acaba con esto de una vez».

En cuanto pongo un pie dentro del salón, hay una pausa breve pero obvia en las conversaciones. Las miradas se apartan de mí y se posan sobre los espacios en blanco del pizarrón, o en las ventanas a medio abrir, o en el afiche anticuado que lee «Mantén la calma y que siga Shakespeare», lo cual ni siquiera tiene sentido.

Mientras tomo asiento frente al pizarrón, puedo sentir los ojos del salón en mi cuello. Soy consciente de cada sonido y movimiento: mi laptop abriéndose, mi silla rechinando, las mangas de mi chaqueta arrugándose mientras me arremango.

Entonces entra la profesora Johnson, y la expresión en su rostro me congela. Su boca está hecha un puchero y pareciera que sus cejas delgadas están anudadas. Ha dado clases en el colegio seis años, tres de ellos con licencia de maternidad; en todos los años que la he conocido, jamás la había visto tan enojada. De repente, me mira directo a los ojos. No es su mirada usual, de «ahí está mi alumna favorita que siempre lidera las discusiones grupales», sino una mirada de «ahí está la mocosa que me arruinó el día». De golpe, mi confusión se esclarece y me doy cuenta de lo que ocurre con una ansiedad debilitante.

Esos malditos correos.

Había estado tan concentrada en lo que le escribí a Julius que me había olvidado de los otros destinatarios. Como por ejemplo, mi maestra de Inglés.

—Antes de adentrarnos al maravilloso mundo de la literatura —dice mientras azota su maletín sobre su escritorio de forma un poco violenta—, me gustaría hacer un anuncio general. Si, por alguna razón, tienen un problema con una calificación que yo les he puesto, estoy abierta a discutirlo de manera civilizada —Su mirada se centra en mí, y yo quisiera que un agujero se abriera en la tierra y me tragara.

—También me gustaría enfatizar que he sido maestra por mucho más tiempo del que ustedes han sido estudiantes —continúa—. A pesar de que esta puede ser una materia bastante más subjetiva que otras, las calificaciones que reciben dependen de una rúbrica muy estricta. El número que reciben no es aleatorio; si creen que se merecen una calificación mejor, demuéstrenlo con su esfuerzo. ¿Está claro?

El salón asiente. Detrás de mí, escucho a alguien susurrar:

—A la madre, ¿quién la hizo enojar?

—Seguro la misma persona que ha estado haciendo enojar a todo mundo.

Hay una pausa, y mi mente llena el vacío con una imagen vívida de cómo apuntan hacia mí. Toda la sangre de mi cuerpo se encuentra en mis oídos y en mis mejillas.

Me llevo las manos a la cara, bajo el brillo de mi pantalla tanto como puedo, y abro la carpeta de «Enviados» en mi correo. Me obligo a leer el intercambio completo entre la señorita Johnson y yo, comenzando por mi correo original. Recuerdo haber pasado una hora entera redactándolo, reemplazando palabras para sonar más amable, y releyéndolo tantas veces que mis ojos habían comenzado a lagrimear.

Querida señorita Johnson:

¡Espero que este correo la encuentre bien! Tenía curiosidad por saber, ¿cuándo estarán disponibles las calificaciones del ensayo analítico? Recuerdo que usted dijo que estarían listas antes del jueves de la semana

pasada, pero ha pasado más de una semana y no he recibido nada. Por supuesto que entiendo por completo si no están listas ya que usted es una persona muy ocupada, y de ninguna forma quiero presionarla, ¡solo quería asegurarme en caso de que me hubiera perdido de algo!

¡Mil gracias por todo su tiempo, y lamento cualquier inconveniente!

Un cálido saludo,

Sadie Wen

Contuve mi respiración y esperé. Dos días después, recibí su respuesta.

tu calificación es 89.5

Enviado desde mi iPhone

Con cada nueva línea, siento cómo regreso al pasado, mi frustración renace, se cae la costra y deja expuesta la herida. Era una calificación terrible para mis estándares, apenas por encima del promedio. Para empeorar las cosas, yo me había enterado de que Julius había sacado 95 porque su maestro de inglés era más relajado, y la diferencia entre los dos era más que notable. Imperdonable. Insoportable. Ni siquiera estábamos cerca. Así que hice lo que pude por negociar.

Querida señorita Johnson:

¡Gracias por informarme, de verdad lo aprecio! ¿Sería posible de alguna forma que mi calificación se redondeara a un 90, ya que solo me falta media décima? ¿O quizás hay alguna posibilidad de que yo haga un ensayo para conseguir puntos extra? Por favor hágamelo saber, ya que esta calificación, como su clase entera, es sumamente importante para mí. Sería un placer hacer cualquier cosa para cambiar esto.

Un saludo cálido,

Sadie Wen

A lo que ella respondió:

No. Todas las calificaciones son finales.

Ahí es donde debió haber parado todo. Debió haber sido el final de nuestra correspondencia. Deposité mi humillación y mi enojo en un borrador más tarde esa noche y lo dejé ir.

Hasta ahora.

Me duele leer el último correo, que solo añade al fuego que me quema la cara.

Señorita Johnson:

He releído el ensayo que entregué, y debo decir que no estoy de acuerdo con la calificación final. Incluso si no merece una calificación perfecta, esta debería ser al menos de 90. A usted no le cuesta nada redondear mi calificación, pero a mí me cuesta todo que se quede como está. Son solo 0.5 décimas. Cero. Punto. Cinco. Décimas. ¿Qué tan necia tiene que ser para negarle a una estudiante incluso eso? Es matemática básica. Cómo bien sabe, me encuentro en proceso de aplicación a Berkeley, la escuela con la que he soñado desde que era pequeña. Mis calificaciones son más importantes que nunca, y su decisión podría alterar mi promedio entero, lo que podría significar la diferencia entre ser aceptada y ser rechazada.

Está no es la primera vez que me ha costado entender su forma de calificar, debo decir. El ensayo de ejemplo que nos mostró en clase ni siquiera era tan bueno; cada que citaba, literalmente decía «Esta es una cita del texto». También iniciaba cada otro enunciado con la palabra «significativamente», lo que, en mi opinión, detrae del verdadero significado de lo que se quiere decir…

Hace dos semanas, meses después de que escribí el borrador, me enteré de que la profesora Johnson es quien escribe todos los ensayos de ejemplo que repasamos en clase.

«Olvídate de un hoyo en la tierra», pienso mientras cierro mi computadora y clavo mi mirada en el techo. «Que el edificio entero se derrumbe sobre mí».

Para mi mala suerte, el edificio no colapsa durante las siguientes tres horas de clase, pero mi vida sí.

A donde sea que vaya, me siguen los murmullos. Por la forma en que la gente actúa a mi alrededor, uno pensaría que maté a alguien con mis propias manos o algo por el estilo, aunque supongo que esto es una especie de asesinato. A partir de hoy y para fines prácticos, Sadie, la estudiante modelo, la capitán escolar perfecta, está muerta.

—De verdad no es tan malo —dice Abigail mientras caminamos juntas por el pasillo. Tenemos Matemáticas en cinco minutos, pero por primera vez en mi vida no me preocupa la posibilidad de un examen sorpresa. Una chica le da un codazo a su amiga y hace un gesto con la cabeza cuando pasamos junto a ellas. Se doblan de la risa, sueltan carcajadas histéricas.

La ansiedad que ha habitado en mi estómago durante estas últimas horas se abre paso hacia nuevas profundidades en mi interior.

—¿Qué es tan chistoso? —les grita Abigail, porque ella jamás le ha temido a la confrontación—. ¿Tu nuevo fleco?

—Su fleco de hecho se le veía bastante lindo —le digo con mi mano sobre mi boca.

—Sí, de verdad que le queda muy bien —asiente Abigail en voz baja—. Y vale, mira, la situación no es la más óptima, pero me tomé el tiempo de leer algunos de esos correos...

—Tú y el resto de la escuela —mascullo, llevándome las manos a la cara para esconderme. Otro grupito se ha detenido a mirarme afuera de los baños y fragmentos de su conversación llegan a nosotros.

— ...es ella...

—Escuché que Rosie enloqueció esta mañana.

—Pues sí, ¿viste lo que escribió?

—Olvídate de Rosie... si yo fuera Julius Gong, estaría furioso. De verdad se pasó de lanza...

Abigail sigue hablando, más fuerte, haciendo un esfuerzo por ahogar su conversación.

—Quizás el tono era demasiado severo en algunos lugares, y de verdad creo que tenemos que darnos un tiempo para diseccionar tu odio hacia Julius...

Cierro los ojos, horrorizada.

—Te lo ruego, por favor no lo menciones.

No quiero volver a escuchar su nombre o verlo o recordar que existe. No quiero recordar el calor de sus labios cerca de mi piel, el brillo de sus ojos, la malicia en su voz.

—Está bien, pero a lo que voy es que no hiciste nada ilegal. Solo estabas siendo honesta. Si fuera tú, querida, no lo escondería. Que te tengan un poco de miedo. Que sepan que también tienes ideas y sentimientos.

—Solo no entiendo cómo ocurrió —le digo, caminando con más prisa. Si bajo el ritmo, si pienso demasiado, me voy a desmoronar—. Nunca, *nunca* habría enviado esos correos. Debió haber sido algún tipo de virus. Dios, sabía que no debía haber descargado esos ensayos de ese sitio web... Se veía demasiado sospechoso. Solo lo hice porque no los encontré en ningún otro lado.

Abigail se muerde el labio.

—Bueno, yo... —Pero lo que sea que está a punto de decir se muere antes de salir de su boca, y ella se detiene de pronto.

Me toma solo un segundo darme cuenta por qué.

Junto a la vitrina de trofeos, llena de medallas y reconocimientos que abarcan desde el club de remo hasta el equipo de ajedrez o la interestatal de debate, hay una foto enmarcada de Julius y de mí. Nos la tomó un fotógrafo en una sesión profesional poco después de que fuimos nombrados capitanes escolares.

Ambos llevamos puesto el uniforme escolar, él con corbata, yo con el pelo recogido, con nuestras insignias al centro del bolsillo de nuestras chamarras. Él tiene los brazos cruzados sobre su pecho, con un aire de superioridad. Yo estoy sonriendo más que él, llevo las pestañas enchinadas, y el flash resalta las pecas sobre mis mejillas.

El fotógrafo nos pidió que nos paráramos más cerca del otro, que nos abrazáramos, pero ninguno de los dos estaba dispuesto a ello, así que hay alrededor de cinco centímetros de distancia entre los dos.

Y ahora, en ese espacio, alguien dibujó una línea roja y zigzagueante que atraviesa la fotografía.

También añadieron una lanza en mi mano y una espada en la suya. No parecemos cocapitanes; más bien parece que estamos a punto de entablar un conflicto bélico. Como si fuera el afiche de una película de superhéroes de bajo presupuesto.

—No puede ser —exhalo.

Abigail contrae los labios.

—No entres en pánico…

Entro en pánico.

—Esto es terrible —mascullo, presionando ambas palmas contra el vidrio como si pudiera atravesarlo y limpiar la foto—. Se ve horrible. Nos hace ver horribles.

—Sé a lo que te refieres, pero si ayuda en algo, los dos se ven guapísimos…

—Abigail —le digo, protestando e indignada. Detesto que me consuelen: yo siempre soy quien ofrece consuelo a los demás. Detesto necesitar cosas de otras personas.

—Okey, okey, está bien. —Me toma del brazo y comienza a alejarme de la vitrina, hablando con la misma cadencia que he visto usar a maestros de meditación—. Mira, querida, no es el fin del mundo. Todos están reaccionando así porque están sorprendidos. O sea, todos tenían esta idea de que ustedes se llevaban bien, en especial porque son capitanes escolares, y ahora que hay chisme, se van a amontonar como palomas. Pero se les pasará en un par de días.

—¿Estás segura? —le pregunto, mirando alrededor. Desde el mar de mochilas y cuadernos y chaquetas blanquiazules, las miradas me encuentran y luego miran la foto vandalizada. La humillación me cierra la garganta.

—Estoy muy segura —me consuela Abigail. Pero parpadea varias veces mientras me lo dice, como siempre hace cuando está mintiendo.

Capítulo V

La panadería casi siempre está llena cuando salgo de la escuela.

Empujo las puertas y me aborda el aroma familiar del coco, la mantequilla, la leche evaporada. Huele a casa. Se siente como casa también. Nuestra panadería está justo en medio de la ciudad, junto al restaurante coreano que todo mundo visita en invierno y el mercado asiático que siempre tiene gomitas Wang Wang, salsa de pescado y fideos instantáneos sabor a res. Unas cuadras más adelante está el cine, donde siempre están las películas *wuxia* más recientes, así como las comedias románticas y películas de ciencia ficción chinas; el restaurante de *dim sum* que regala periódicos a las personas de tercera edad, y el salón de uñas que te hace la manicura gratis si tienes el corazón roto.

Todo me es tan íntimo como el camino que lleva a mi propia casa.

Dejo mi mochila junto a la caja y me abro paso por entre los clientes haciendo fila con sus charolas de pan. Roles de nata, bollos de atún, *mochis* de té verde, donas rellenas. Pasteles diminutos coronados con rebanadas de fresa, kiwi y crema batida. Normalmente esperaría a que todo el mundo se hubiera ido para hurtar uno de los *cupcakes* rezagados de los estantes, pero hoy me siento demasiado afligida como para pensar en comer.

—¡Atrapa!

Me doy la vuelta justo a tiempo para ver la mancha de color que viene directo hacia mí. Mis manos reaccionan por instinto y atrapan la pelota de básquetbol segundos antes de que me rompa la nariz.

—Un poco de advertencia no estaría de más —gruño mientras Max camina hacia mí.

—Pues por eso grité «atrapa» —responde Max, tomando la pelota de regreso y haciéndola girar sobre un dedo. Su cabello, oscuro y erizado, brilla tanto que parece que se acaba de bañar, pero tras un vistazo de cerca, me doy cuenta de que solo se trata de una cantidad enfermiza de gel.

—¿No deberías estar en la escuela? —le pregunto. Max nunca se ha interesado mucho en la panadería, y sus visitas se han reducido aún más desde que se mudó al dormitorio de su universidad. Cuando viene, dice que es porque le da demasiada pereza cocinar—. Hasta los estudiantes de deportes deben tener clases a las que asistir.

—Me las salté. Eran demasiado aburridas —se encoge de hombros.

—No puedes solo... No puedes saltarte tus clases. —«No cuando tu colegiatura cuesta casi tanto como lo que la panadería gana en un año», quisiera agregar, pero me detengo. La vida de mi hermano es simple y alegre, y consta de cuatro elementos: el desayuno, la comida, la cena, y el baloncesto. Es la vida que quiero que tenga, la vida que me juré que le dejaría conservar, incluso sin nuestro padre.

—Claro que puedo —me dice con una sonrisa simplona—. Todo el mundo lo hace. Y, además, un estudiante perfecto por familia es suficiente, ¿no lo crees?

Mi cara está a punto de vacilar, mi estómago se está anudando de nuevo. En la atmósfera cálida de la panadería, el desastre de los correos electrónicos no parece del todo real. Intento tragar, pero siento como si estuviera intentando tomar un medicamento sin agua.

—¿Dónde está mamá? —le pregunto, evitando su pregunta. Mi voz no se quiebra por puro milagro.

—En el cuarto de atrás.

Mi hermano me sigue, tarareando el tema de algún videojuego, y yo atravieso la cocina para encontrar a mi mamá. Está recargada junto a la pared, a un lado de los contenedores, apoyándose en una escoba como si no tuviera la energía para cargar su propio peso. Su piel se ve pálida bajo la luz fluorescente, y los círculos alrededor de sus ojos, oscuros. Se me encoge el corazón. Se ve exhausta, pero eso no es nada nuevo.

—Dame, te ayudo a barrer —le digo con tanta alegría como puedo.

Ella parpadea. Sacude la cabeza.

—No, no. Estoy bien. Ponte a hacer tu tarea.

—No tengo mucha tarea —le miento, repasando todo lo que tengo que hacer, las entregas para mañana, los artículos que tengo que escribir.

Mi mamá titubea. Sus manos delgadas aprietan la madera.

—Dámela —le digo con firmeza, arrebatándole la escoba—. Yo lo hago.

Pero Max me da un codazo.

—Espera, ¿no dijiste que me ibas a ayudar a practicar mis pases?

Tiene razón. Sí que se lo dije.

—Puedo practicar contigo mientras barro —le digo—. Solo no tires nada.

—¿Segura que puedes? —pregunta mamá, arrugando la frente. A ninguna se nos ocurre ni por un segundo que Max pueda ayudar. La última vez que lo hizo, terminó tirando las cajas de huevo y se pasó horas recogiendo pedazos de cascarón del suelo—. ¿No quieres descansar primero o…?

—Mamá, te juro que no es ningún problema —le digo con una risa tan convincente que casi me la creo yo misma, y le doy un pequeño empujón hacia la puerta. Puedo sentir los bordes de su columna bajo mis dedos. No hay carne, solo hueso y músculo, resultado de su trabajo.

En cuanto está fuera de mi vista, comienzo a barrer en piloto automático. La mitad de las ampollas en mis manos son por sostener mi pluma demasiado tiempo. La otra mitad son por esto.

Junto a mí, Max comienza a driblear.

—¿Lista? —me pregunta.

Suelto la escoba con mi mano izquierda.

—Okey. Vas. —La pelota viaja por el aire y cae justo en mi palma. La boto un par de veces antes de lanzarla de regreso, y mi hermano la atrapa con la misma facilidad.

—Vaya, nada mal. Nada, nada mal —me dice—. Deberías unirte al equipo.

Le tuerzo los ojos.

—No hay necesidad de adular.

El balón viaja de regreso.

—De verdad —insiste, y luego hace una pausa—. Bueno, quizás tengas que formar un poco de músculo antes.

Esta vez, apunto el balón a su cara.

—Soy más fuerte que tú.

—No, es obvio que yo soy el más fuerte de la familia —protesta—. Recuerda que incluso papá dijo…

Ambos titubeamos. El balón cae al suelo y rueda hacia los estantes y los dos hacemos nuestro mejor esfuerzo por hacer como si nada hubiera pasado, como si él no existiera. Pero es imposible. Es como intentar limpiar una escena del crimen con servilletas. Es más fácil recordar cómo solían ser las cosas, aquellas tardes lejanas y difusas en el pequeño patio de la casa, donde papá, Max y yo solíamos jugar a las carreras o al baloncesto hasta la hora de cenar…

No. Me detengo antes de que la nostalgia pueda tocarme. Me rehúso a extrañarlo, a quererlo de vuelta en nuestras vidas.

—Necesitas practicar más —digo sin mucha emoción.

Max recoge la pelota y cuando comenzamos a pasarla de nuevo, ambos tenemos cuidado de no mencionarlo otra vez. Pero aun así, el tema me molesta. No es la primera vez que me pregunto si él también me culpa por lo que pasó. Si es acaso esa la causa de la tensión casi imperceptible pero real que existe entre nosotros, la razón por la que solo nos visita una vez a la semana, a lo mucho, la razón por la que nuestras conversaciones siempre terminan en silencio.

Ya oscureció cuando terminamos. Guardo todo el pan que sobró en un contenedor gigantesco para dárselo a nuestros vecinos: los Duong, quienes tienen dos trabajos cada uno para mantener a sus cinco hijos; la vieja *nanai* que vive sola desde que su pareja murió hace tres inviernos y que apenas puede hablar inglés; la señora divorciada de Henan que siempre nos trae limones recién cortados de su propio árbol. Le agrego unas cuantas rebanadas de fresa más a los pasteles antes de cerrar.

Los tres nos subimos al último camión a casa. Balanceo el pan sobre mis muslos, y pongo mi mochila bajo mi brazo. Max solo carga con su balón. El interior huele a plástico y a perfume, y al niño sentado detrás de mí se le ocurre la brillante idea de jugar *kickball* con mi asiento.

Pum.

Pum. Pum.

«Ignóralo», me digo. «No vale la pena armar un lío, y pronto llegaremos a la parada de todas formas». Me concentro en el paisaje al otro lado de la ventana. Los postes de luz poco a poco dan paso a robles dorados, el gris se vuelve verde, el espacio entre las casas crece más y más hasta que estamos de lleno en los suburbios...

Pum. Pum. Pum.

Respiro hondo. Aprieto los puños, intento relajar cada músculo de mis manos uno por uno. Pero mis puños se mantienen apretados, y al no tener algo con qué distraerme, las imágenes que he intentado mantener al margen todo el día comienzan a desfilar por mi cabeza. Julius recibiendo a las tías con su sonrisa falsa y su carisma falso. Georgina dejándome hacer todo el trabajo para el proyecto grupal. Julius riéndose con la chica junto a él. Rosie enojada conmigo, su mirada de acusación. Julius frente a mí en los jardines, el rasgueo de su voz junto a mi oído: «Creo que estás obsesionada conmigo, Sadie Wen». Su mueca torcida, su mirada fría y penetrante.

Pum. Pum...

—¿Puedes dejar de hacer eso? —volteo al asiento de atrás.

El niño se queda congelado. Mi madre también está sorprendida.

Yo misma estoy sorprendida. Las palabras no se sienten como si hubieran salido de mi boca. Es como si alguien hubiera quitado todos los filtros que yo he fijado, creando un camino directo de mi cerebro a mis labios.

Y luego, el horror: el niño comienza a desparramar lágrimas y a gritar.

Ay, Dios.

Ay, Dios mío. Acabo de hacer llorar a un ser humano pequeñito. ¿Qué diablos me pasa el día de hoy?

—P... perdón —murmuro, sintiendo un calor subir por mi cuello. Los pasajeros a nuestro alrededor me están mirando fijamente. Probablemente se pregunten qué tipo de monstruo soy. Cuando el camión llega a nuestra calle siento una oleada de alivio. Tomo el contenedor de pan y salgo del camión a toda velocidad. El niño sigue llorando cuando las puertas automáticas se cierran.

En el silencio que sigue, Max chifla un silbido bajo.

—Vaya, por un momento de verdad pensé que ibas a golpear al niño ese. Me diste un poco de miedo, no voy a mentir.

Mamá me mira, consternada.

—¿Está todo bien, Sadie?

Yo me trago el nudo que tengo atorado en la garganta.

—Sí, claro —digo con ligereza—. Lo siento, solo estaba... molesta. Y no iba a golpear a nadie —añado, clavándole la mirada a Max.

Mi madre me mira un momento más y respira por la nariz. Me preparo para su regaño.

—Bueno, sé que no se supone que admita este tipo de cosas porque soy una adulta, pero también quería gritarle a ese niño. Vamos —añade, tomando el contenedor de mis manos y caminando hacia nuestra casa. Es fácil reconocerla, incluso en la oscuridad, con su tejado color verde jade y las luces que cuelgan sobre el pórtico—. Deberías bañarte y dormir temprano. Tienes escuela mañana.

«Escuela mañana».

El recordatorio me golpea como un mazazo en el estómago. No sé cómo voy a sobrevivir.

Capítulo VI

Nada bueno ha pasado nunca en el aula principal.

Es donde tomamos nuestros exámenes finales y donde fuimos obligados a escuchar conferencias insoportables sobre «los cambios en nuestros cuerpos», y donde Ray una vez tiró un plátano detrás del podio y las ratas lo encontraron antes que la escuela.

Es decir, no es gratuita la aprensión que siento cuando recibimos la instrucción de dirigirnos al aula justo después del almuerzo.

—¿Qué está pasando? —le pregunto a Abigail mientras buscamos asiento en la parte trasera.

La sala entera, con sus paredes aburridas y sin ventanas y sus incómodas sillas de plástico, está diseñada para ser deprimente. Un año entero después del incidente, el hedor a plátano podrido sigue suelto como el villano de una película de franquicia: imposible de rastrear e imposible de matar.

—Yo esperaba que tú me lo dijeras —dice Abigail, dándole mordidas a su pan tostado con mermelada de coco. Hoy, la notita en su lonchera dice: «¡Sigue brillando!»—. ¿Qué no a ustedes, capitanes escolares, les avisan sobre este tipo de cosas?

—Esto no —le digo, mientras ojeo el aula en busca de pistas. Hay una laptop conectada al proyector y un termo sobre el piso de madera, lo que significa que alguien va a dar una presentación.

Entonces, sin quererlo, mi mirada se encuentra con la de Julius en la segunda fila.

El veneno en sus ojos me impacta como un golpe. Esperaba que se le hubiera pasado un poco el enojo tras un día entero, pero parece que el enojo solo se fermentó.

No es el único. Se debió haber corrido la palabra sobre mis correos a toda la clase. Cuando me siento, la chica junto a mí me hace una cara y recorre su silla, como si yo fuera el origen del olor a plátano.

Me arde el estómago.

El ruido de los tacones sobre la madera me distrae por un momento de mi miseria. Una mujer de aspecto serio, más o menos de la edad de mi mamá, se acerca al podio a zancadas. Lleva el pelo recogido y tan ajustado que siento el tirón de pelo en mi propia cabeza. Prendida a su chaqueta de cuadros tiene una insignia de visitante, «Samantha Howard», y una foto borrosa. No dice nada, solo nos mira como si hubiéramos cometido un crimen colectivo en contra de su perro, y entonces presiona un botón. El proyector se enciende, revelando la primera diapositiva en la pantalla gigantesca detrás de ella.

Doy un vistazo al título, «El estudiante digital: normas de etiqueta en línea y ciberseguirdad», y mi estómago se desploma. La agonía ha regresado.

—Su escuela me llamó tras ciertos... eventos recientes —empieza a decir, y con eso, confirma mis peores sospechas—. Me pidieron que les diera un repaso sobre cómo comportarse al momento de interactuar a través de canales de comunicación digitales.

Siento la mirada de incontables ojos sobre mí.

«Lo conseguí», pienso. «Descubrí el infierno sobre la tierra. Es esto».

—Podrían pensar que ya que son una generación joven y como crecieron con sus tabletas y sus laptops y sus iPads y todos sus aparatos, que no necesitan ayuda, ¿cierto? Pues no —dice, tan fuerte que algunas personas en las filas delanteras saltan en sus asientos—. Antes de comenzar, vamos a levantar nuestras manos. ¿Cuántas personas aquí tienen una cuenta en alguna red social?

Hay un momento breve de duda. Luego, se levantan todas las manos en el aula.

—Qué tristeza —dice Samantha Hayward con un suspiro profundo—. No me sorprende, pero es una tristeza. Ahora díganme, ¿cuántos de ustedes publican cosas con frecuencia? ¿Videos, fotos y demás?

Algunas de las manos bajan, pero la mayoría se mantiene arriba.

—Ese es su primer error —nos dice Samantha—. Todo lo que publican deja una marca permanente en el internet. Cada comentario, cada interacción, cada *selfie* —escupe la palabra como si fuera el nombre de alguien que intentó envenenar su té—. Tras la sesión de hoy, espero que todos configuren sus publicaciones para que sean privadas. O mejor aún, que desactiven sus cuentas por completo. Cuiden lo que están dejando… —Hace una pausa a media oración, y mira con sorpresa a Abigail—. ¿Sí? ¿Tienes una pregunta?

Abigail se pone de pie con una expresión casi tan sombría como la de Samantha, y se mueve el pelo platinado de los hombros.

—Sí, solo una —se aclara la garganta—. ¿Qué hacemos si queremos ser nosotros mismos?

Se escuchan risas dispersas en el aula.

Samantha frunce las cejas.

—Esto no es una broma. Es una cuestión de seguridad…

—No creo que me esté entendiendo —dice Abigail con una mirada inocente—. Digo que si de verdad queremos ser nosotros mismos. ¿No le ha pasado que el delineado le queda perfecto y siente la necesidad absoluta de publicarlo, de guardarlo para la posteridad, de que se convierta en su legado?, ¿no piensa que es un crimen no enseñarle al mundo lo bien que me queda mi nuevo vestido negro y lo mucho que resalta mi figura? —Abigail termina su discurso, se sienta de nuevo y voltea hacia mí, sonriente.

Y aunque debería estar en contra de ella, tengo que morderme el labio para no reírme. En parte sé por qué lo está haciendo. A ella nunca le ha importado ser disruptiva en clase, pero lo es aún más cuando nota que yo estoy de mal humor. Es su forma de levantarme el ánimo.

—Le aseguro, jovencita, que ese no es el tipo de legado que quiere dejar —dice Samantha, y su nariz se agita—. Esto es exactamente de lo que estoy hablando. Yo sé que sus lóbulos prefrontales no se han desarrollado del todo, pero tienen que empezar a pensar más allá de sus impulsos. Su huella digital podría afectar su expediente escolar, sus futuras universidades, sus futuros empleos. Echemos un vistazo a algunos ejemplos, ¿sale?

Presiona un botón y la siguiente diapositiva aparece en la pantalla. Es un ejemplo de un correo.

> *Querido Brady,*
>
> *Tu personalidad apesta, tu cara apesta, y tu existencia apesta. No me caes bien para nada. Deberías arrojarte a las vías del tren.*

El aula entera voltea a verme.

Me llevo las manos a la cara para esconderme, humillada. A pesar de que no es mi correo, la referencia es clara, y al parecer, intencional.

—¿Alguien puede decirme qué está mal con este correo? —pregunta Samantha. Nadie levanta la mano, y por unos segundos, mi inocencia me hace pensar que estoy a salvo. Podemos regresar a la conferencia sobre cómo nuestras *selfies* inevitablemente llevarán a nuestro asesinato. Pero Samantha se rehúsa a dejarlo ir—. Es importante participar. Si les da pena, puedo elegir a alguien al azar. Qué hay de…

«Que no sea Julius», rezo en mi cabeza, clavando mis uñas en mi falda. «Que no sea Julius…».

—...ti —Samantha dice, apuntando directo a Julius.

Quizás debería ser yo quien se arroje a las vías del tren.

—¿Yo? —repite Julius mientras la gente rompe a susurrar. Cuando se pone de pie, con la espalda recta, manos en los bolsillos, puedo ver, a mi pesar, su perfil. Por primera vez, no tiene esa expresión de arrogancia antes de contestar una pregunta.

—Sí. ¿Qué está mal con este ejemplo? —pregunta de nuevo Samanta—. ¿Está bien que alguien, sin importar cómo se sienta, envíe un correo así?

La mirada de Julius, tan fría como el hielo, se posa sobre mí un solo momento, y regresa al frente.

—Bueno, no creo que nadie debería escribir un correo así para empezar. Es bastante inmaduro, y prueba que quien lo mandó tiene problemas de ira, además de una baja autoestima.

—¿Pero y si quien lo recibió se lo merecía?

No me doy cuenta de que me levanté de mi asiento y de que alcé la voz hasta que todos voltean a mirarme. El peso de su atención se siente como un martillo. Pero yo solo estoy mirando a una persona: Julius. Su mandíbula tensa, sus ojos oscuros.

—¿Estás diciendo que la culpa es del destinatario? —dice Julius con una risa falsa—. Vaya. Muy bien.

«Vamos, deja de hablar», me dice la parte lógica de mi cerebro. «Cállate y siéntate en este momento».

Pero mi boca ha roto lazos con mi cerebro.

—Solo digo que quizás si el destinatario fuera un poco menos molesto y no estuviera tan empeñado en atormentar al remitente por años y años...

—Quizás si el remitente no fuera tan sensible...

—Se llama tener emociones humanas. Ya sabes, sentimientos. Sé que puede ser una idea extraña...

—Disculpen, ustedes dos —Samantha levanta la voz desde el podio—. Este no es el punto de la actividad.

Ambos hacemos algo que jamás haríamos con una maestra: la ignoramos.

—No pareció importarte mucho la reacción de otras personas cuando estabas escribiendo los correos —dice Julius, levantando la voz.

—De nuevo, no era mi intención que esos correos fueran leídos —replico. Soy consciente de que el aula entera está en silencio, que todo mundo está observando, escuchando, presenciando esto. Alguien tiene fuera su celular. Pero yo solo puedo concentrarme en el enojo, en el deseo de destruir al chico delante de mí—. Solo me estaba desahogando…

—¿Has escuchado de un diario, Sadie? Te podría interesar el concepto.

—No seas asqueroso. Jamás escribiría en un diario sobre ti…

Voltea su cabeza. Sonríe con sus labios, pero no con sus ojos.

—Y aun así, queda claro que solo piensas en mí.

—Pienso en matarte —lo corrijo, apretando la mandíbula. Podría matarlo en este momento.

—¿Ves? Esto es a lo que me refiero con problemas de ira.

—¿Te refieres a que eres la causa de ellos? Si es así, estás en lo correcto…

—¡Silencio! —grita Samantha.

Cierro la boca y dejo de prestarle atención a Julius.

Podría ser solo un efecto de las luces artificiales del aula, pero la cara de Samantha parece haber adquirido un horrible tono gris. Las venas de su cabeza son tan evidentes que podrían ser usadas como diagrama para estudiantes de medicina de primer año.

—Nunca —nos gruñe—, en todos los años que llevo visitando escuelas, me había encontrado con estudiantes tan… tan groseros y con tan poca disciplina. Su actitud es absolutamente inaceptable. ¿Y se supone que *ustedes* —puntualiza mientras señala nuestras insignias— son capitanes escolares? ¿Este es el ejemplo que le están dando a sus compañeros?

No pensaba que fuera posible descubrir una nueva forma de humillación, pero me equivocaba. La piel de mis mejillas y mi cuello está tan caliente que me da comezón.

—Antes de venir aquí, lo que había escuchado de Woodvale era que es una de las instituciones académicas más selectivas del estado. *Prestigiosa* —desconecta el cable de su computadora mientras habla—. Pero esto es… mucho más que una decepción —recoge su termo del suelo—. Me temo que no puedo seguir —se lleva una mano al pecho como en una obra de teatro—. Tendré que dar por concluida la presentación.

Con eso, sale marchando de la puerta, seguida por unos segundos de silencio.

Luego Georgina externa, con esperanza:

—¿Eso significa que tenemos un periodo libre?

Antes de que la celebración pueda comenzar, las puertas se abren de nuevo, y Samantha regresa. Su tez ha cambiado de gris a rojizo.

—Acabo de recordar que si no termino la sesión no seré remunerada —inhala, conecta su computadora al proyector, y prosigue como si nada hubiera ocurrido—. ¿Dónde estábamos? Ah, claro, su huella digital…

Capítulo VII

Hace un par de años, el proyecto final para la materia de Inglés fue un debate en clase.

A Julius lo habían puesto en el equipo a favor, y a mí en el equipo en contra: las líneas de batalla estaban definidas. Pasé semanas enteras preparándome. Leía artículos académicos, investigaba todo lo que podía encontrar sobre el tema: legalizar la clonación de seres humanos. El día del debate me ardía la cabeza. Estaba lista. La mayor parte del tiempo me parecía que mi inteligencia era solo una apariencia, como un actor que tiene que interpretar a un neurocirujano. Lo importante era convencer a otras personas de que era inteligente.

Pero cuando me puse de pie para presentar mis puntos, podía sentirlo. Mi mente estaba andando como una máquina rápida y confiable, y mis manos sostenían mis tarjetas con un pulso perfecto. Ni siquiera necesitaba leerlas. Estaba tan familiarizada con la lógica de Julius que ya sabía qué argumentos y contraargumentos iba a usar, podía anticipar las fallas en su razonamiento, podía presionar las incoherencias de su discurso. Recuerdo el silencio inusual del salón mientras hablaba, con calma y claridad, con la mirada clavada en Julius. Nada podía detenerme. Cuando terminé, hubo un momento de silencio maravillado, y escuché a alguien susurrar «vaya» con asombro genuino. Siguieron los aplausos, que fueron creciendo, hasta que la gente gritaba por encima de ellos. Fue uno de los momentos más satisfactorios de mi vida.

No solo terminé ganando el debate, sino que también fui nombrada mejor oradora. Cuando anunciaron los resultados, Julius me clavó la mirada. Sus ojos tenían un fulgor tan intenso que no sabía si debía asustarme. Jamás habría dudado de que yo lo odiaba un poco más de lo que él me odiaba a mí, pero en ese momento no estaba tan segura.

Es con ese mismo resentimiento que me mira la mañana siguiente cuando me lo encuentro de golpe afuera del salón de matemáticas.

Literalmente.

Estoy a punto de entrar y él está apunto de salir. Mi cara se estrella en su hombro.

Doy un paso hacia atrás y me sobo la nariz, segura de que estoy a punto de recibir un comentario sarcástico sobre mi falta de coordinación, o que me exigirá una disculpa, o me molestará con lo de los correos de nuevo. Pero él solo me observa con esa mirada afilada y horrible y dice:

—Nos llamaron a la dirección.

Mi corazón se detiene.

—¿Qué? —logro enunciar. Mi primera medio-intuición, medio-esperanza, es que me está haciendo una broma pesada, jugando con mi cabeza. Que esto es su forma perversa de vengarse. Él sabría que esta es mi peor pesadilla.

Pero entonces él se voltea y sigue caminando por el pasillo, hacia la oficina del director, y mi corazón comienza a latir de nuevo, el doble de rápido.

—Espera —le grito, corriendo tras él. Julius desacelera el paso sin mirar atrás—. Espera, ¿es en serio? ¿Tenemos que ir justo ahora?

—No, Sadie, se supone que lo veremos en veintitrés años —gruñe en un tono tan seco y mordaz que podría cortar hueso—, solo te lo digo ahora para que tengas tiempo de prepararte.

El pánico no me permite pensar en una respuesta.

—¿Pero... te dijo por qué?

—Estás muy perceptiva hoy. ¿Tú qué piensas? ¿Qué evento en las últimas cuarenta y ocho horas podría ser tan horrible como para justificar una reunión en persona con el director?

Pero mientras él habla, la respuesta se me revela. Los correos. Por supuesto, solo puede ser eso. Reprimo el impulso de soltar una risotada de histeria. La última vez que fui llamada a la oficina del director, también junto a Julius, había sido porque ambos rompimos el récord por tener el promedio más alto en la historia de la escuela. Un «logro importante», según el director, y algo que podría haber celebrado, de no ser porque nuestros promedios eran «idénticos», decimales y todo. Salí de esa reunión y me prometí que elevaría mi promedio para que fuera más alto que el suyo.

Quizás Julius está pensando en lo mismo porque su labio inferior se curva.

—Es la primera vez que me ocurre esto, ¿te das cuenta? Siempre que me llaman a la oficina del director es para darme buenas noticias.

—¿La primera vez que esto te ocurre a ti? —cuestiono. La clase ya debió haber comenzado, así que los pasillos están todos vacíos, a excepción de nosotros. Se siente extraño, recorrer hilera tras hilera de salones cerrados. A través de los cristales angostos de las puertas, puedo ver maestros pasando lista, alumnos alistando sus apuntes—. Yo literalmente nunca me había metido en problemas antes...

—Antes de hace dos días —me interrumpe—, cuando lograste ofender al estudiantado y al profesorado de la escuela de un solo tiro. Ah, y ayer, cuando empezaste esa discusión caprichosa conmigo en frente de toda la clase. Es bastante sorprendente, en realidad. Te encanta superarte, ¿no es así?

—Tú eras el que estaba discutiendo conmigo.

—Ni siquiera habríamos estado en esa situación si no fuera por tus correos. Gracias a ti, toda la escuela está hablando de nosotros. Es anarquía. ¿Viste lo que dibujaron en nuestra foto de capitanes? Había marcador rojo —hace una pausa para enfatizar—. Sobre mi cara.

No estaría tan molesto si la imagen vandalizada fuera la *Mona Lisa*.

—Si yo fuera tú —sigue—, estaría pensando en una muy buena explicación. Incluso si no enviaste esos correos, eres la que los escribió y nos metió en esto…

—¡Dios, ya cállate!

Julius titubea un segundo y me sonríe, pero de forma extraña, como si me hubiera atrapado haciendo algo indebido, como si me conociera más de lo que yo quisiera. La atención no deseada me hormiguea en la piel.

—Tu lenguaje se vuelve más corriente cada día. ¿Por fin estás haciendo a un lado el papel de estudiante perfecta?

—De verdad, Julius —declaro con los dientes cerrados, levantando una mano—, si no dejas de hablar…

—¿Me vas a pegar? —Su sonrisa se alarga, como retándome. Es una sonrisa que dice «A que no te atreves»—. ¿Ahorcarme, como fantaseas en tu correo?

De inmediato me hierve la piel. No me sorprendería si estuviera echando vapor.

—¿Algún día vas a dejarlo ir?

—No —responde, con decisión—. No hasta que estemos a mano.

—¿Qué tengo que hacer, entonces? —exijo—. ¿Para que estemos a mano?

Se detiene. Sus ojos azabaches registran mi cara. Me obligo a sostenerle la mirada, a pesar de que todo mi ser quiere huir.

—Te diré cómo puedes compensarlo —me dice, y deja que las palabras reposen sobre el aire entre nosotros, alargando la amenaza—. Pero primero, tengo que saber qué tan grande es el daño.

Me doy cuenta de que hemos llegado a la oficina del director, y una estaca de terror puro me atraviesa. A pesar de que está en el mismo edificio, se siente como un espacio completamente diferente. La pintura en las paredes es más reciente, las ventanas son más amplias, y la placa que dice «Director Miller» es de oro pulido. La puerta de su oficina es de vidrio polarizado, básicamente un espejo transparente. Me imagino al director Miller observándonos desde su escritorio, mirándome mientras me seco el sudor de las manos en mi falda. Solo pensarlo hace que tenga que secar mis palmas de nuevo.

Julius mira la perilla, pero no se mueve.

—¿Por qué no entras? —le pregunto.

—¿Por qué no entras tú? —dice, como si nada, como si yo fuera la ridícula, pero hay cautela en su mirada. Mira la puerta como si del otro lado se encontrara la entrada al infierno.

Me doy cuenta de que está nervioso. Sería un descubrimiento maravilloso si no me sintiera a punto de devolver el desayuno sobre la alfombra blanca frente a mis pies.

—Solo entra —replico.

No se mueve.

—Entra tú.

—¿Tienes miedo?

—Claro que no —asegura, alejándose de la puerta—. Solo no quiero ser el primero en entrar.

Dejo salir un suspiro que es mitad resoplido.

—Esto es infantil…

—Tú eres infantil. Yo estoy siendo caballeroso.

—Ajá. —Tuerzo los ojos tanto que puedo ver dentro de mi cabeza—. Eres todo un caballero.

—Lo soy.

—Abre la puerta Julius.

—No, tú…

—Pasen —anuncia una voz del interior.

Me sobresalto, mi corazón se dispara. Me tardo un segundo en reponerme y otro en abrir la puerta, maldiciendo a Julius en mi cabeza.

El director Miller está echado en su silla de cuero, haciendo girar un bolígrafo con una mano, sosteniendo un café con la otra. La oficina entera huele a café. La luz blanca y clínica de la lámpara junto a él, que se refleja sobre su calva, me recuerda a la sala de espera de un hospital.

—Hola, director Miller —logro enunciar, intentando descifrar su expresión. Pero es como intentar encontrar un patrón en una pared en blanco. Sus ojos carecen de cualquier tipo de emoción. El espacio entre sus cejas gruesas no se arruga—. ¿Usted… quería vernos?

A forma de respuesta, el director señala los dos asientos frente a él.

La silla sigue tibia cuando me siento, y no puedo evitar pensar en la última persona que estuvo aquí. Quizás los expulsaron, o los suspendieron, o quizás los felicitaron por el primer lugar en la competencia nacional de equitación, o por encontrar una cura para la dermatitis. Y es que solo hay dos opciones cuando te llama el director: o se trata de algo muy bueno, o algo muy malo.

Julius se sienta a mi izquierda con la espalda recta.

—Se están perdiendo sus clases en este momento, así que iré al grano —explica el director Miller, dejando su pluma sobre el escritorio—. Me informan que una cadena de correos de carácter… agresivo ha estado circulando por la escuela. ¿Es verdad?

Mi boca está demasiado seca para hablar. Solo puedo asentir.

—Ah —enuncia. Solo es una sílaba, y aun así suena insoportable y ominosa—. ¿Y es verdad también que varios de estos correos iban dirigidos a tu cocapitán, y que en ellos lo llamaste, entre otras cosas —voltea la mirada a la pantalla de su computadora y se aclara la garganta—, «niñato malcriado», una «espina insufrible», «manipulador descorazonado» y otra palabra referente al… sistema digestivo?

Parpadeo.

—¿Disculpe?

El director Miller me mira fijamente.

—Ah, claro, cara de cu… —es lo que sale de mi boca antes de que mis manos la cubran, y puedo ver a Julius conteniendo su risa junto a mí. Es bueno saber que todavía puede burlarse de mí, a pesar de nuestra circunstancia inmediata. Es reconfortante.

—Por lo general, no nos gusta interferir cuando ocurre alguna disputa personal entre dos de nuestros alumnos —dice el director—. Pero, en este caso en específico, me temo que tendré que hacerlo. Tras la sesión de ayer, recibí varias quejas por parte de Samantha Howard relacionadas con su comportamiento inapropiado. Distraer a la clase, pelear el uno con el otro… amenazarse. No falta decir que la señorita Howard se llevó una terrible impresión de la escuela, y no regresará.

—Lo siento, director Miller, pero la profesora Howard está exagerando —interrumpe Julius. Tengo que admirar su valentía para hablar. Yo estoy lista para tirarme al suelo en posición fetal—. Es cierto, Sadie y yo estábamos teniendo una conversación más bien… agitada, y quizás nos dejamos llevar, pero no es tan malo como…

—¿Como esto? —El director saca su celular.

Ambos nos acercamos, confundidos.

Hay un video reproduciéndose una y otra vez en la pantalla. Un *fan-edit*, para ser precisos, de Caz Song, un actor popular que todas mis primas en China adoran. Lo observamos peinarse con la mano, con efectos especiales de flash, por alrededor de cinco segundos hasta que el director aleja su celular con un movimiento rápido y torpe y desliza la pantalla hacia abajo.

—Discúlpenme —dice, mostrándonos la pantalla de nuevo—. No era ese. Este.

El nuevo video es menos confuso, pero mucho más alarmante. Lo debió haber grabado alguno de nuestros compañeros durante la sesión de ciberseguridad. Julius y yo estamos de pie y es claro que estamos discutiendo, aun en la poca luz del aula. Mis manos están hechas puños, y su mandíbula está tensa, su barbilla, levantada.

—Parece que no aprendieron nada en la sesión porque esto es una violación de la política de tecnología de la escuela. —El director Miller sacude la cabeza—. Por supuesto, le hemos pedido al estudiante en cuestión que elimine el video, pero ya había llegado a cincuenta y tres reproducciones.

Julius hace un sonido que bien podría ser un resoplido. No lo diré, pero estoy de acuerdo.

—¿Solo eso? Eso no es nada…

—Cincuenta y tres reproducciones son cincuenta y tres más de las que debería haber —lo interrumpe el director con una mirada firme—. Y, de hecho, una de las madres que atendió a su recorrido vio el video. Iba a enviar a su hija a nuestra escuela, pero ahora cambió de opinión, y el resto de las madres también lo están reconsiderando. Esto ya llegó a la junta directiva y no hace falta decir que no están felices. ¿Entienden la gravedad de la situación?

Asiento, demasiado rápido, apretando mis dientes para que no claqueteen. No sé bien hacia dónde va esto, pero sé que terminará mal. Solo puedo prepararme para el impacto.

—De momento, nuestra preocupación principal es prevenir mayores daños a la imagen y cultura de nuestra escuela —puntualiza, mirando a Julius y luego a mí—. Para tal fin, les pedimos que trabajen juntos por un mes entero para resolver sus conflictos, o hasta que la tensión entre ustedes disminuya. No solo me refiero a sus actividades como capitanes escolares, sino en la escuela, a través de varias actividades. Piénsenlo como un acto de camaradería.

Mi estómago se encoge.

De por sí ya paso demasiado tiempo cerca de Julius Gong. No me puedo imaginar pasar incluso más tiempo con él. No creo poder hacerlo sin perder la cordura o sin arrojar su cuerpo a una zanja.

Cuando volteo a verlo, está igual de horrorizado, como si el director le hubiera pedido acurrucarse con un gato salvaje. Y aunque el horror es recíproco, igual siento una punzada, pequeña pero dolorosa, en el abdomen. Resulta que quiero ser deseada por todos, incluso por el chico al que odio.

—Con todo respeto, yo no hice nada —alega Julius. No levanta la voz, su calma es casi convincente, pero hay una sensación de ahogo en sus palabras. Sus manos se aferran a los descansabrazos de la silla, como si estuviera manteniendo el equilibrio—. Yo no fui quien escribió los correos. Por qué tengo que...

—Puede parecer injusto, pero lo cierto es que ambos están involucrados. Si no están de acuerdo con mi propuesta o no están dispuestos a tomar los pasos necesarios para resolver su conflicto, me veré obligado a reconsiderar su posición en la escuela, y tendré que contactar a sus padres...

—No —dice Julius con tanta fuerza que el director se sobresalta—. Disculpe —añade, más tranquilo, guardando la compostura, aunque aún puedo ver los músculos de su mandíbula—. A lo que me refería es que estoy de acuerdo con su solución.

—Me alegro —dice el director Miller, y cambia su mirada hacia mí—. ¿Y tú, Sadie? ¿Estás lista para cooperar?

«Lista» es la palabra incorrecta. «Asqueada» tendría más sentido. O tal vez «horrorizada». O «indignada». No había resentido algo así jamás. Pero no tengo elección. Sin la capitanía escolar en mi aplicación a Berkeley, no tendría forma de entrar. Deja a Julius, trabajaría con el diablo si eso asegurara mis planes a futuro. Se supone que soy la hija confiable en la familia, la persona que será exitosa y cambiará nuestras vidas. Mi mamá y mi hermano cuentan conmigo.

—Sí —apuro—. Estoy lista.

—Magnífico —el director junta sus manos y sonríe. Es el único que lo hace—. En ese caso, pueden empezar limpiando el cobertizo para bicicletas después de clases. Juntos.

Capítulo VIII

El cobertizo para bicicletas de la Academia Woodvale es una fuente de información más confiable que el boletín escolar. En lugar de artículos con poca información sobre el equipo de remo, o la nueva cancha de pádel, o el maestro que está dejando la escuela debido a «circunstancias imprevistas», aquí se pueden encontrar las verdaderas noticias, escritas con marcadores permanentes de colores sobre las paredes. Rompimientos, traiciones, escándalos; quién es popular esta semana, quién está saliendo con alguien nuevo. Casi es como arte de vanguardia, la mezcla de caligrafías limpias y rizadas junto a otras más agresivas, corazones sobre las íes, nombres tachados y poemas a medias. Hay más tinta sobre los ladrillos grises que espacios en blanco.

Y se supone que lo borraremos todo.

Dejo la cubeta y el cepillo caer al suelo junto a mí. Por un momento, solo puedo pensar en la magnitud del trabajo por delante. Nos tomará horas, al menos, si es que nos apuramos. Y por la forma en que Julius sostiene la manguera como si fuera una serpiente muerta, seguro nos tomará más.

De hecho, no creo que Julius haya usado un cepillo así en la vida.

—Esto es ridículo —exclama, sacudiendo la cabeza—. Estamos haciendo el trabajo manual de la escuela.

—Bueno, más vale que empecemos. —Me suelto el cabello del chongo que siempre llevo, lo paso atrás de mi cabeza y lo aliso con los dedos antes de atarlo en una coleta. Me enderezo a tiempo para notar a Julius observándome con una mirada extraña y confusa—. ¿Qué?

—Nada, solo... nunca te había visto con el pelo suelto.

Mi piel se eriza.

—¿Y?

—¿Cómo que «y»? Era solo una observación.

—Contigo siempre hay algo más —le digo, luchando contra el impulso de tocar mi cabello, de aplanarlo, de revisarlo en un espejo. Es cierto que nunca llevo el pelo suelto en la escuela, en parte porque el código escolar no permite llevarlo por debajo de los hombros, aunque a los maestros más jóvenes y buena onda no les importa en realidad, y en parte porque me estorba cuando tomo apuntes o salgo a correr—. Tu existencia entera es básicamente un enunciado sin puntos finales.

Tras esto, su sonrisa burlona habitual regresa a su cara.

—Y yo que pensaba que ya habías agotado todos los insultos posibles en tus correos.

—No te preocupes, es fácil pensar en más. —Levanto el cepillo y doy un paso hacia delante antes de que pueda responder—. Muy bien. Para hacer esto más simple, hay que dividirnos la labor. Tú rocías la pared, yo tallo.

—¿Por qué yo? —exige—. ¿Por qué no te encargas tú de la manguera?

Respiro hondo por la nariz. No puedo creer que el director piense que este plan nos ayudará a superar nuestras diferencias. Si acaso, mis ganas de asesinar a Julius se han triplicado desde esta mañana.

—Porque para ser honesta contigo —le explico, intentando mantener mi tono tan neutral como me es posible—, no creo que sepas cómo tallar.

Las comisuras de sus labios se desploman.

—Claro que sé.

—Seguro —le digo, escéptica.

—Vas a ver. —Mientras lo dice, saca un par de guantes negros de sus bolsillos y se los pone.

—¿Qué es eso? —intervengo— ¿Por qué traes guantes? No vamos a robar un banco.

—Para proteger mi piel. Cuido mucho mis manos, como ya te has dado cuenta. Sería una pena arruinarlas.

Me sonrojo en contra de mi voluntad.

—Ten. —Me arroja la manguera y toma el cepillo con sus guantes—. Observa.

Lo observo. Enciendo la manguera y rocío la pared. Lo miro, incrédula, mientras mueve el cepillo en pequeños y tristes círculos. Los ladrillos están mojados, el agua brillando, pero la tinta de los marcadores sigue intacta. De hecho, creo que hasta logró ensuciar la pared un poco más.

—¿Por qué estás masajeando la pared? —le pregunto.

Él se detiene. Se voltea hacia mí con una mueca de enojo.

—Perdóname por no atacar como un animal…

—Estás perdiendo el tiempo. —Miro hacia arriba, observo el cielo. La luz ya comenzó a desvanecerse, y lo que antes era de un color cerúleo brillante se está comenzando a transformar en un índigo pesado. El estacionamiento está casi vacío. Siento la mordedura del pánico. Mi mamá ha de estar esperando a que llegue a casa a preparar la cena. Todavía tengo que descongelar las costillas de cerdo y encender la arrocera y preparar la sopa…

—Igual puedo hacerlo mejor que tú —insiste Julius, tallando un par de iniciales que dicen «AJ + BH PARA SIEMPRE». Están tachadas, y debajo se puede leer «AJ + LE PARA SIEMPRE».

Estoy hirviendo de frustración.

—Por Dios, eres tan necio.

—Y tú tan mandona —replica.

—Difícil —gruño.

—Demandante.

—Arrogante.

—Impaciente.

—Cínico —exclamo por encima de su voz, apretando la manguera mientras el agua sigue saliendo—. Un *snob*.

—Sobrecrítica.

—Manipulativo.

—Juiciosa… Oye, cuidado.

Doy un paso atrás y bajo la manguera, pero es demasiado tarde. Hay agua por todos lados, empapando la mitad de su camisa y su pelo. Como por arte de magia, o de magia negra, el mechón de pelo sobre su frente sigue intacto. Pero el resto de él no. Sus mangas están arrugadas por la humedad. Su corbata se comienza a desatar. Está parado ahí, goteando, parpadeando una y otra vez por el agua en sus ojos, pasándose los guantes por la cara. Siento la risa subir por mi garganta.

—Sadie —dice mi nombre como si fuera una maldición. Su gesto es de asombro y desprecio. Quizás el drama de los últimos días me ha afectado la cabeza porque en vez de ponerme a pedirle disculpas o preocuparme por el tiempo que estamos perdiendo, suelto una carcajada.

—Lo… lo siento —intento expresar entre risas—. No… no era mi intención…

Julius entrecierra los ojos, pero es difícil tomarlo en serio así, empapado.

—Si no te conociera, diría que lo hiciste a propósito.

—Te lo juro… No era… —Me agarro el abdomen. No puedo respirar de la risa. Entonces me doy cuenta, de la nada, que es la primera vez en casi dos días que me estoy riendo de verdad. Es como si mi cuerpo fuera una liga que se estiró en todas las direcciones posibles y ahora finalmente reventó, y se liberó la tensión. Trago saliva y respiro el aire frío y dulce.

Antes de que pueda reaccionar, Julius toma la manguera y la apunta hacia mí.

Grito.

El chorro de agua es tan frío que casi quema. Entra en mi nariz, en mi boca entreabierta, al interior de mi blusa. Puedo sentir cómo baja por mi espalda, cómo se acumula en mis zapatos. Y lo único que puedo ver, con la vista borrosa, es la cara de Julius. Está sonriendo, satisfecho.

—Te voy a matar —le prometo—. Literalmente. Te voy a matar.

Me abalanzo sobre la manguera, pero él la eleva sobre su cabeza, fuera de mi alcance, provocándome.

—Dámela —me quejo.

—De ninguna forma.

—Dije que me la des. —Doy un salto y consigo tomar el extremo con una mano. Pero él no la suelta, solo la jala, como si estuviéramos jugando a tirar la cuerda. Estamos luchando y el agua sigue saliendo, empapándonos. Yo me estoy ahogando y temblando y gritándole, pero también me estoy riendo, porque esto es tan ridículo. Porque no he tenido la oportunidad de hacer algo así de ridículo en mucho tiempo. De jugar como niños.

No es sino hasta que estamos ambos empapados y sin aliento que Julius da un paso atrás. Me mira y, de súbito, se voltea hacia la pared.

—¿Qué? —le pregunto, confundida.

—Nuestras camisetas escolares están hechas de poliéster —me dice, una respuesta extraña. Parece estar concentrado en el pasto cortado bajo sus pies.

—¿Desde cuándo te interesan tanto las telas?

Él ignora mi pregunta.

—Y el poliéster blanco —me dice, con un esfuerzo notable en su voz—, cuando se moja, se vuelve transparente.

Estoy bastante segura de que una parte de mí muere justo ahí, en ese momento. Implosiona. Se desintegra, se vuelve ceniza. La piel se me pone tan caliente que ni siquiera siento el agua helada.

Me envuelvo con mis brazos, un intento inútil por cubrirme, y corro hacia mi mochila antes de recordar que, por supuesto, mi saco no está ahí. Lo dejé en mi casillero, al otro lado de la escuela. Porque esta es mi vida ahora, al parecer.

Mientras considero cavar un hoyo y arrojarme dentro, Julius dice:

—Mi mochila. Mi saco está ahí dentro.

Me detengo. Por sí mismas, las palabras tienen sentido. Pero todas juntas, viniendo de él, bien podrían ser un lenguaje alienígena. No puede ser que me esté ofreciendo…

Pero él continúa impaciente.

—El cierre delantero. Solo no revuelvas mis cosas.

No me muevo. Tiene que ser una trampa.

Él suspira.

—Si no lo agarras tú, voy a tener que voltear…

—No, no te atrevas —lo interrumpo, aunque él sigue cabizbajo mirando el pasto—. Yo… Yo lo agarro.

Mi pelo gotea mientras abro su mochila, dejando marcas oscuras sobre la tela. Su *blazer* está planchado y doblado, sin una sola arruga. Cuando se lo pone, le queda perfecto, ajustado a medida a su figura, las líneas rectas y los hombros derechos. Cuando yo me cubro con él, parece que traigo una capa. Pero no me importa. Es cálido y está seco y huele a él; a menta y cedro y al inicio de algo dulce y familiar, algo que me recuerda a cuando teníamos catorce años y era verano. Me doy cuenta de que estoy inhalando, abrazando la tela a mi cuerpo tembloroso, y me congelo.

Se me debió de haber metido agua en alguna parte del cerebro.

—Gracias —le digo, luchando por hacer que mi voz suene normal—. Ya puedes voltear.

Él se da la vuelta, poco a poco. Su mirada se posa donde termina el saco, justo por encima de mi rodilla, cubriendo mi falda. Su garganta se mueve, como si estuviera tragando algo afilado.

—Más te vale que no lo pierdas —me dice al fin—. Todas mis insignias están pegadas a él, y muchas son ediciones limitadas. No podrías reemplazarlas aunque lo intentaras.

Con eso, cualquier chispa de gratitud que había sentido hacia él desaparece.

—Te lo regreso mañana en la mañana, lavado y seco, ¿vale?

—No tienes que lavarlo —dice sin pensar. Luego, como si notara mi sorpresa, entrecierra los ojos—. No lo harías bien. Seguro lo encogerías, de todas formas.

Le respondería algo sarcástico, pero me doy cuenta de que lo que dijo sobre el poliéster aplica a él también. Ahora que está de frente hacia mí, me doy cuenta de lo delgada que es la camisa escolar. El material argento se aferra a la curva angosta de su cintura, a los músculos de sus brazos.

Cuando hablo de nuevo, lo hago de frente a la pared.

—¿Tú no… no necesitas cambiarte?

—Ah, buen punto —me dice—. Déjame solo saco el uniforme de repuesto que siempre traigo en caso de que mi cocapitán me ataque con una manguera.

—Como gustes —le gruño, levantando el cepillo—. Ninguno de los dos puede irse hasta que terminemos.

Esta vez, no hay reclamo de su parte. Abre la llave de nuevo y rocía la pared a mi izquierda. No creo que Julius esté aceptando que yo puedo tallar mejor que él; más bien, le preocupa la posibilidad de que yo le apunte con la manguera de nuevo, pero igual estamos progresando. Trabajamos en silencio, encontramos un ritmo constante. Él rocía y yo tallo, borrando secretos, nombres, maldiciones, deseos. Mi pelo se pone tieso. Los mechones desordenados y pesados cuelgan de mis hombros. Mis zapatos se sienten como un chapoteadero cada vez que cambio de posición. Pero Julius no se queja, así que yo tampoco.

Casi hemos acabado cuando encuentro un mensaje en la esquina de un ladrillo.

Es reciente. La tinta negra del marcador resalta entre las demás. Son solo cinco palabras, y mi estómago se retuerce.

«Sadie Wen es una perra».

Me zumban los oídos. Observo las palabras, y el frío se endurece sobre mi piel. Me pica la ropa, mi garganta se cierra. Una sensación horrible se acumula dentro de mí, me llena el pecho, me deja sin aliento. Siento náuseas.

—¿Qué pasó? —me pregunta Julius, acercándose.

Siento el pánico retorcerme. No puede verlo. No puedo soportar pensar en que lo lea, en que se ría de mí, o que esté de acuerdo, o que me lo restriegue en la cara. Es demasiado humillante. Me mataría.

—Nada —respondo. Lo cubro con una mano, pero él me mira a la cara y nota algo que cambia su actitud de inmediato. Su mirada se afila. Sus hombros se tensan.

—¿Qué pasó, Sadie? —repite, pero de forma distinta. Más grave, más serio. Urgente.

Solo sacudo la cabeza, con los dedos extendidos sobre las palabras. Pero incluso cubriéndolas, puedo verlas como si las llevara grabadas en la piel. «Sadie Wen es una perra». ¿Cuánto tiempo ha estado aquí?, ¿cuántas personas lo habrán visto?, ¿lo escribió alguien después de que mis correos se filtraran?

—Muéstrame —dice Julius.

—No. —Me tiembla la voz—. No lo…

Sus dedos largos me toman de la muñeca, la bajan, y las palabras están ahí, expuestas, evidentes para ambos. La vergüenza me arde en la piel como si fuera ácido. Me deshago.

Julius no dice nada por un buen rato.

El silencio me hace enloquecer. Tengo demasiado miedo de ver su cara, de notar cualquier indicio de condescendencia o de alegría.

—Supongo que no eres el único que me odia ahora —le digo, para llenar el silencio con algo, para intentar volverlo todo una broma. No puede enterarse de lo mucho que me lastima. De lo fácil que es lastimarme.

—La caligrafía es espantosa —dice Julius al fin. No puedo descifrar su tono—. Debe ser de Danny.

—¿Quién?

—Danny Yao, de Historia.

El nombre se asienta en mi mente como sedimento. Danny. A él también le escribí un correo enojada, aunque fue hace tres años. Me pidió prestado mi transportador antes de un examen de matemáticas bastante importante y lo perdió. Me lo informó por correo, una vez que terminó el examen, después de que entré en pánico y le rogué a quien pudiera encontrar por un transportador extra. Lo gracioso es que, al final, fue Julius quien me prestó uno. O más bien, me lo aventó. «Me está provocando una jaqueca verte correr de un lado a otro de la escuela», masculló, apenas sin mirarme. «Así no podrás decir que no estabas preparada cuando te venza».

Me pregunto si lo recuerda. Me pregunto si él también recuerda todas nuestras interacciones.

—No importa quién lo hizo —respondo—. Es lo que todos están pensando.

Puedo sentirlo mirarme. Me arden los ojos, y levanto la mirada al cielo violeta, atrapando las lágrimas antes de que caigan. No he llorado desde que tenía siete años, desde el día en que mi papá se fue y encontré a mi mamá llorando en silencio con las manos sobre la cara, hecha bola en el sillón de la sala vacía. La atmósfera en la casa era tan pesada que amenazaba con aplastarme. Me juré ese día que no lloraría, jamás. No añadiría a la tristeza de mi madre, no la hundiría más. Sería la hija buena, la fuerte, la que mantuviera a todos a flote.

—Bueno —dice Julius detrás de mí—. Es una elección de palabras bastante burda. Un peyorativo tan básico es señal de un intelecto bajo.

Esto, para mi sorpresa, me saca una risa débil. Pero no puedo evitar mirar el mensaje de nuevo. Es un acto masoquista, insensato, como estirar una pierna rota para saber qué tan mal está. Una nueva oleada de dolor arremete, y mi aliento queda atrapado en mi garganta.

«Sadie Wen es una perra».

Es horrible. Como una mancha de sangre.

Mientras observo, mientras mi estómago se revuelve más y más, Julius se acerca y toma el cepillo de mis manos rígidas. Lo lleva a la pared y empieza a tallar con tanta fuerza que los músculos de sus hombros se marcan bajo su camiseta húmeda. A diferencia de su primer intento, logra borrar todo el marcador de una pasada.

—Listo —dice, bajando el brazo—. Tan simple como eso.

Pero nada sobre este momento se siente simple. Abro la boca, pero no estoy segura de qué es lo que quiero decir. «¿Gracias?», «¿por favor olvida que esto ocurrió?», «¿tú crees que soy una perra?». Antes de que pueda decidirme, él ya ha comenzado a caminar. No es su paso habitual de leopardo, como si tan solo verlo fuera un regalo para la humanidad, sino que camina con propósito, como si tuviera que llegar a algún lugar. Como si tuviera que encontrar a alguien.

Capítulo IX

Al día siguiente, no puedo evitar sentir que estoy caminando con un letrero de neón sobre mi cabeza: «Sadie Wen es una perra».

No ayuda que toda la escuela me trata como tal. Cuando veo a Rosie antes de la clase de Historia y la alcanzo en el pasillo, ella me voltea a ver con una mirada tan helada que me congela el cuerpo.

—¿Qué quieres, Sadie? —me pregunta, con molestia en la voz. Recuerdo cómo me sonrió hace solo tres días, el brillo de sus dientes blancos. Es difícil creer que se trata de la misma persona.

—Solo… —titubeo. Estaba preparada. Tenía todo un guion memorizado, con una disculpa genuina y elaborada, suplicando por que me perdonara. Pero las palabras se sienten quebradizas en mi boca, y mientras el silencio se alarga más y más, mi valentía desaparece—. Solo quería… Yo sé que sigues molesta… Digo, yo estaría molesta también… —Todo sale desordenado, revuelto.

—Sí, estoy supermolesta contigo —me dice, cruzándose de brazos.

No esperaba que fuera tan franca.

—Lo siento —intento decir—. De verdad…

—En vez de disculparte —me interrumpe—, ¿por qué no piensas en cómo arreglar todo esto, eh? Cuando todos olviden los correos y dejen de llamarme tramposa, entonces podemos hablar. —No se queda a esperar una respuesta. Ajusta sus libros, me clava una mirada tan severa que la siento en el estómago, y camina hacia el salón sin mí.

Sus palabras resuenan en mi cabeza: «Arreglar todo esto».

Es lo que siempre he hecho, o lo que he intentado hacer. Arreglar la panadería. Arreglar el error en la hoja de ejercicios de matemáticas. Arreglar la disposición de los asientos para el consejo estudiantil. Arreglar el vacío en mi familia, los agujeros en mi vida, enmendarlo todo: Rosie tiene razón. Solo necesito arreglar esto, y todo estará bien.

¿Pero cómo?

Estoy tan absorta en mis pensamientos que casi se me hace tarde para Historia. Y, sin embargo, no soy la última en entrar: es Danny Yao.

Se me hiela la sangre cuando pasa junto a mí. Todavía me pesa la imagen del cobertizo. Lo imagino maldiciendo mi nombre, escribiendo las palabras sobre la pared, soltando una buena risa con sus amigos. Pero entonces noto su cara y tengo que ahogar un grito. Su ojo izquierdo está hinchado y color púrpura. El golpe no estaba ahí ayer por la tarde.

—¿Qué le pasó? —le pregunto en voz baja a Abigail cuando me siento a su lado.

El resto del salón también está susurrando. Las miradas caen sobre él un segundo y se retiran de nuevo.

—Le ha estado diciendo a todos que fue un accidente en moto —responde Abigail, con un tono que da a entender que la historia no la convence.

A mí tampoco.

—¿Un accidente de moto?

—Así es. Hasta donde sé, Danny ni siquiera sabe andar en bicicleta.

Lo miro mientras encuentra su lugar en el salón. Por lo regular se sienta atrás de Julius, pero hoy parece dudar y termina eligiendo un escritorio dos hileras después. Cuando se inclina para sacar los útiles de su mochila, su cabello cae sobre el ojo herido, y el dolor se ilumina como un flash en su cara.

Sería demasiado arrogante pensar que se trata de algún tipo de karma, que el universo en su infinita generosidad ha visto más allá de mis errores, se ha compadecido de mí y ha intervenido en mi nombre. Que haya ocurrido ahora, sin embargo, parece demasiado perfecto para ser solo una coincidencia…

—¿Cómo vas con lo de los correos? —pregunta Abigail, sacándome de la cascada de mis pensamientos.

Miro a los asientos de alrededor. Casi todos están terminando el trabajo de ayer, que yo ya entregué, y no están prestando atención. Aun así, por si las dudas, arranco una página de mi cuaderno y escribo: «Todos me odian todavía, si a eso te refieres. Pero voy a arreglar eso. Solo necesito ganármelos».

Abigail lo lee, y escribe bajo mi último enunciado, con tinta rosa de gel: «¿Ganártelos?»

«Sí. Estaba pensando en hacer *cupcakes*, ¿pero quizás eso no sea suficiente?»

«No te subestimes. Tus *cupcakes* son fenomenales», contesta Abigail.

Resoplo una risa. «¿Tan fenomenales como para olvidar que alguien escribió seiscientas palabras sobre todas las veces en que la agraviaste?»

«Buen punto», concede. Se toma un momento, golpeando su pluma suavemente contra el papel, igual que cuando se atora en una pregunta a la hora de un examen. De pronto, la pluma deja de moverse, y sus ojos se iluminan. «¿Y si haces una fiesta?»

«¿Una fiesta?». Observo su caligrafía rizada y divertida, y mis letras pequeñas y ordenadas. Nunca he hecho una fiesta. Ni siquiera de cumpleaños. Mi mamá se ha ofrecido varias veces, pero siempre me ha parecido demasiado frívolo, demasiado inconveniente.

Abigail sonríe. «No hay mejor forma de congeniar que con cerveza barata y música *top*. Armaré una *playlist*».

«Pero ¿quién vendría?»

«Es una fiesta. No se necesita mucho para que la gente vaya a una fiesta. Confía en mí».

Nuestra amistad siempre ha sido así: ella tiene estas grandes ideas y planes y yo la sigo, llena de dudas, y me compro el labial en el rojo más brillante, o me corto el pelo, o viajamos a la playa el fin de semana sin planearlo, o nos disfrazamos juntas en Halloween. Siempre dice: «confía en mí, sé lo que estoy haciendo», y nunca se ha equivocado. Me dijeron que el labial se me veía bien las pocas veces que lo usé, y nuestro viaje a la playa fue lo más divertido que he hecho en años. Jamás olvidaré pasar el día en la arena, con la brisa marina en el cabello y el sol en mi piel. Algunos de mis recuerdos más brillantes y valiosos se los debo a ella.

A pesar de esto me sorprende estar tomándome en serio la idea de la fiesta. No es imposible. Mi mamá y mi hermano pasan la noche en casa de mi tía cada dos semanas, más o menos. A veces voy con ellos, pero casi siempre me quedo para terminar pendientes de la escuela. Podría hacer la fiesta cuando se vayan, y limpiar la casa antes de que regresen.

Porque bajo mi aprensión está la necesidad más potente y arraigada de ser querida. De ser aceptada. De ser perdonada. De que piensen bien de mí. Haré lo que sea por redimirme. Las palabras del cobertizo desfilan en mi mente de nuevo, y mi pecho se contrae, como si el salón se hubiera quedado sin aire.

—Muy bien —digo en voz baja, intentando disimular mi ansiedad—. Hagámoslo.

Ni siquiera tengo tiempo de pensarlo dos veces.

De inmediato, Abigail pone manos a la obra. Se pasa varios periodos repasando sus contactos para elegir a quién invitar. Hay una especie de regla implícita en juego que dicta a quién decirle primero para que se corra la voz, quién solo irá si va tal otra persona, o quién no irá si va esta otra persona. Abigail intenta explicármelo mientras sus uñas claquetan sobre la pantalla de su celular, pero solo hace que mi cabeza empiece a dar vueltas. Me pregunto si así se siente ella cuando le enseño estequiometría.

Para cuando suena la campana del almuerzo, Abigail ya está pidiendo bebidas alcohólicas.

—Yo me ocupo de esto —me dice, levantándose de su asiento y despidiéndose—. Tú ve a tu cosa del club de lectura.

—El comité del anuario —la corrijo.

Me mira, confundida.

—¿Todavía tenemos uno de esos?

—Quién crees que recopila todas las fotos y escribe todos los artículos e imprime los anuarios que todo mundo se la pasa firmando al final del año... —me detengo—. No importa. Solo... solo no organices nada demasiado alocado.

Aprieta los labios.

—Define «alocado».

—Abigail.

—Está bien, cancelaré los fuegos artificiales. Y el zoológico para niños.

Me preocupa que no esté bromeando, pero tengo otras inquietudes más urgentes. El comité se reúne una vez cada dos semanas en el salón de Inglés durante el almuerzo, lo que significa que la señorita Johnson está a cargo de dirigir las sesiones.

La señorita Johnson quien al parecer aún no me ha perdonado por el correo.

—Sadie —anuncia ella cuando entro al salón. El comité es pequeño, no hay más de diez miembros, y la mayoría ya están aquí, esparciendo volantes sobre un escritorio, amontonados alrededor de una computadora mientras corrigen algún texto, o comiendo un sándwich mientras esperan a que la impresora cargue.

Julius está aquí también. Está reclinado en una de las sillas de plástico como si fuera un trono, con las piernas largas estiradas frente a él. Lleva puesto su saco. Lo doblé con cuidado, lo puse en una bolsa reciclada del centro comercial y lo dejé en su casillero esta mañana para evitar cualquier incomodidad asociada con dárselo en persona. En cuanto la señorita Johnson dice mi nombre, sus ojos se posan en mí.

Mi pulso se detiene.

La tarde de ayer todavía se siente demasiado reciente, demasiado cruda, como una hornilla encendida entre los dos. El recuerdo deambula por mi cabeza. Su cabello húmedo sobre sus ojos, el peso de su *blazer* alrededor de mí, su mano esbelta alrededor de mi muñeca.

Y es ilógico, lo he visto todos los días por diez largos años. Ya debería estar acostumbrada, acostumbrada a él. Su presencia es una constante, como el reloj que cuelga de las paredes, el paisaje más allá de las ventanas, el patrón de la alfombra. Pero algo se siente distinto. Como un camino cuesta arriba donde antes todo era plano.

—¿… escuchando, Sadie?

—¿Eh? —espabilo, y me encuentro con la profesora Johnson y su cara de decepción—. Lo siento tanto, ¿podría… podría repetirlo?

Antes de «El Escándalo» me habría sonreído, o hasta se habría preocupado. Ahora solo deja salir un suspiro de molestia y llama a Julius.

—Ya que voy repetirlo, se los diré a los dos de una vez.

Julius se para a mi derecha, dejando alrededor de metro y medio de distancia entre nosotros. Hoy su distancia siente más marcada que de costumbre, como si estuviera intentando probarme, o probarse, algo.

—El director Miller me pidió que les asignara una tarea —dice la señorita Johnson—. Tenemos cuatro cuartillas de espacio para la sección de exalumnos destacados del anuario, pero nos hace falta contenido…

—¿Por qué no le ponen el nombre de un exalumno destacado a otra de las cortinas de la cafetería, y organizan otra ceremonia en su honor?

Contengo la risa con la mano.

La señorita Johnson no nota el sarcasmo.

—Es una buena idea, Julius, pero todas nuestras cortinas ya tienen nombre. Pensamos que sería una mejor idea si ustedes dos entrevistan a algún exalumno destacado de la academia. Una celebración de lo que han estado haciendo desde que salieron de Woodvale. Celebrar su éxito. ¿Qué les parece?

Abro la boca.

—Yo...

—Me alegra que estemos de acuerdo —me interrumpe la señorita Johnson, y saca una lista larga de nombres—. Aquí pueden encontrar los datos de varios exalumnos. Mi sugerencia personal es que los llamen, y que se abstengan de enviar cualquier correo. Será más probable que les contesten así. Hay que entregar el borrador final de la entrevista el viernes después de la semana siguiente. ¿Alguna pregunta?

Lo intento de nuevo.

—Solo una...

—Maravilloso —exclama, le sonríe a Julius, y regresa a su escritorio.

El silencio cae sobre nosotros. Nos quedamos de pie, inmóviles, escuchando el murmullo débil de la impresora detrás, el claqueteo rítmico de los teclados. Ninguno de los dos quiere hacer esto.

—Vaya, de verdad está enojada contigo —dice Julius después de un momento. Ni siquiera puede contener la sorpresa en su voz.

—Lo sé —coincido. Es la verdad, es evidente, pero igual se siente como el piquete doloroso de algún insecto. Me escondo detrás de la lista y comienzo a hojear las páginas—. Acabemos con esto antes de que termine el almuerzo —le digo, caminando hacia los asientos vacíos al fondo del salón. Mis manos sienten la necesidad de hacer algo, de probar mi valía a la señorita Johnson, de hacerla querer tenerme de su lado. Quizás si hacemos un buen trabajo con la entrevista, le caeré bien de nuevo. O, al menos, me dejará de odiar.

Julius se sienta junto a mí, pero de nuevo, se asegura de dejar suficiente espacio entre nosotros como para que no haya posibilidad alguna de que nos toquemos por accidente.

Por alguna razón, me molesta más de lo que me alegra.

—No vas a poder ver desde ahí —le digo.

—¿Qué?

—La información de contacto.

—Puedo verla desde aquí —insiste.

—¿De verdad? —Le muestro la lista— ¿Qué dice el primer nombre?

Entrecierra los ojos, así de lejos está. Mi molestia crece.

—Sarah… ¿Newman?

—Es Clare Davis —lo corrijo con un tono seco mientras marco su número en mi celular. Estoy rezando por que conteste de inmediato, que diga que está disponible para la entrevista, y así terminar con esto—. Ninguna de las letras que dijiste fue correcta. Ni siquiera la cantidad. ¿Por qué estás hasta allá si no puedes ver? ¿Tienes miedo de que te vaya a morder o algo?

Me tuerce los ojos, exagerando su desdén.

—¿En qué mundo yo te tengo miedo a ti?

—Entonces, acércate.

—Como sea. —Arrastra su silla hacia delante hasta que está justo a mi lado, casi rozándome con su hombro. Puedo sentir el calor de su piel atravesar mi blusa. De repente, no soy consciente de otra cosa más que de él, de su cercanía, su presencia. Entonces me arrepiento de mi propia petición. Es difícil concentrarse así. No me puedo mover sin rozarlo. Pero pedirle que se aleje sería admitir una derrota, o peor aún, admitir que *él* me afecta. Así que finjo que lo ignoro y me concentro en la llamada.

El celular se calienta en mi mano mientras el tono suena al otro lado de la línea. Una, dos, tres veces…

Al quinto tono, Clare contesta.

—¿Bueno? —Su voz es cortante, escéptica, como si estuviera casi segura de que soy un centro de llamadas intentando venderle un seguro para paneles solares que ni siquiera tiene.

Intento mantenerme quieta en mi silla. Desearía no ser una persona tan perceptiva a los cambios de humor y de tono de los demás. Me sobresalto si alguien levanta solo un poco la voz, me escondo cuando alguien se molesta.

—Hola —respondo con tanta calidez como puedo proyectar por el altavoz—. Soy Sadie Wen, hablo del comité de planeación para el anuario de Woodvale…

—¿Woodvale? —se ríe con tanta fuerza que casi se me cae el celular—. Nel, me gradué de ese basurero en llamas hace años…

Me apuro a quitar el altavoz y me llevo el celular al oído, pero todo mundo la escuchó. La señorita Johnson me está mirando con una cara de pocos amigos. Los estudiantes en la mesa de al lado rompen a reír.

— …estoy, tan feliz de haber terminado con eso —dice Clare. Escucho una bocina de su lado, el sonido del tráfico, y un reclamo apagado.

—Deja de cortarme el paso, imbécil… Estoy manejando, por cierto.

—Ah —respondo. Luego, como si me hubiera poseído el espíritu de un instructor de manejo, añado—. No es seguro que me llames, entonces. Hay que concentrarse en el camino.

—Tú me llamaste —señala.

—Claro. Perdón. Em… —Puedo sentir los nervios tomar control. No ayuda que Julius no me ha quitado los ojos de encima todo este tiempo—. Solo nos preguntábamos si le interesaría ser entrevistada para…

—Nop.

No tengo idea de cómo responder.

—Em, está bien, entonces. Gracias por su tiempo y…

La línea se corta.

—Adiós —le digo a la nada, y dejo el celular sobre la mesa.

—¿Eso es todo? —suspira Julius. Se hace hacia delante y cuando se mueve su hombro izquierdo roza el mío—. Estuvo terrible. Ni siquiera intentaste ser persuasiva.

Me le quedo viendo.

—Tú la escuchaste. No estaba interesada.

—Lo único que escuché fue cómo le decías que manejara con cuidado, luego te disculpaste sin razón aparente, como de costumbre —rezonga—. Ella es la que se debió haber disculpado, ella es la que estaba siendo grosera.

—Lo dices como si tú pudieras hacerlo mejor.

—De hecho. —Estira su mano para que le pase el celular, pero mientras lo hago, noto sus nudillos. Están abiertos y enrojecidos. Mi primera impresión es que debe ser por tallar el cobertizo, pero no puede ser. Estuvo usando esos guantes ridículos todo el tiempo justo para proteger su piel.

Además, parece haber sido algo más fuerte, más violento, como si hubiera golpeado algo duro…

Como la cara de Danny.

Está marcando el número que sigue cuando me atrapa mirándolo.

—Tu mano —le digo. No hay cómo esconderlo—. ¿Acaso…?

—¿Acaso qué?

Lo que había querido decir era: «¿Acaso golpeaste a Danny ayer? ¿A eso fuiste después de que limpiamos el cobertizo?». Pero antes de que las palabras salgan de mí, me doy cuenta de la frialdad de sus ojos, de su postura cerrada, y me doy cuenta de lo ridícula que sería mi pregunta. Debe ser solo una coincidencia extraña, es todo. Julius Gong no golpearía a Danny, más bien lo invitaría a cenar a su casa.

—¿Qué ocurrió?

—No es asunto tuyo. —Su voz es distante.

«Vale, en definitiva, no pudo haber sido él». Me mortifica siquiera haber considerado la idea.

—Solo preguntaba por ser amable.

—Bien, entonces no tienes que fingir que te importa.

Me erizo y estoy segura de que voy a incendiarme. ¿Por qué todo siempre tiene que ser tan difícil con él? Pero no es solo enojo lo que siento retorcerse en mi estómago como una serpiente. Me avergüenza admitirlo, pero también estoy herida. Ayer por la tarde, cuando me ofreció su *blazer*, pensé por el más breve de los momentos que... no lo sé. Que quizás no me odiaba. Que tenía la capacidad de ser lindo como cualquier otro ser humano. Una idea absurda, imposible.

—¿Sí, diga? —anuncia una voz grave en el celular—. ¿Quién habla?

—Hola, soy Julius Gong. ¿Hablo con Logan? —Es firme pero cortés. Cada palabra es clara pero no es demasiado alta. Me hace querer patear algo— Tenemos una gran oportunidad mediática, y ya que eres uno de los exalumnos más destacados de la academia, fuiste la primera persona en quién pensamos...

—Mentiroso —muevo mi boca sin hablar.

Él ni siquiera se inmuta.

—Debo decir que tu lista de logros atléticos es impresionante...

Pero el hombre lo interrumpe a media oración.

—Sí, mira, estoy halagado, pero este de verdad no es un buen momento. Estoy, em..., con compañía.

En ese momento, la voz de una chica suena en el fondo.

—Lo-gan —dice, alargando cada sílaba—. ¿Vas a regresar?

Julius se queda viendo mi celular como si este lo fuera a morder. Jamás lo había visto tan incómodo y tan incapaz de esconderlo. Hasta su nuca se sonroja.

—Puedo... Puedo marcar más tarde —ofrece.

—Creo que voy a estar, em..., ocupado lo que resta del día —dice Logan—. Lo siento, hermano, no creo ser la persona indicada. Buena suerte encontrando a alguien.

Luego cuelga.

Julius está paralizado. Tras un rato, se descongela lo suficiente para, como si fuera un fenómeno que rompiera las leyes del universo, decir:

—¿Me acaba de colgar?

Estaría doblada de la risa de no ser porque estoy anclada a la misma tarea. Aun así, no puedo evitar tirar un poco de carrilla mientras puedo.

—Eso estuvo... ¿cuál fue la palabra que usaste? Ah, sí. Terrible.

Julius se ríe, pero me doy cuenta de que está molesto.

—Esto fue una excepción.

Sin embargo, pronto caemos en la cuenta de que Clare y Logan no son la excepción, sino la norma. Mientras el resto de los estudiantes disfruta sus sándwiches tostados y se relajan bajo el sol que entra por las ventanas, Julius y yo recorremos la lista, frustrándonos un poco más con cada nombre que cruzamos. Me hormiguean los dedos de tanto marcar. Algunos de los números ya no están activos, otros han cambiado de dueño. Muchos ni siquiera contestan. Quienes lo hacen están demasiado ocupados, o avecinan que estarán demasiado ocupados, o solo prefieren no comprometerse a nada. Hay una persona que dice que lo haría, excepto que está a punto de emprender un viaje de treinta días a través de la jungla y no tendrá señal. Una mujer me grita por molestarla, y me mortifico tanto que Julius tiene que quitarme el celular y terminar la llamada.

Pero antes de colgar, puntualiza:

—Tenga un horrible día. Ah, y otra cosa... —Y entonces me señala para que diga algo.

—No sé qué decir —siseo, apanicada.

Él levanta una ceja.

—No te costó encontrar las palabras cuando me estabas insultando. Vamos. No vas a dejar que te grite por nada, ¿o sí?

Podría ser un truco, o una trampa. Pero tengo que admitir que es tentador. Y estoy cansada de que me digan cosas, de absorber el enojo de los demás. Así que me aclaro la garganta y me acerco al celular.

—Espero, em, que se le vaya el camión y...

Julius me mira como esperando a que haga algo. Es una mirada que dice: «¿Es eso lo mejor que tienes?».

Mi competitividad se enciende.

—Espero que llegue a casa y no tenga platos limpios para la cena —prosigo. Con cada palabra mi voz cobra fuerza y mi pulso se acelera—. Y que tus vecinos empiecen una fiesta a las diez de la noche pero que su música sea solo esa música genérica que sale en los comerciales antes de los videos, y que se te acabe el agua caliente justo después de que te pongas el shampoo.

—Creo que podemos descartarla —dice Julius mientras deja el celular.

Yo me río, lo cual a él parece agradarle, lo cual me hace sentir que hice algo mal. Que se me fue un detalle importante. Y aun así... sí que fue satisfactorio, decir en voz alta las cosas que normalmente solo escribiría en mis borradores.

Lo malo es que ahora solo nos queda un nombre.

—Ya repasamos a todos —dice Julius, dándole vuelta a la lista—. Quizá podamos entrevistarme a mí. Seré parte de los exalumnos notables después de graduarme, así que por qué no hacerlo desde ahora.

Pero yo contraigo las cejas.

—Espera, todavía había un...

—No lo creo —interrumpe. Su mano tapa la lista. El movimiento es sutil, pero intencional.

—¿Por qué estás actuando tan raro?

—No es cierto —refunfuña.

Miro el reloj sobre el escritorio de la señorita Johnson. Quedan tres minutos del almuerzo. El resto del comité ya está desconectando sus cargadores, cerrando sus loncheras, recogiendo sus recortes de papel y servilletas. No tengo idea de qué ocurre con Julius, pero no tengo tiempo para discutir por nimiedades.

—Como sea —le digo—. Me aprendí el nombre y el número. Es James Luo.

Sus hombros se tensan, y por un milisegundo, más rápido que un parpadeo, algo sombrío se asienta en su cara.

—Cómo lo...

—No eres el único con buena memoria —le recuerdo, mientras marco el número. Sé que estoy presumiendo, pero tampoco estoy exagerando. Nunca me ha costado recordar nombres, fechas, hechos, mapas. Pero a veces mi propia memoria se torna contra mí. Porque no solo recuerdo hechos a secas: también recuerdo cada vez que he perdido contra Julius en un examen, cada vez que alguien me ha gritado, cada vergonzoso fracaso y decepción. Todo clava su filo permanente en mi piel y deja su marca indeleble sobre mí.

La voz que responde suena familiar por alguna razón. Es algo en su tono, la forma en que dice las palabras, sus expresiones.

—¿Bueno? Habla James.

—Hola —respondo, recorriendo mi mente, intentando descifrarlo—. Soy Sadie Wen, llamo de Woodvale…

Por sorpresa, se ríe.

—Ah, te conozco. Eres la otra capitán, ¿cierto? Mi hermano se la pasa hablando de ti.

Mi mente se detiene. Junto a mí, Julius también se ha quedado quieto, y pálido.

—¿Tu… hermano?

—Así es —dice James, con total naturalidad—. Mi hermano, Julius Gong.

Capítulo X

—No puedo creer que no supiera que tienes un hermano —le digo a Julius.

Él solo hace la misma cara que ha estado haciendo toda la tarde: una expresión como de dolor, como si hubiera algo afilado dentro de su zapato.

—Sí, bueno, casi nadie lo sabe —abre la puerta de vidrio de la librería con una mano y me sigue adentro—. No tenemos el mismo apellido, y él se graduó hace seis años.

—Ajá —le digo en voz baja.

La librería está en silencio. Se puede escuchar el sonido de la chimenea, de cada página que se voltea, el golpe suave de algún libro que regresa al estante. Los escaparates en la entrada exhiben los *best sellers* más recientes, una selección de memorias de políticos, novelas de fantasía del tamaño de un ladrillo, y libros de autoayuda con palabras altisonantes en el título. Hay notitas escritas a mano por los empleados de la librería detallando por qué tal o cual libro es su favorito de la temporada. Las paredes color crema también están llenas de recomendaciones, así como afiches promocionando la presentación del primer libro de algún autor el día de mañana.

Al fondo de la librería, pasando la sección de *thrillers* y misterio, se revela un pequeño café. El olor a granos recién molidos se asienta en el aire, mezclándose con el aroma a libros que me recuerda a la biblioteca de la escuela. Solo hay dos mesas, y una señora canosa ya ha tomado la que está más cerca de la ventana.

Cuelgo mi mochila de la silla en la otra mesa y saco mi teléfono y mi laptop para tomar notas durante la entrevista. Luego me siento y cruzo las piernas, pero termino por descruzarlas.

—¿Qué? —me pregunta Julius mientras toma asiento frente a mí.

Me le quedo viendo de vuelta.

—No dije nada.

—Pero sé que quieres decir algo —insiste—. Has estado toda rara y ansiosa desde el almuerzo. Solo dilo de una vez.

Mis labios se tensan. La verdad es que tengo un poco, más o menos, un poquito de curiosidad extrema, aunque fascinación puede ser una mejor palabra. Siempre había pensado en Julius como una entidad singular, autosuficiente, solitaria. No esperaba que tuviera un hermano de la misma forma en la que no esperaría que una mesa de caoba tuviera parientes. Porque significa darles pie a miles de otras posibilidades extrañas: Julius de pequeño, Julius de vacaciones, Julius en el cine, Julius cenando con su familia, Julius peleando con su hermano por el control remoto o encerrado en su cuarto después de una pelea, o Julius buscando su camisa favorita por toda la casa. Lo vuelve demasiado real, demasiado humano.

Pero no es lo más extraño de todo esto.

—¿Por qué... tienen apellidos distintos? —le pregunto, y solo pienso que puede ser un tema sensible hasta después de que las palabras salen de mi boca. Quizás sus papás están divorciados. Quizás tiene una historia complejísima, en la que su mamá no es su mamá de verdad o su papá es el hermano de su papá quien no es su padre en realidad, o algo por el estilo. Eso explicaría por qué ha estado de mal humor desde que su hermano accedió a la entrevista.

—Mi mamá no pensaba que fuera justo que los dos tuviéramos el apellido de mi padre —responde, encogiéndose de hombros—. Así que cuando yo nací, me dio el suyo.

—Me encanta eso, de hecho.

Me mira por un momento, casi a la defensiva.

—¿Estás siendo sarcástica?

—No —le respondo, molesta—. No todos somos incapaces de expresar sentimientos positivos con sinceridad, Julius.

—Es difícil darse cuenta con tu tono.

—¿Qué tiene mi tono?

Levanta sus cejas.

—Casi siempre, cuando hablas con las personas, en especial con maestros, suenas como si estuvieras en un comercial de jugo orgánico. Demasiado alegre.

—¿Me estás acusando de ser demasiado feliz? —me olvido de bajar el volumen de mi voz, y la mujer de la mesa de al lado me clava la mirada por encima de su novela de romance. Me disculpo con las manos y prosigo con susurros feroces— Eso es ridículo. No me puedes criticar por eso.

—Por actuar demasiado feliz —me corrige, mirándome a los ojos—, cuando no creo que lo seas de verdad.

Me arde el pecho, como si las palabras se hubieran abierto paso dentro de mí y comenzaran a desollar mi corazón. Pero no puedo mostrarlo.

—No me conoces tan bien —mascullo.

Parte de mí espera una réplica ingeniosa, una patada después del golpe, pero solo se recarga en el asiento. Se aclara la garganta.

—Lo siento —dice, y parece estar incómodo—. Yo... Eso fue innecesario. Solo estoy... —un suspiro profundo escapa entre sus dientes—. No estoy emocionado por esto.

Son entonces dos cosas que no sabía que Julius tenía antes de hoy: un hermano mayor, y la habilidad para disculparse. La sensación de amargura dentro de mí cede un poco.

—¿Te refieres a la entrevista? —le pregunto—. ¿Por qué? Es tu hermano.

—Lo sé.

—Y suena a que le ha ido bien. De que, *muy* bien —le digo, buscando las notas que preparé en mi celular.

James Luo es tan exitoso que tiene su propia página de Wikipedia. En ella aparecen todos sus logros y galardones: se graduó de Woodvale con el mejor promedio de su generación a los dieciséis años, consiguió una beca completa para Harvard donde escribió su primera novela tras solo un mes porque «estaba aburrido», y la vendió por siete cifras antes siquiera de cumplir veinte. También ganó un torneo internacional de debate tres años seguidos y luego abandonó la competencia al último minuto porque «ya no estimulaba su intelecto de forma significativa».

La actualización más reciente era sobre su segunda novela: *Cuchillo azul creciente*. Todavía faltan tres meses para que salga, pero ya ha recibido incontables reseñas de admiración, un artículo entero en *O, The Oprah Magazine*, y ha sido llamada un *tour de orcé*, un «triunfo absoluto» y un «ajuste de cuentas», aunque no sé muy bien a qué cuentas se refieren. Un famoso de gran nombre dijo que era uno de sus dos libros favoritos, siendo el otro la Biblia.

—Mira. —Le muestro a Julius un artículo en mi celular en el que aparece una foto en blanco y negro de James con un cuello de tortuga. Está mirando por una ventana con un gesto pensativo, y el parecido con Julius es sorprendente. Tienen los mismos labios esculpidos, el mismo pelo grueso y negro y los mismos ángulos finos. Pero la mandíbula de James es más ancha, y lleva unos lentes cuadrados que enfatizan sus pómulos—. Dice aquí que su libro es la revelación de la década.

—¿Quién dice eso? —pregunta Julius sin mirar el artículo.

Escaneo la página, pero a pesar de que el artículo menciona a una docena de otras celebridades, la cita no se le atribuye a nadie.

—Este, em, solo dice.

—Tenemos que asumir que es una verdad universal, entonces. —Lo dice como si no le importara, pero hay algo de resentimiento en su tono.

De pronto mira algo detrás de mí y su expresión de dolor se vuelve más profunda, como si el filo en su zapato se hubiera transformado en un escorpión letal.

—Hola.

Me doy la vuelta y James Luo camina hacia nosotros con las manos extendidas y una sonrisa amplia. Se ve igual que en su foto de autor, con su cabello peinado hacia atrás y sus lentes cuadrados. Incluso parece traer puesto el mismo cuello de tortuga. Pero es más alto de lo que esperaba. Cuando Julius se pone de pie, quedan varios centímetros entre ellos.

—No puedo creer que no me hubieras pedido hacer la entrevista desde el principio —dice James mientras le da una palmada en la espalda a Julius con tanta fuerza que uno pensaría que se estaba ahogando—. Sabes lo mucho que me alegra ayudarte con tus proyectitos escolares, incluso si mi agenda está llena.

La mirada de Julius ensombrece.

—No es un proyecto escolar. El director nos pidió que lo hiciéramos.

—Tienes razón —concuerda James, recorriendo el café con la vista. Juraría que su mirada se ilumina cuando se posa sobre una pirámide de sus libros en medio de los estantes—. Los proyectos escolares son muy importantes.

Julius frunce el ceño, pero no dice nada.

—Y tú —James me dice—. Tú debes ser Sadie Wen. Siento que eres prácticamente de la familia.

Escondo mi asombro. Pensé que estaba exagerando mucho cuando me dijo por teléfono que su «hermanito habla de ti todo el tiempo». Pero entonces me doy cuenta de que Julius se sonroja, y la única explicación es que lo que sea que haya dicho debe ser o terrible o maravilloso.

—¿Qué te ha contado Julius sobre mí?

Mi némesis se ve aterrado. James, por otra parte, se ve encantado.

—Ah, ya sabes. El año pasado, se la pasó días y días insistiendo en cómo le habías ganado en el examen de biología…

—Basta —dice Julius en voz baja. Rehúye de mi mirada.

Pero James continúa, sonriente.

—Se la pasa hablando de tu inteligencia formidable. De lo mucho que se tiene que esforzar para estar a tu nivel.

«Inteligencia formidable». Me aferro a esas palabras, las examino de cerca. Nunca había pensado que yo fuera alguien intimidante, pero se siente como el cumplido más grande del mundo. Algo que confirma mis esperanzas. Julius Gong me toma en serio. No solo compite conmigo porque piensa que sería vergonzoso perder. Tiene miedo de perder contra mí.

—Sabes —dice James—, se puso muy enfermo el verano pasado, pero aun así no descansaba. Se llevó todos sus libros de texto a su cama porque apenas se podía parar, pero insistía que si no estudiaba todos los días, tú tendrías la ventaja.

—Espera —le digo a Julius—. ¿Estabas enfermo?

No tiene sentido. Yo recuerdo el verano pasado. El primer día de vacaciones, él me envió una ecuación compleja y muy difícil de alguna universidad avanzada a forma de reto. La resolví solo para molestarlo, y me puse a buscar artículos de investigación en internet para enviarle algo incluso más truculento de vuelta. Pronto estábamos intercambiando problemas cada mañana. No hablábamos. La comunicación se daba a través de capturas de pantalla y respuestas. Golpe contra golpe. Él respondía todos los días sin falta, y seguimos haciéndolo hasta que las clases comenzaron de nuevo.

¿Cómo podría haber estado enfermo?

—No fue tan serio —dice Julius, arreglándose el cabello—. Incluso con fiebre, mi cerebro funciona mejor que el de una persona promedio.

—Eso no es lo que recuerdo —James levanta una ceja y me mira. He visto a Julius hacer la misma expresión tantas veces que ahora se siente como si estuviera viendo un reflejo de él—.

Cuando no estaba estudiando, se la pasaba de mal humor. Le pedía a nuestra mamá que le preparara su sopa favorita, *luo song tan*...

—¿Pensé que nos habías dicho que solo tenías veinte minutos para la entrevista? —interrumpe Julius. Se sienta y saca su cuaderno Moleskine de su mochila— ¿No deberíamos comenzar?

—Ah, por supuesto —James se ilumina, y yo me pongo a pensar en que sus sonrisas son diferentes. James sonríe como si tuviera un número infinito de sonrisas, como si no le costaran nada. Pero las sonrisas de Julius son súbitas, inesperadas, y a veces son burlonas o están envenenadas. Sus sonrisas de verdad son tan inusuales que cada una se siente como un milagro, como si hubieras ganado algo—. ¿Qué es lo que quieren saber?

Quiero saber si Julius le tenía miedo a la oscuridad cuando era pequeño. Si creía en los fantasmas o en Santa o en el monstruo del Lago Ness. Quiero saber dónde le gusta estudiar, si es cerca de una ventana en su sala o en su cuarto, a solas, y si deja la puerta abierta o cerrada. Quiero saber de qué se ha disfrazado para Halloween, y qué canciones elige cuando va al karaoke. Qué tan temprano se levanta, qué tan tarde se va a dormir. Qué cocina su madre para el Festival de Primavera, de qué habla cuando tienen que hacer un viaje largo en la carretera. Quiero recopilar esos pedacitos de conocimiento para tenerlos como municiones. Una parte de mí quiere avergonzarlo, y otra parte solo siente una curiosidad implacable.

Pero estamos aquí para entrevistar a James, no a su hermano, así que me contengo y le pregunto por sus fuentes de inspiración, cuánto tiempo se la pasa escribiendo cada día, cuál es su proceso creativo.

—Verás, para mí, las palabras son como gorriones —responde, tallándose los ojos. Lo intento, pero no puedo imaginármelo. Sus lentes, me doy cuenta, son solo el armazón. Cuando se talla los ojos, sus dedos atraviesan el lugar donde debería estar el lente—. Podría pasar todo el día persiguiendo gorriones, pero solo se espantarían y huirían de mí. Es más importante mantenerse quieto, y dejar que vengan por su propia cuenta.

—Mm —le respondo, obligándome a dejar de mirar sus lentes falsos para escribir la respuesta—. Qué interesante.

—Ahora, claro, hay días en los que tienes que convencer a los gorriones con un poco de alimento para aves —continúa—. Ciertos alimentos funcionan mejor que otros. Y a veces piensas que necesitas el alimento más caro, pero en realidad necesitas alimento orgánico, o ni siquiera eso, a veces lo que mejor funciona son los frutos.

—Em. Disculpa —le pido una pausa—. Me estoy perdiendo en la analogía. ¿Qué se supone que representa el alimento para aves?

—Nada —me responde.

—Ah, está bien…

—Y todo —prosigue—. Lo dejo a su interpretación. Verán, la interpretación es crucial. De eso se trata todo.

No estoy segura si Julius está torciéndole los ojos a su hermano o si solo encontró algo muy interesante en el techo de la librería. No ha hablado casi nada durante la entrevista.

—Entonces, ¿ahora estás trabajando como autor de tiempo completo? —indago, siguiendo con la lista de preguntas que preparé.

—Oh, no —James se ríe tan fuerte que la mujer de la mesa de al lado se vuelve a quejar con la mirada—. No, no, no. Dios santo, no. No podría hacerlo. En primer lugar, sería gastar mi título de derecho de Harvard. Digo, cualquiera mataría solo por entrar a Harvard, ¿sabes? Sería un idiota si lo desperdiciara. Y mis profesores quedarían devastados, también, ya que soy el estudiante más prometedor al que le han dado clases en siglos. No lo digo yo, es lo que ellos siempre dicen.

—Tus profesores deben tener una salud espléndida —le digo.

Julius se ríe en voz baja, tapándose la boca. Su mano cubre la mitad inferior de su cara, sus hombros se sacuden, se detienen un momento, y luego vuelven a sacudirse mientras mueve su cabeza de lado a lado, como si le molestara que mi chiste le causara tanta gracia. Al menos ya no se ve como el protagonista torturado de una pintura del Renacimiento.

—¿Hm? —James se ve confundido.

—Digo, ya que han dado clases por siglos.

Titubea, y luego se recupera.

—Bueno, tienen tanta experiencia que de verdad se siente así. Harvard le da mucha importancia a su historia.

Noto para mí misma que es la vigesimoquinta vez que ha mencionado Harvard en los últimos diez minutos. Si Harvard fuera un fantasma, ya lo habría invocado de vuelta a la vida.

—Así que no estás escribiendo de tiempo completo. Debe ser difícil mantener un balance, entonces.

—Bueno, la estabilidad económica vale la pena —dice mientras entrelaza sus manos—. El dinero del libro en realidad solo es un pequeño bono, pero en definitiva no lo estoy contemplando para mi retiro ni nada por el estilo.

En mi cabeza, las palabras del artículo aparecen como un grito: «vendido por siete cifras». ¿Es esa su idea de un pequeño bono? Julius también se da cuenta de lo absurdo de la declaración de su hermano, y esta vez no hay duda de que tuerce los ojos.

—Es como un *hobby* para mí —dice James—. El viejo dicho es cierto: no pongas todos tus huevos en la misma canasta. Yo tengo mis huevos separados en la canasta de derecho, la de autor, la de inversiones, y también mi canasta de *coach* de debate.

A pesar de que estoy hablando con él, estoy observando a Julius. Parece estar diciendo algo para sí mismo: «mátame» o «Martinica», aunque la segunda opción me parece poco probable.

—Sí, claro —le digo, distraída—. Leí que has formado toda una carrera en los debates.

—Absolutamente. De verdad te prepara para el éxito en tantas áreas, incluso si no te vuelves un campeón profesional como yo. Por eso siempre le digo a Julius que se involucre más en los debates —dice y le da un empujoncito a Julius—. ¿No es cierto, Ju-zi?

Casi me ahogo con mi propia saliva.

Ju-zi me clava la mirada, casi como una advertencia, luego hace lo mismo con su hermano.

—Pensé que habíamos dejado ese apodo atrás. No tiene sentido. ¿Por qué sería una mandarina en chino?

—¿Cómo que por qué? Porque es adorable —sonríe James—. Y lo digo de verdad, en cuanto a los debates. No hay por qué sentirse mal, solo porque yo tengo un talento nato para ello. Al contrario, deberías alegrarte de que compartimos los mismos genes. Es imposible que seas terrible, incluso si jamás llegas a ser tan bueno…

Julius se levanta de su asiento.

—Voy a traer bebidas. ¿Quieres algo? —Su pregunta va dirigida a mí, lo cual dice mucho sobre cuánto quiere alejarse de su hermano. Eso, y el hecho de que se ofreciera con tanto ímpetu para algo que no implica la promesa de una estrella dorada o puntos extra.

Pero creo que estoy comenzando a entender la mirada feroz que tenía cuando lo vencí en el debate en clase; las razones por las que nunca había mencionado a su hermano antes; el porqué de su deseo implacable de ser el mejor en todo; incluso su mirada exasperada en este momento, sus hombros tensos.

Su expresión es la misma cuando regresa con un vaso de agua tibia para mí, un café para él, y una infusión herbal que habría jurado que a nadie le gustaba en realidad y que la gente solo pedía para convencer a aquellos a su alrededor de que eran personas saludables. Pero James se la toma de un trago y pide un *refill*.

—Ve tú por él —le gruñe Julius.

James solo lo mira sin decir nada.

Julius suspira y se levanta de nuevo. Cuando regresa, estamos terminando la entrevista, hablando de los planes de James para el próximo año, que incluyen un viaje totalmente financiado por Europa, una película basada en un libro famoso, la cual está escribiendo y produciendo, y una conferencia en un simposio elegante para abogados.

—Esto ha sido maravilloso —nos dice, radiante. Es increíble cómo puede mantener una sonrisa tan amplia y hablar al mismo tiempo—. Ahora voy a firmar algunos libros ya que estoy aquí. Seguro me tomará un rato… Son miles de copias —dice, y le da a Julius otro golpecito en la espalda, esta vez con más fuerza—. ¡Pero ustedes diviértanse!

A pesar de la buena voluntad de James, no nos divertimos.

Nos la pasamos limpiando nuestras notas en silencio hasta que me decido a decir algo.

—Bueno. En definitiva, tenemos más que suficiente material para llenar las cuatro páginas del anuario… De hecho, creo que con la descripción del hotel de cinco estrellas en el que se quedó para la gira de lanzamiento de su novela tenemos suficiente para cubrir el espacio.

Julius asiente, pero su mirada sigue fija en su hermano, que saluda con entusiasmo a un admirador. Se toman una *selfie* juntos, con la sonrisa de James y la portada del libro en primer plano. Parece que el admirador está llorando.

—La gente siempre se porta así a su alrededor —dice Julius en voz baja—. Hasta nuestros propios padres.

—Tus padres… ¿siempre le piden a tu hermano que les firme el cuello de su camisa? —le pregunto mientras James hace surgir un Sharpie dorado que al parecer guarda en el bolsillo de su camisa.

Julius deja salir una risa inesperada, y le da fundamento a mi teoría: sus sonrisas de verdad se sienten como milagros. En especial cuando eres la causa de esa sonrisa.

Siento un calor recorrer mi cuerpo, pero entonces me doy una patada mental. Me recuerdo a mí misma con quién estoy hablando. *Julius Gong*. El chico que me ha hecho la vida imposible los últimos diez años. No estaría aquí conmigo si el director no lo hubiera obligado.

—Mejor me voy —le digo.

Su mirada se estremece.

—¿Tan pronto?

Hago una pausa, titubeo, y su actitud cambia de inmediato. La sonrisa se desvanece, las líneas de su rostro regresan a su máscara de estoicismo *cool*.

—Quiero decir, ¿no vas a transcribir las notas antes? —me pregunta—. No esperas que yo haga todo ese trabajo, ¿o sí?

Este es el Julius Gong que conozco. El Julius Gong al que puedo odiar con comodidad. Casi es un alivio.

—Yo las transcribo —le digo, para poder terminar con esto lo antes posible—. Te mandaré la versión final antes de la media noche.

—Sale. Bien. Más te vale.

Comienzo a guardar mis cosas en mi mochila, pero Julius dice:

—Escuché que tendrás una fiesta este fin de semana.

Me quedo paralizada con mi cuaderno en la mano.

—¿Hay algún problema?

—Así que es verdad. Tendrás una fiesta —Julius alarga la última palabra como si fuera algo ridículo, como si estuviera a punto de adoptar un elefante o de planear una cena de navidad en abril—. ¿Por qué?

—Porque quiero —le digo a la defensiva. Estoy mintiendo, claro, pero estoy más ofendida por lo que está implicando, que no puedo ser el tipo de persona que organiza una fiesta por diversión.

—Nunca haces nada solo porque quieres, Sadie Wen —me dice, poniendo sus manos sobre la mesa—. Debes tener alguna meta, algún plan de varios pasos. Un objetivo a largo plazo. Si no, ¿por qué estás invitando a Rosie a tu casa, por ejemplo?

—¿Acaso importa? —El enojo transita por mi cuerpo como un incendio forestal— No es como que te esté invitando a ti.

Sus ojos negros brillan. Su garganta se mueve un poco antes de que responda, con voz fría:

—No hubiera ido, aunque me invitaras.

—Muy bien —le digo a secas. No le confieso que había pensado en invitarlo esta tarde; casi toda la generación estará ahí, de todas formas. Pero ahora, solo la idea de haberlo considerado me mortifica. ¿Por qué le daría a Julius una razón para rechazarme? El rechazo es la derrota más humillante. Es perder la batalla antes de que comience. Es bajar la guardia para que te atraviesen el pecho.

—Entonces no vengas.

—No lo haré —me dice, tenso.

—Ya dijiste eso.

—Quiero dejarlo claro.

—No te preocupes, me queda *muy* claro.

Nos sostenemos la mirada, respirando fuerte, como si estuviéramos levantando un peso insostenible. Aprieto la espiral de metal de mi cuaderno. Nadie nunca ha tenido la habilidad de hacerme rabiar de forma tan pura e incandescente. De hacerme enojar tanto que me den ganas de voltear una mesa, de patalear como una niña haciendo un berrinche, de romper cosas. Antes de que pueda hacer algo de verdad, tomo mis cosas y me largo sin siquiera cerrar mi mochila.

Pero mis manos se sienten inquietas de camino a casa y todo el resto del día, cuando cierro la panadería y al hacer mi rutina de ejercicio diaria, mientras termino mi tarea y cuando cepillo mis dientes, no puedo pensar en nada más que en él.

Capítulo XI

Nuestra escuela nos obliga a completar una encuesta vocacional en dos momentos: una vez en el quinto año, y de nuevo seis años después, en el penúltimo año. Se nos dice que estas encuestas son anónimas, que podemos ser honestos sin sentirnos incómodos, pero los resultados siempre terminan en el tablón de anuncios públicos con nuestros nombres a un lado. Bueno, la mayoría de los resultados. El estudiante que escribió «*sugar baby*» como su profesión deseada logró que la escuela ocultara sus resultados en menos de una hora.

Basta ojear el tablón para darse cuenta del patrón subyacente. La niña que quería ser dramaturga ahora quiere ser contadora. El chico que quería ser astronauta ahora planea formarse como farmacéutico. Quienes querían ser artistas ahora están considerando entrar a Medicina. Se intercambian pasatiempos por carreras más estables, lucrativas y prácticas. Los sueños se rompen una vez que entra en consideración la logística de ir al baño en el espacio exterior.

Pero tanto Julius como yo nos hemos mantenido constantes a través de los años. En el quinto año, ya estábamos investigando cuáles eran los trabajos mejor pagados y los títulos con mayor demanda. Él, por el prestigio, y yo, porque necesitaba la ruta más rápida para asegurarle el mejor futuro a mi familia. Algo que pagara las cuentas a tiempo, que nos garantizara estabilidad sin importar qué pasara con la carrera deportiva de mi hermano, algo que mi mamá pudiera presumirles a las tías chismosas. Así que, en ambas ocasiones, él escribió «abogado», y yo escribí «analista de datos».

Los prospectos laborales de Abigail, por otra parte, han variado más que el color de su cabello. Sus resultados eran una lista de respuestas tachadas y borroneadas, cubriendo todas las posibilidades: catadora profesional, equitadora, bailarina, estilista de moda, *ghostwriter* para sitios web de citas (yo ni siquiera sabía que tal cosa existía), y organizadora de fiestas.

—¿Sabes qué? Creo que organizar fiestas podría ser, de que, una carrera viable para mí —me dice Abigail mientras admira la máquina de confeti que acaba de instalar en la sala de mi casa—. ¿Qué te parece, querida?

Me parece que hay una máquina de confeti literal en la sala de mi casa.

—Es muy... em... —Es *demasiado*. No tengo idea del tipo de presupuesto con el que Abigail está organizando esta fiesta. Para ser franca, ni siquiera estoy segura de que Abigail entienda el concepto de un presupuesto; cuando ella quiere algo, todo lo que tiene que hacer es pedírselo a sus padres, y ellos le dan dos de lo que quiera. No es que sea millonaria ni nada por el estilo. Pero Abigail y su familia son fieles creyentes del valor de tener una «buena experiencia», de vivir en el momento. Son el tipo de personas que se gastan los ahorros de un mes en boletos para el concierto de su artista favorito. Reservan el viaje a Italia ahora y se preocupan por el costo después. Se quedan en el cuarto de hotel con vista al mar, incluso si cuesta dos veces más que el cuarto normal porque «ya estamos aquí, así que más vale disfrutarlo como se debe».

A mí, que soy una fiel creyente de ahorrar en caso de que un cometa caiga en nuestra casa y el seguro se rehúse a cubrirlo, me cuesta más disfrutar los arreglos florales y la fuente de chocolate que Abigail compró solo para esta noche. Apenas puedo reconocer mi propia casa. La sala está a media luz, y las velas que iluminan el interior les dan a las paredes un tono rosa pastel, al mismo tiempo que esconden las manchas que Max ha dejado con el lodo de sus zapatos. También hay una fila de botellas de alcohol frente a los sillones. No sé de dónde las sacó Abigail, pero dudo que sus métodos se hayan encontrado dentro del marco de la ley.

Como si mi lista de preocupaciones no fuera larga de por sí.

—Solo renté la máquina para esta noche —me asegura—. Es para ambientar la fiesta desde el inicio. Queremos que la gente entre y diga, de que, «vaya, la calidad del confeti esparcido casual pero estratégicamente sobre el piso me dice que esta será la mejor fiesta de la historia».

Suelto una risa pequeña.

—Nadie piensa así.

—Lo harán una vez que vean la decoración.

—Pero… ¿y si no viene nadie? —pregunto, preocupada, apoyando mi oído contra la puerta principal… pero, vaya, solo porque es una posición cómoda. No porque piense que es la forma más efectiva de enterarme y prepararme en cuanto escuche pisadas acercarse a la puerta.

—Dijimos que empezaría a las seis en punto —le digo con los ojos clavados en el reloj—. Y ya son las 5:43.

—No todo el mundo es tan puntual como tú —responde Abigail—. Lo que para ti es llegar diez minutos tarde, para una persona promedio es llegar veinte minutos antes. Y confía en mí, todos van a querer venir. Irían a una fiesta en casa de un asesino serial si hubiera alcohol.

—Eso es muy alarmante. ¿Te das cuenta de que es muy alarmante, verdad?

Ella se encoge de hombros.

—Así son las cosas.

—También —me detengo. Entrecierro los ojos—. ¿Me acabas de comparar con un asesino serial?

—No —me dice, con demasiada insistencia—. Pero, solo para que lo sepas, incluso si *fueras* una asesina serial, yo me quedaría a tu lado y afilaría tus cuchillos.

—Qué dulce.

—También limpiaría la sangre de tu baño —añade con ligereza—. Estaba leyendo un artículo el otro día sobre cómo la mayoría de los detergentes caseros pueden servir justo para eso. No tendrías que preocuparte por dejar evidencia.

—Espera —levanto una mano—. En este mundo, que francamente me perturba, que es extremadamente poco realista, y que te acabas de inventar por completo, ¿por qué estoy matando gente en el baño?

—Pues no los vas a matar en la cocina. No sería higiénico.

Eso me saca una sonrisa.

—Me temo que esta conversación se nos está saliendo de las manos.

—Sí, lo siento, ¿de qué estábamos hablando? Ah, claro. Sí vendrán, Sadie, te lo prometo…

Antes de que pueda terminar su oración, el sonido de voces comienza a llegar desde el patio de la entrada.

—Ay, Dios, de verdad viene gente —exclamo, y mi garganta se queda seca. De repente, se siente como si alguien estuviera jugando fútbol con mis intestinos. La falda que llevo es demasiado apretada, la tela me provoca comezón.

—¿Ves? Yo siempre estoy en lo correcto —sonríe. Se ajusta el pañuelo que cubre su vestido brillante, se arregla el pelo, y me guía hacia la puerta para comenzar a recibir invitados—. ¡Bienvenidos, bienvenidos! —les dice—. Por favor, con confianza.

Es Ray.

Está junto a cuatro otros chicos de Historia, y al entrar él a la casa, recorriendo las decoraciones con la mirada, vestido con una chamarra del equipo de fútbol y unos tenis impecables, entro yo en un estado de pánico puro por un segundo. ¿Qué tal que no está aquí por la fiesta? ¿Qué tal que coordinaron un ataque a mi casa? ¿Qué si están a punto de empezar a arrojar huevos o a reírse de mí? Pero entonces su mirada se posa en el alcohol, y una sonrisa se dibuja en su cara.

—Venga, sabía que había venido al lugar correcto.

—Bienvenidos —les digo, a medias.

—¿Ven, chicos? —dice Ray a sus amigos mientras me pasa de largo—. Les dije que habría alcohol gratis. Hay que decirle a los demás.

Ray manda un mensaje en su celular, y en cuestión de minutos, hay una docena de personas en la puerta de mi casa. Abigail en verdad tenía razón. No debí haberme preocupado por que mis compañeros no vinieran, incluso considerando mi estatus social actual. De repente, ya no hay espacio en la banqueta para que los carros se estacionen, y la fila de automóviles que están esperando llena toda la calle. Unas chicas se revisan el labial y se ríen antes de unirse a la multitud que se amontona al entrar.

Nadie le arroja huevos a mi casa. Nadie se planta frente de mí para cachetearme. Nadie me llama «una perra». Me preparo para lo peor cada vez que abro la puerta, pero la gente parece impresionarse más por el alcohol y las decoraciones. Una de las amigas *influencers* de Rosie incluso me sonríe y me elogia el atuendo.

Poco a poco, mis músculos se relajan.

Mi corazón comienza a latir de nuevo. Mi respiración se regula.

Y entonces la puerta se abre de nuevo, y me encuentro frente a frente con la última persona en el mundo a quien esperaba ver.

—¿Tú qué haces aquí? —le pregunto a Julius. Su presencia me toma por sorpresa, y olvido afilar mis palabras, sostenerle el rencor de la librería. No hago otra cosa más que quedarme viéndolo.

Él también se nota confundido, como si alguien más lo hubiera llevado a mi casa. No está vestido para la ocasión, eso es seguro. Lleva un *blazer* azul marino que resalta la oscuridad de sus ojos, el rojo natural de sus labios. Pero entonces en su cara se dibuja esa sonrisa estúpida, mete las manos a sus bolsillos, y endereza su espalda.

—Lo mismo que todo mundo —me dice—. Escuché que había alcohol gratis así que vine a ver de qué se trataba todo.

Lo observo.

—No sabía que tomabas. De hecho, creo recordar haberte escuchado decir que las únicas bebidas que valían tu tiempo eran el café y el agua mineral.

Se pone rojo, pero la sonrisa se queda en su lugar.

—Quizá cambié de opinión.

—O quizá estás aquí para burlarte de mí —le digo.

—Puede ser difícil escuchar esto, pero no todo se trata de ti, Sadie. No me importa de quién sea la fiesta. La única razón por la que estoy aquí es porque no tenía nada mejor que hacer —me dice, con aburrimiento en la voz.

—Qué triste. ¿No te quieren en tu propia casa? ¿Tienes que venir a molestar a la mía?

Su sonrisa se desvanece, pero tras un momento regresa, casi como una promesa de crueldad.

—Bueno, si puedo empeorar tu noche un poco, ¿por qué no hacerlo? Al menos habré logrado algo aquí.

Me recargo contra el marco de la puerta. Mi corazón está acelerado. ¿Me lo imaginé? ¿Acaso logré pegarle en un nervio? ¿Fue algo que dije? Pero entonces me fijo en su cara, en su mirada fría; no parece posible que Julius sienta algún tipo de emoción humana.

—¿Qué estás esperando? —Voltea por encima de su hombro al patio de la entrada y me mira de vuelta, con una ceja levantada—. Estás bloqueando la entrada.

Es cierto. Se está formando una fila detrás de él. La gente se apretuja para acercarse. Suspiro, doy un paso hacia atrás, y la multitud entra por la puerta. Un chico con quien nunca he hablado en la vida hace una pausa mientras entra, mira a Julius, y le grita lo suficientemente fuerte para que se escuche por encima de la música:

—Lindo atuendo, Julius Caesar. ¿Vas a una entrevista de trabajo? Con ese *blazer* seguro te contratan.

Se escuchan risas dispersas en la sala.

La cara de Julius se ensombrece.

—¿Satisfecha? —me dice en voz baja, acusándome— Es todo gracias a ti.

Trago saliva. Me siento mal, no puedo negarlo. No hay duda que el comentario tomó inspiración de uno de mis correos, uno que se envió a la clase entera. El nuevo apodo también.

—Lo voy a arreglar —le digo—. Puedo arreglarlo. Ya lo tengo bajo control.

—¿Eres omnipotente o algo? ¿Cómo planeas arreglarlo? —insiste.

—Pues ya hice una fiesta para…

—Espera. ¿De eso se trata todo esto? —sacude su cabeza, incrédulo— ¿Ves?, te dije que tenías algún tipo de motivación…

—No quieras pintar esto como algo maquiavélico —le contesto.

—Y tú no seas tan inocente —dice él, con la misma fuerza—. ¿De verdad crees que puedes poner alcohol y música y que todo mundo se la pasará tan bien que olvidarán cómo insultaste a la mitad de la escuela?

—Pues está funcionando —le digo.

Al menos, eso parece. La gente está echada en el sofá, hablando en los pasillos, bebidas en mano, cayéndose de la risa, con aspecto abierto, relajado. Están felices. El aire se siente cálido. Más allá del tipo ese y su comentario, los correos bien podrían haber sido solo una pesadilla.

—Si de verdad piensas eso, vas a llevarte una gran decepción —se ríe Julius—. ¿Cuál es el punto de una fiesta si ni siquiera te estás divirtiendo?

Aprieto mi mandíbula.

—¿De qué hablas? Claro que me estoy divirtiendo —le contesto, mirando a un grupo de chicos al otro lado de la sala—. De hecho, estoy a punto de ir a decirle a ese grupo que deje de sumergir col en la fuente de chocolate.

—Sí, suena divertidísimo. —Pero cuando estoy a punto de darme media vuelta e irme, me detiene—. Espera.

—¿Qué cosa? —le digo, exasperada.

Él duda por un momento. Se pasa una mano por el pelo, pero no como si quisiera presumir, sino como si se estuviera arreglando en un espejo antes de una cita importante.

—¿De verdad… de verdad se ve mal? Mi atuendo, digo.

Estoy pasmada, tanto por la pregunta como por el hecho de que me esté preguntando a mí.

—Te ves como siempre te ves, Julius —logro decirle.

—¿Y cómo me veo siempre?

—Pretencioso a más no poder —le digo. No debería agregar nada más, pero algo en la rigidez de su postura, en la vulnerabilidad de su mirada, me hace añadir:

—En un buen sentido.

Me muerdo la lengua y me largo antes de decir algo de lo que me pueda arrepentir.

Me debí de haber preparado para esto.

He escuchado que ocurre en otras fiestas. Lo he visto en películas. Sé que es una forma popular de pasar el tiempo, en especial cuando la novedad de la fuente de chocolate y la máquina de confeti se le pasa a la multitud. Pero aun así, cuando a media fiesta alguien sugiere jugar verdad o reto, la sorpresa me impacta como un camión.

—Será divertido —dice Georgina. Llegó hace treinta minutos, con broches de mariposa en el cabello y el rímel azul chorreado en su cara. Ya se corrió la voz de que una chica del equipo de gimnasia rompió con ella por una equitadora glamorosa de otra escuela—. Solo quiero divertirme esta noche, ¿ok?

Hace mucho acepté que lo que yo entiendo por «diversión» es muy distinto a lo que entiende el demográfico adolescente general. Para mí, es divertido hornear tartas de huevo, o romper mi marca de tiempo de doscientos metros planos, o añadir mis calificaciones a mi hoja de cálculo. No tanto las montañas rusas, ni emborracharme en la playa, ni participar en un juego que requiere humillarse o exponerse ante un grupo de personas.

Pero está claro que soy la única con esa perspectiva.

—Suena bien —añade Ray, y de pronto todos están haciendo un círculo en el suelo.

—Oye —me dice Abigail por detrás. Casi nunca es tímida, pero no hay otra forma de describir su sonrisa—. Lo siento muchísimo, mucho, mucho, pero me tengo que ir. A mi hermana se le descompuso el coche en la autopista y Liam está ignorando sus mensajes… Sí, otra vez, lo sé, no me mires así… ¿Pero vas a estar bien por tu cuenta? Porque puedo, de que, llamar a alguien más si me necesitas.

«Sí te necesito», le quiero decir, «No me dejes sola en esta fiesta. Por favor no te vayas aún». Pero las palabras nunca salen de mi boca. Jamás he sido buena pidiéndole favores a las personas.

—No, está bien, claro que está bien —le digo—. Ve.

—Avísame cómo sale todo —me dice, tomando su bolsa.

—Te mando un mensaje —le prometo. «Si es que logro sobrevivir a esto», añado en mi cabeza. Siento la mano fría y huesuda de la angustia rozarme la espalda.

Las primeras rondas del juego son bastante leves. Alguien reta a Rosie a mandarle un mensaje a su ex; ella saca su celular sin titubear y le manda una *selfie*. Alguien reta a Ray a hacer cincuenta lagartijas, y él las hace sin sudar una gota, con las mangas de su playera recogidas para enseñar sus músculos. No puedo evitar preguntarme si habían planeado el reto desde antes para presumir. Alguien más le pregunta a una de las chicas de teatro por su mayor miedo, y ella dice:

—Darme cuenta que la vida es poco más que el pasaje lento del tiempo hasta que, tarde o temprano, nos encontramos con la muerte.

Todo mundo se queda en silencio unos momentos.

Luego es el turno de Julius.

La verdad me sorprende que siga aquí. Me sorprende incluso más que se uniera al juego.

—¿Verdad o reto? —le pregunta una amiga de Rosie.

Julius logra aparentar indiferencia al responder.

—Verdad.

«Por supuesto que escogería eso», pienso, con un poco de resentimiento. Dios no quiera que alguien lo obligue a hacer algo vergonzoso como despeinarse.

La amiga de Rosie suelta una risita. Le hace ojitos con sus pestañas largas.

—Muy bien… Entonces, ¿quién te gusta?

No tiene nada que ver conmigo, pero mi corazón se detiene como si hubiera recibido una descarga eléctrica. Estoy parpadeando demasiado rápido, estoy demasiado enderezada. No puedo controlar mi cuerpo, no puedo controlar la sensación extraña y nerviosa que corre por mis venas. No puedo evitar mirarlo como si pudiera encontrar la respuesta escrita en su cara.

Por el más breve de los segundos, me mira a los ojos.

Luego frunce el ceño y sacude la cabeza.

—No me gusta nadie —dice con voz firme.

La expresión en la cara de la chica se transforma en una mueca de decepción. No puedo explicarlo, pero siento un eco de ello en mi propio pecho.

—Qué aburrido —se queja Georgina—. ¿De verdad no te gusta nadie? Hay tantas chicas tan lindas en nuestra generación.

Julius se encoge de hombros.

—Es la verdad.

—Como sea. ¿Quién sigue, entonces?, ¿verdad o reto, Sadie?

Todos me están mirando. El aire en la sala se siente más denso que antes. Puedo sentir cómo me sofoca, cómo aplasta mis costillas, no me deja respirar.

Se me seca la garganta. Si elijo verdad, como Julius, seguro me preguntarán sobre los correos, y no puedo darme el lujo de hacer enojar a nadie. Todo en lo que he trabajado, toda esta fiesta, sería para nada. Así que respondo.

—Reto.

Ray sonríe.

—Reto, ¿eh?

Demasiado tarde. Me asalta la sensación horrible y certera de que elegí mal. Caí en la trampa. Ni siquiera puedo imaginarme qué van a decir. Esto es para lo que debí haberme preparado. Podría haber pensado más en mis opciones, compensar mi falta de experiencia con investigación.

Ray cuchichea con sus amigos y sueltan una ola de carcajadas.

—¿Está muy manchado? —pregunta la chica a su lado.

—Nah, es solo un juego, ¿cierto? —dice Ray, con una sonrisa—. Además, Sadie no es ninguna aguafiestas.

Siento cómo el terror carcome mis venas como si fuera ácido. Aprieto mis manos en mi regazo, luego las paso detrás de mi espalda. Nada ayuda.

—Muy bien —Ray cruza las manos como si fuera el presentador de un programa de juegos—. Hemos tomado una decisión. Te retamos… a besar a Julius.

Mi cerebro se apaga.

Me quedo paralizada. No sé si es una broma, si escuché mal. Seguro escuché mal. No es posible que me pidan eso. Saben nuestra historia, han leído los correos, saben que nos hemos odiado desde hace diez años…

Pero claro, justo por eso me están retando.

Miro a Julius de nuevo. Solo necesito saber su reacción. Pienso que debe verse enojado, o asqueado, o quizás encantado con la idea de que estoy a punto de humillarme. Pero no puedo leer su cara. No muestra ningún tipo de emoción, y de alguna forma eso es peor. Tal vez es porque no le afecta para nada. Porque no significa nada para él. Porque no le importo yo.

Es como si tuviera una piedra atorada en el pecho, impidiendo que la sangre llegue a mi corazón.

—¿Y bien? —me apura Ray.

Trago saliva. Me obligo a igualar la indiferencia de Julius.

—Vamos, ¿por qué no?

La sala se llena de susurros sorprendidos. Incluso Ray parece estar pasmado, como si hubiera estado esperando que me opusiera.

Y Julius me está mirando, levantando las cejas unos milímetros. A él también lo tomé por sorpresa. Me siento victoriosa, como si le hubiera ganado en una carrera.

—Vamos —digo mientras me levanto y me aliso la falda, rezando por que nadie vea cómo me tiemblan las manos. «Es solo un beso», me digo a mí misma, «y él es solo un chico».

Julius duda un momento, luego se pone de pie también. La sala está en silencio absoluto; todos nos están observando, anticipando, esperando a que la tormenta suelte el primer trueno. Las luces parecen atenuarse, y el espacio entre nosotros se siente como dos centímetros, como dos kilómetros, como un fuego fantasma.

Él está esperando a que me vuelva el hazmerreír. A que yo haga el primer movimiento.

Dejo que mi enojo erosione mis nervios, cierro los ojos y lo beso. Sucede tan rápido que apenas me da tiempo de sentir la sorprendente suavidad de sus labios antes de abrir los ojos de nuevo.

Dios mío.

Lo hice.

De verdad lo hice.

Algunos chicos se están riendo. Alguien está llamando mi nombre, pero no puedo escucharlo. Ya no se trata de ellos. Se trata de nosotros, del latir doloroso de mi corazón, del calor que me quema la cara.

Julius se lleva un dedo a los labios como si tampoco pudiera creerlo. Luego se endereza. Gira la cabeza un poco, me mira con algo parecido a una sonrisa.

—¿A eso le llamas un beso? —dice con una risa. Su voz es más baja, y puedo notar que su garganta está tensa—. Eso no fue nada.

El calor dentro de mí arrecia, incinera toda lógica y reservas. Quiero borrarle esa mirada arrogante con una cachetada, pero entonces se me ocurre algo mejor.

—¿Qué hay de esto entonces? —lo reto, y antes de que pueda responder, lo tomo del cuello de su camisa y lo jalo hacia mí.

Esta vez, cuando nuestros labios se tocan, no me hago para atrás. Me dejo caer en el beso, dejo que mis dedos recorran su nuca, acaricien su cabello. Por un momento puedo sentir su sorpresa, la tensión en su cuerpo como un cable con corriente. «Gané», pienso. Probé que se equivocaba. Pero entonces él me besa de regreso, me aprieta contra él, y algo dentro de mí se desequilibra.

«No se supone que sea así», pienso, pero hasta el pensamiento se siente distante, opacado por la sensación de su boca sobre la mía.

Porque me estaba mintiendo: Julius no es solo un chico. Es mi enemigo. Mi equivalente. Mi punto de comparación. Es a quien siempre estoy intentando superar, impresionar. Es el blanco que se mueve en mi visión periférica. La persona al centro de todos mis planes, la línea de partida y la meta y todo lo que hay en medio. Todos mis sueños y mis pesadillas tratan de él y solo de él.

No me puedo concentrar. Lo peor de todo es que nada de esto se siente mal; ni el calor de su piel contra la mía, ni la firmeza de su tacto, ni el sonido sin aliento al final de su garganta.

«Quiero quedarme aquí».

«Quiero que esto siga».

En cuanto lo pienso, una descarga de pánico revive el poco sentido común que me queda. «No». No, no debería querer esto. No debería estar haciendo esto en primer lugar. Tomo su pecho y lo empujo, y él retrocede de inmediato, sus ojos bien abiertos. Sus manos caen a su lado como si lo hubieran despertado de una sesión de hipnotismo.

Ninguno dice nada, y me mortifico al darme cuenta de lo fuerte que estoy respirando. El sonido áspero y sin forma llena la habitación.

—Diablos —alguien chifla—. No pensé que lo fuera a hacer…

Cualquier otro día esto sería suficiente para querer hacerme bolita y morirme. Pero mi atención está centrada en Julius.

—Con permiso —susurra, aclarándose la garganta. No me sostiene la mirada—. Voy afuera a… —Hace un gesto vago con las manos y se dirige hacia la puerta sin terminar su enunciado, con pisadas rápidas y urgentes, con los hombros tensos.

No quiero ni imaginarme lo roja que está mi cara en este momento.

—Yo también, em… voy por algo de tomar —digo. Mi voz suena rara, sin aliento—. Ya… Ya cumplí mi reto.

Nadie intenta detenerme.

Salgo al patio y el aire de la noche me envuelve.

Hace meses no tenemos una noche así de templada, y puedo ver los primeros indicios de la primavera brotar en el jardín. Las rosas están comenzando a florecer, el aroma a pasto fresco flota en el aire, se escuchan pájaros revolotear en los árboles. Una brisa se cuela por mi cabello y sacude mi falda. En el cielo no brilla ninguna estrella, pero las luces azules y amarillas que cuelgan del pórtico resplandecen como si más bien las estrellas estuvieran aquí, en la tierra.

Julius también está mirando el cielo, y las luces pintan de dorado su contorno. Está recargado con sus brazos sobre el barandal, y cuando me acerco, me doy cuenta de que está hundiendo sus uñas en sus palmas.

Mis pasos se detienen sobre los tablones de madera. Me arreglo las mangas, me siento cohibida de repente. No sé cómo actuar, qué decir. Ni siquiera sé por qué lo seguí.

Luego Julius se da la vuelta, y hay tantas emociones en su rosto que no puedo comenzar siquiera a descifrarlas antes de que se esfumen todas y quede solo una: enojo.

—¿Por qué tenías que hacer eso?

Lo venenoso de su voz me paraliza.

—¿Qué? —le digo, confundida—. ¿A qué te refieres? Yo... Era un reto. Me retaron.

—¿Besarías a alguien que detestas solo por un reto infantil? ¿Solo porque es lo que otras personas quieren? —Su tono es condescendiente. Cada palabra es una flecha, y su puntería es milimétrica— ¿De verdad te importa tanto su opinión?

Es tan irrazonable, tan insultante, que no puedo hablar. No puedo creer que lo besé hace unos minutos. No puedo creer que lo dejé jalarme de esa forma, tocar mi piel de esa forma...

Por un segundo, su cara cambia, como si él también lo estuviera recordando.

—¿Cuál es tu problema? —logro decirle— Si no querías besarme, podías haberlo dicho.

—¿Crees que tuve la oportunidad? Tú me agarraste...

—Tú te levantaste también —lo interrumpo, y me tiembla la voz de la rabia—. Tú me besaste de vuelta...

—Fue un reflejo —dice—. No esperaría que supieras cómo funciona, pero...

—¿Y quién dice que no lo sé?

Eso le cierra la boca.

Me mira fijamente. El sonido de la fiesta —el martillear de la música, el tintineo de las botellas, el rumor de las conversaciones acentuado por estallidos de risa— se escucha a través de la pared, pero se siente a miles de kilómetros de distancia. Como si perteneciera a otro mundo, a otro tiempo, a otro lugar.

—Esa... No fue tu primera vez besando a alguien —me dice. Medio en pregunta.

—Por supuesto que no —respondo. En realidad, fue mi segundo beso, pero estoy disfrutando probarle que se equivoca.

Y no quiero darle ninguna razón para que piense que lo que acaba de ocurrir fue especial, que significó algo, porque no fue así. No debería ser así.

—¿Quién? —pregunta.

Recargo mi cadera en el barandal, miro en dirección opuesta a él.

—¿Por qué te importa?

—No me importa —dice, molesto—. Pero quiero saber.

—Bueno, pues yo no quiero decirte —le digo, solo por hacerme la difícil. Solo para privarlo de algo, ya que él me arrebató el orgullo.

—¿Va a la escuela? —insiste, y se corrige de inmediato—. No, no es posible. Ya habría escuchado algún chisme.

Me quedo callada estratégicamente.

—¿De vacaciones entonces? ¿En algún campamento?

Tiene razón.

Mi cara debe haberme delatado, porque él insiste.

—¿Campamento, entonces? ¿Uno de esos campamentos de aventura al aire libre?

La noción de que yo fuera a un campamento a aprender cositas como tallar madera y tejer y asar malvaviscos en lugar de algo académico y riguroso es demasiado ofensiva para quedarme callada.

—Campamento de programación —le digo, y una sonrisa de satisfacción se dibuja en su cara. Me tendió una trampa. Por supuesto. Él sabe que jamás pasaría mi verano en un campamento así cuando podría estar adelantando materias.

—Entonces, campamento de programación —me dice, pasando la información por su lengua como si fuera algo ácido—. ¿Cómo se llama?

Yo levanto los hombros.

—Para alguien a quien no le importa, sí que te estás muriendo por los detalles.

—Ya te dije, no es así. —Hace una pausa, sus labios forman una sonrisa sarcástica—. Me da curiosidad saber quién tendría un… gusto tan peculiar… como para haber salido contigo. A menos, claro, que lo estés inventando…

—No —lo interrumpo, empujando el barandal y volteando mi cabeza. Un error. Él se ve peligroso en la oscuridad. La poca luz del pórtico afila el contorno de sus pómulos, su mirada de cuchillo—. Se llamaba Ben. Me invitó a salir después de nuestro segundo seminario. Puedes buscarlo, si quieres. Hacía natación, y daba tutorías a otros niños en Semana Santa. Todo mundo decía que era atractivo.

Evito mencionar que rompió conmigo dos semanas después de nuestra primera cita. La noche anterior había habido un juego de trivia, y mi equipo le había ganado al suyo. Caminé hacia él una vez que el juego terminó, sosteniendo mi trofeo de plástico, feliz, esperando que él se sintiera impresionado, pero ni siquiera me felicitó. Cuando terminó conmigo afuera de la sala de conferencias dijo que yo era demasiado intensa. «Todo es una competencia contigo, Sadie», me dijo, pasándose una mano por el rostro. «Solo te interesa ganar. Es muy cansado estar alrededor de ti todo el tiempo, ¿sabes lo que digo? Quiero a alguien que pueda relajarse».

Es gracioso pensar en ello ahora. Porque Julius me ha acusado de varias cosas en el pasado, pero nunca de ser intensa. De ser demasiado de algo. De querer ganar. Él es parte de la razón por la cual vale la pena ganar.

—¿Y tú… pensabas que él era atractivo? —pregunta Julius. La pregunta suena forzada.

Yo lo considero. Sí, puedo entender en un nivel general, biológico, por qué otros pensaban que Ben era atractivo. Tenía un cuerpo de nadador, pestañas gruesas, una sonrisa como el sol. Siempre que pienso en él, lo asocio al verano: aire salado, arena tibia y olas grandes. Nada que ver con Julius, sus miradas frías y sus bordes afilados. Julius es el día más frío del invierno, hielo en la lengua, escarcha blanca y el fantasma de tu aliento en una habitación oscura.

Pero no le digo eso.

—Sí —respondo, levantando mi mentón—. Por supuesto. Además, era un gran besador.

Él se queda en silencio.

Me pone nerviosa.

—¿Qué? ¿Estás celoso? —Lo digo solo para provocar una reacción, para molestarlo. Pero no estaba preparada para que se sonrojara. Para que convirtiera en puños sus manos.

—¿Por qué estaría celoso? —me reprocha con una sonrisa burlona, con disgusto en el rostro—. Preferiría morir a besarte de nuevo.

La vergüenza me quema la piel. Siento como si mi cuerpo entero ardiera en llamas. El fuego corre por mis venas, me llena la garganta, escalda el interior de mis pulmones. Duele. Duele tanto que lo único que puede distraerme es mi furor. La necesidad de venganza, de herirlo de vuelta y herirlo más. Me lanzo hacia él y hago lo primero que se me ocurre: lo pateo. Duro, justo en la rodilla. El sonido del impacto es más fuerte de lo que esperaba, un ruido sordo y terrible que resuena en mis propios huesos y me llena de satisfacción.

Él deja escapar un bufido, en parte por el dolor, en parte por la sorpresa.

—¿Acaso te has vuelto completamente loca, Sadie?

—Te lo mereces —le digo, rabiando. Puedo sentir mis latidos en mis oídos. La cabeza me zumba. Nada se siente real esta noche.

—Sadie…

Pero ya gasté suficiente tiempo. Fue una idea estúpida seguirlo aquí en primer lugar. ¿Qué estaba buscando? ¿Qué esperaba de Julius Gong? Y cuando me llama de nuevo —quizás para demandar una explicación, quizás solo para lanzar otro insulto— yo lo ignoro. Arrojo mi cabello sobre mi hombro, entro marchando a la casa, y azoto la puerta con tanta fuerza tras de mí que los cristales tiemblan.

Capítulo XII

La anarquía se ha apoderado de la casa.

Por unos momentos, solo puedo mantenerme de pie contemplando la escena, boquiabierta, horrorizada. Alguien está sirviéndose alcohol en uno de los floreros de porcelana de mi mamá, y lo está usando como una copa de vino gigantesca. El olor cítrico del licor es tan fuerte que casi puedo saborearlo. Hay tres parejas besándose en fila en el sillón, como si estuvieran compitiendo para ver quién puede hacer los sonidos más asquerosos o quién puede mostrar más piel. La mesa del comedor se ha transformado en un campo de batalla de *beer pong*. Cada tanto, se escuchan gritos de frustración o de celebración. Hay envoltorios por todas partes, vasos de plástico medio vacíos, brillantina salida de quién sabe dónde. Y lo peor, me doy cuenta que la gente está usando zapatos dentro de la casa, dejando marcas de lodo en la alfombra beige.

Intento respirar, pero siento que me ahogo.

Esto es una pesadilla.

Y es todo mi culpa.

Nunca me había sentido tan tonta, tan impotente. No debí haber hecho esta fiesta. Ben tenía razón sobre mí. No soy el tipo de chica que se puede *relajar*, el tipo de persona que invita a la generación entera a su casa y deja que destruyan todo. Necesito tener todo bajo control.

—¿Puedes dejar eso? —le digo al chico que está más cerca de mí. Está en el equipo de béisbol, y está malabareando cinco manzanas.

Pero la música está a todo lo que da, y el bajo sacude las paredes. Mi voz apenas puede atravesarla.

—¿Hola? —lo intento de nuevo, gritando. No funciona, y tengo que darle una palmada en el hombro.

—¿Qué? —el chico me mira sin detenerse—. ¿Qué quieres?

—Las manzanas… vas a golpear algo…

Ni bien termino de decirlo cuando una de las manzanas sale volando y derriba una de las macetas en el librero. El barro se rompe contra el suelo, derramando la tierra sobre el suelo.

—Ups —dice en voz baja—. Quizás puedo…

—No, no, está bien —le digo con un ojo en las manzanas que quedan, segura de que se terminarán convirtiendo en proyectiles también—. Tú solo… quédate ahí. Yo me ocupo.

Me abro paso por entre el sudor de los cuerpos bailando y los grupos risueños de amigos y me dirijo al clóset de limpieza en el cuarto de lavandería, pero una de las estrellas del equipo de fútbol sale tambaleándose. Jonathan Sok: alto, bronceado, guapo, y con una reputación bien ganada de mala copa. Lleva una botella de cerveza vacía en una mano, y va montado sobre nuestra única escoba como si fuera un caballo.

—Mira mi caballo —exclama con emoción, galopando en círculos dentro del espacio estrecho. Está tan borracho que sus palabras apenas son entendibles. Pero sigue hablando—. Mira mi caballo… mira mi caballo… mira mi caballo.

—Sí, lo veo —le digo, solo para seguirle la corriente. En realidad, solo quiero que me regrese mi escoba—. Si me la pudieras dar, por favor…

—Es un *caballo* —refunfuña—. Su nombre es Wendy.

Estoy demasiado cansada para debatir el nombre de un objeto inanimado.

—Claro. Como sea. Solo necesito limpiar este tiradero….

Sale cabalgando del cuartito. Hasta este momento, no creo haber visto a nadie cabalgar sin un caballo de verdad.

—Tendrás que atraparme primero —me dice.

—No, esto no es un juego —intento tomar la escoba al mismo tiempo que él gira, golpeándome en la cara con el palo.

No duele tanto. No es lo suficiente para dejar un moretón. Pero la fuerza del golpe me hace tambalear. Me sostengo la mejilla. Se siente como si se hubiera desacomodado algo dentro de mí. O quizás solo me falta equilibrio, me ha faltado desde que besé a Julius, o desde que lo pateé en el pórtico. Quizás es un escenario al estilo de Jenga, donde la estructura entera se está desmoronando, y solo hace falta un movimiento erróneo —o en este caso, el desafortunado impacto de un palo de escoba— para que todo se venga abajo.

—Vale, así va a ser —me suelto la cara adolorida. Jonathan Sok me mira con ojos vidriosos, aunque está demasiado intoxicado para expresar una disculpa—. Esta fiesta se acabó.

—¿Eh?

—Dije que *se acabó*. —Mi voz sale más fuerte y severa de lo que era mi intención, y las conversaciones alrededor de mí se quedan en silencio. El aire parece cuajar—. Necesito limpiar todo y hay demasiadas personas así que por favor si todos pudieran solo… no sé.

Hay una pausa terrible. La música se apaga, y el silencio que sigue de inmediato es ensordecedor por contraste. Puedo escuchar cómo me zumban los oídos.

—Santo cielo, está bien —alguien rezonga. Arroja su botella a un basurero, recoge su chamarra, y se da la vuelta para irse. Pronto, la multitud se forma en fila para salir, tambaleándose, recogiendo sus bolsos y buscando sus celulares. Quienes siguen sobrios sacan las llaves de sus coches. Unos pocos me dan las gracias por la fiesta, o se disculpan por el desastre, pero la mayoría ni siquiera voltea a verme.

«Y yo que quería arreglar las cosas».

Me arden el rostro y los ojos. Poco a poco la casa se va quedando vacía, y me quedo sola con el suelo lleno de tierra, las vasijas tiradas y las sillas de cabeza. Se siente como si alguien me hubiera lacerado por dentro. Es una sensación peor que el llanto porque no hay escapatoria, no hay ningún lugar donde poner la vergüenza y la decepción.

«¿En qué punto», me pregunto, mirando la puerta cerrarse por última vez, «algo se vuelve imposible de arreglar?» ¿En qué momento se vuelve imposible remendar un tapiz lleno de agujeros? ¿En qué momento es mejor tirarlo?

—Vaya. Este lugar es un tiradero.

Me sobresalto. Me late el corazón en la garganta.

Pensé que todos se habían ido, pero cuando me volteo, ahí está Julius. Se quedó. Hay una expresión que no reconozco en su rostro, algo conflictuado, algo casi suave, como si algo le doliera. Bajo la luz naranja de la sala, se ve mucho más vulnerable de lo que se veía afuera, entre las sombras y el cielo.

Me pregunto si va a pedirme que me disculpe por patearlo. No estoy segura de poder hacerlo, incluso si es cierto que siento un poco de culpa.

Pero no me dice nada más. Se arremanga la camisa y comienza a ordenar los cojines del sillón.

Me quedo viéndolo.

—¿Qué estás haciendo?

Él no voltea a verme.

—¿Qué parece?

—Yo... —No encuentro las palabras. Parte de mí piensa que debe ser un truco, pero entonces Julius se arrodilla a limpiar el confeti en el suelo, con la mirada oscura y clara, con seriedad en su gesto.

Me le uno, con timidez. Ninguno dice nada, pero el silencio ya no se siente como un golpe mortal. Más bien se siente como un momento de paz. Me enfoco en los movimientos repetitivos, en el ritmo fácil de la labor, el ruido callado de la escoba. Quizá es porque limpiamos juntos el cobertizo de bicicletas, pero parece que nos entendemos mejor. Él toma el bote de basura sin que yo se lo pida; yo le paso el agua cuando noto que está intentando alcanzarla.

Una vez, en clase de Psicología, el maestro nos explicó cómo se forman los recuerdos, qué tipo de momentos son los que se quedan con nosotros a través de los años. No siempre son los que uno piensa que importan más, los logros típicos. Por ejemplo, no puedo recordar mucho de mi cumpleaños número trece, o del Festival de Primavera el año en que volamos a China, o el día que recibí el premio de estudiante ejemplar.

Pero sí recuerdo llegar a casa una tarde, el olor a pastel de limón en la cocina, y compartirlo con mi mamá usando los platos de porcelana que compró con descuento. Recuerdo un sábado cualquiera de hace nueve años, cuando Max y yo intentamos hacer que un grupo de patos nos siguiera a casa con migajas de pan. Recuerdo el rostro de una mujer con la que me crucé en la calle, el patrón floral de su camisa, el diente de león bordado en su bolsa, y la recuerdo a pesar de que no hablamos ni volví a verla.

Incluso mientras el momento ocurre, sé que siempre recordaré esto. El brillo del confeti en el piso de madera. La noche creciendo a nuestro alrededor. El mechón oscuro sobre los ojos de Julius. El silencio que se siente como una tregua, como un respiro de la guerra, como algo más.

—Entonces —dice Julius mientras le quita a una de las estatuas de mi mamá un sombrero de fiesta—, ¿es seguro decir que no harás otra fiesta pronto?

Logro soltar una pequeña risa, como si la idea no me provocara náuseas.

—No. No, y creo que ni siquiera debí haber hecho esta. Solo quería.... Solo pensaba....

—Que compensaría lo de los correos.

Es tan vergonzoso escucharlo en voz alta, y más aún que sea Julius quien lo diga. Suena tan patético.

—¿Pero por qué? —insiste.

Barro lo que queda de confeti.

—¿Cómo que por qué? ¿Qué otra opción tenía? No es como que le pudiera mandar a todo mundo una disculpa personalizada y un regalo por el daño emocional.

—A lo que me refiero es, ¿por qué piensas que tienes que hacer que todos te perdonen?, ¿qué hay que perdonar? No digo que estuviera bien escribir esos correos —añade con rapidez, notando la expresión de mi rostro—. Pero leí lo que le enviaste a Rosie. Ella se robó tu idea para la feria de ciencias. Si de verdad hablamos de perdonar, ¿no debería ser ella quien te pidiera perdón a ti?

No sé cómo reaccionar. No había pensado en lo que los demás quizás me deban, solo en lo que yo le debo a ellos.

—Es diferente… —le digo después de una pausa—. Ella está más enojada.

—Tú estás enojada también.

—Sí, pero a ella parece no importarle, y a mí sí. De verdad… —Mi aliento se atora en mi garganta. Bajo la cabeza, echo el confeti en una bolsa de plástico, observo cómo los colores artificiales reflejan la luz mientras caen por el aire—. De verdad no puedo soportar que otras personas estén enojadas conmigo. Sé que puede ser simple para otros, pero yo no puedo concentrarme en nada más. No puedo solo olvidarlo y seguir con mi vida. Es como si hubiera algo duro atorado dentro de mi pecho. Siempre me sentiré culpable. Siempre voy a querer enmendar las cosas.

No me responde, y me doy cuenta de que he dicho demasiado.

—Olvídalo —mascullo—. No lo entenderías.

—Lo estoy intentando.

Levanto mi cabeza, y cuando lo veo a los ojos, siento un golpe de calor.

—¿Por qué? —le respondo con su misma pregunta.

Me mantiene la mirada un segundo. Dos. Tres. Cuento cada uno mientras pasa, de la misma forma en que cuento mi respiración agitada. El silencio se estira como un hilo. Luego, él deja en el suelo la bolsa de plástico a medio llenar. Las latas crujen dentro, y entonces se rompe el silencio.

—No lo sé. —Se aclara la garganta. Hace un gesto hacia el estudio—. Debería… Debería ir a limpiar ahí. Creo que alguien estaba intentando recrear la Torre Eiffel con tus libros de texto.

Asiento con la cabeza, una sola vez. Como si no me importara a dónde va.

—Está bien. Gracias.

Hago un esfuerzo consciente por no mirarlo mientras se aleja. Un esfuerzo incluso más grande por quedarme en la sala, por mantener la distancia entre nosotros, por no pensar demasiado en nuestra conversación. Pero gracias a él, no queda mucho que limpiar. Aspiro lo que queda de tierra, trapeo, empujo los sillones a su lugar, y doy una vuelta hasta llegar al marco de la puerta del estudio.

Todo está recogido. Él está de pie junto a mi escritorio, sosteniendo una foto. Está tan concentrado que no me escucha acercarme hasta que estoy detrás de él.

—No era mi intención… —Se da la vuelta. Se sonroja—. Juro que no estaba husmeando. Alguien sacó este álbum del librero y algunas de las fotos se cayeron y…

Miro la foto y se me encoge el corazón.

Es un retrato familiar de hace muchos, muchos años. Estamos los cuatro apretados alrededor de una mesa en un restaurante de comida china, con nuestros platos frente a nosotros. Max es apenas un niño, con cabello de picos y cachetes rellenos. Lleva puesta una camiseta sin mangas de básquetbol que le gustaba tanto que no se la quitaba ni para que le lavaran las manchas de pasta de dientes. Mamá está vestida con su cárdigan favorito, y su pelo azabache está rizado y peinado, algo que no ha vuelto a ocurrir desde esa noche. Y mi papá me está viendo con tanto orgullo que me duele respirar. Nos vemos… felices. Debe ser el truco de magia más increíble del mundo. Tan convincente, a pesar de que es falso. Inventado. De a mentiras. Porque él se marchó ni bien pasó un mes después de esa noche.

—Nunca había visto a tu padre antes —me dice con cuidado porque estoy segura de que se da cuenta. Todos se dan cuenta, hasta cierto punto, sin importar cuánto nos hayamos esforzado por esconderlo, por barrerlo todo bajo la alfombra. Cuando papá no llega a un solo desayuno del día del padre diez años seguidos, la gente tiende a sospechar que algo no anda bien.

—Seguro ya no se ve así —le digo, tomando la foto. Contengo mis ganas de romperla en pedacitos. De abrazarla a mi pecho—. Digo, no lo sabría en realidad. Quizás tiene barba ahora. —Era una de las cosas de las que siempre nos quejábamos. «Me gustan los hombres rasurados», decía mi mamá cada que mi papá lo proponía. «El día que te dejes la barba será el día en que nos divorciemos». Solía ser un chiste, una broma familiar.

Julius me mira, todavía con cuidado y atención, como si el piso estuviera hecho de vidrio. «No lo entenderías», «lo estoy intentando».

—¿Es difícil? ¿No tenerlo cerca?

—No —digo por instinto. Hábito. Me lo he repetido tanto que la mayoría de los días me lo creo. Pongo la foto en su lugar, cierro el álbum, pero por alguna razón, sigo hablando—. Digo, no... No es que lo extrañe. Pero hay momentos en los que... en los que me pregunto cómo sería todo si él siguiera aquí. Como cuando mi mamá y yo nos peleamos el verano pasado por un cargador perdido, y ella me estaba gritando. De repente me di cuenta que deseaba que él estuviera aquí para intervenir. Para decirme que estaba bien. Para calmarme y hablar con mi mamá hasta que las dos nos hubiéramos calmado. O, aunque suene ridículo, cuando vamos a mi restaurante favorito. Mi mamá y mi hermano tienen el mismo gusto, tipo, ambos odian las comidas picantes o agrias. Pero mi papá y yo siempre pedíamos un plato de pollo agridulce. Solo lo sirven en porciones dobles así que ahora... ya nunca lo pido. Porque no tengo con quién compartirlo.

Porque tener solo a mamá es suficiente.

Hasta que ya no lo es.

—¿Y dónde estaba tu hermano en todo eso? —me pregunta.

Yo lo miro, confundida.

—¿Mi hermano?

Él asiente, al parecer confundido por mi confusión.

—¿Es el mayor, cierto? ¿No debió haber… no lo sé, intervenido?

—No. No, pero no es su culpa —añado rápido, notando las arrugas entre sus cejas. «Por supuesto que no. Es todo *tú* culpa», me susurra una voz familiar en mi cabeza. «Tú eres la que arruinó todo».

—Él se lo tomó peor que yo. Recuerdo que solía ser bastante bien portado. Pero después de que mi papá se fue, él simplemente… pues, se rindió. Empezó a saltarse clases y a entregar tareas tarde y a meterse en problemas en la escuela. La verdad, lo único en lo que parecía seguir interesado era el básquetbol… Sin eso, no estoy segura de que hubiera entrado a la universidad.

Julius recibe todo esto sin mostrar emoción, pero no ha apartado su mirada todo este tiempo.

—Lo siento —susurro mientras paso frente a él y pongo el álbum en el librero. No sé qué se me habrá metido que de repente le estoy contando mi vida a Julius.

—¿Por qué me estás pidiendo perdón? —me pregunta.

—Perdón, no era mi intención —le digo, y luego me doy cuenta de lo que acabo de decir. Se me escapa una risita, y el hielo en mi pecho se derrite un poco—. Está bien, me retracto. No lo siento. En absoluto. Por nada.

—Ciertamente no te veías arrepentida de patearme.

Me tenso, pero cuando lo miro, las esquinas de su boca se curvan hacia arriba. Como si fuera un chiste local. Antes de que pueda relajarme, él da un paso hacia mí, y el aire entre nosotros se vuelve vapor hirviendo.

—Tampoco parecías arrepentida de… —Deja la oración a medias a propósito, pero su mirada baja a mis labios. Se queda ahí, más de un momento.

Es otra cosa que estoy segura que recordaré siempre, sin importar cuánto lo intente borrar de mi memoria o fingir que no ocurrió.

Que besé a Julius Gong.

Que yo lo besé a él, y que lo deseé.

El calor en el aire se esparce por mis venas, y me doy la vuelta, buscando algo con qué distraerme. De él. De toda esta noche. De la sensación acongojada en mi pecho, el peso aplastante de la opinión colectiva, las consecuencias de la fiesta. Encuentro algo, lo obvio, quizás demasiado obvio. Hay una botella de cerveza en el escritorio. Sin abrir. Nuevecita. Mis dedos se acercan a ella.

«¿Podría?»

El hecho de que lo esté considerando ya de por sí es sorprendente. Sería impulsivo, tonto, algo que yo jamás haría. ¿Pero cuántas cosas impulsivas he hecho esta noche? ¿Cambiaría algo una más?

Hay un error en lo que la gente asume de mí. Todos piensan que lo único que me importa es ser la mejor. Que mientras más cerca esté de la cima, más feliz soy. Que si tuviera que elegir, treinta por ciento es mejor que cero, que ser mediocre es mejor que ser mala. Pero yo me balanceo entre extremos. Si no puedo ser la mejor, preferiría ser la mejor siendo la peor. Si voy a fallar, prefiero fallar de forma catastrófica que dejarlo a medias.

Y si me voy a autodestruir, ¿por qué detenerme después de besar al enemigo?

—No quieres beber eso —me dice Julius. Su voz corta mis pensamientos. Me está estudiando, con la cabeza de lado, como un ave de presa. Suena tan confiado. Como si él supiera algo que yo no. Que nadie más sabe.

Es exasperante, y es justo lo que necesitaba para decidirme.

Destapo la botella, retándolo con la mirada, y doy un trago largo e intencional. El líquido me quema la boca. Es mucho más fuerte de lo que esperaba. Sabe a fuego. Se me sube directo a la cabeza.

Toso, salpico un poco, pero sigo.

Los primeros tragos son asquerosos. Mordentes y amargos, como medicina, pero más pesados, con un regusto desagradable. No puedo creer que esto es lo que los adultos hacen. Que la gente paga dinero de verdad para someterse a esto. Pero entonces mi cuerpo comienza a calentarse desde adentro, y mi cabeza comienza a girar. Cualquier otra noche, odiaría esto: la pérdida de control, la desorientación. Pero esta noche se siente como un peso menos en la espalda, el ruido de fondo se queda en silencio, y se entumece la sensación de haber recibido un golpe en el pecho.

Los tragos que siguen son mucho más fáciles. Sigue sin saber muy bien, pero me gusta un poco la forma en que quema mi garganta.

Bebo rápido, alentada por la sorpresa muda de Julius. «Eso seguro que lo calla», pienso. Casi me he terminado la botella entera cuando la giro para checar la etiqueta, y entonces me doy cuenta que no es cerveza lo que estoy tomando. Es bourbon.

—Oh —medito mientras dejo la botella en el escritorio—. Oh. Rayos.

Con razón me siento tan mareada.

Se me ocurre que debería estar más preocupada. Que esto es muy, muy, *muy* malo. Pero el pánico se mantiene al borde, como una araña que no sale de su esquina: no está tan cerca como para necesitar una respuesta. Si acaso, me siento de maravilla.

—Este sería un momento bastante inconveniente para descubrir que no aguantas el alcohol —opina Julius.

Lo miro y entrecierro los ojos. Analizo su rostro. Y quizás es por la calidez recién descubierta, esta sensación de ensueño —que se siente tanto como caer como flotar— que me pongo a pensar en lo maravilloso de sus facciones, lo bien definidas que están. No es *guapo* en el sentido de un cuento de hadas. Más bien es hermoso y frío y letal, como los villanos a quienes se supone hay que tenerles miedo.

—Claro que aguanto el alcohol —le informo, pronunciando cada palabra fuerte y con cuidado, como prueba—. Estaba preocupada hace un momento, literalmente hace un segundo, de que estaría borracha, pero ahora creo que… —Cierro los ojos. Siento mi cuerpo. Los abro de nuevo—. De hecho, estoy bien. ¿No creo sentir ninguna diferencia? Guau, sí. Es tan loco. No puedo creer que estoy, de que, absorbiendo todo este alcohol en mi torrente sanguíneo. Puedo hablar a la perfección. Podría ir a la escuela así. Podría tomar un examen así. Digo, siempre y cuando sea algo que ya haya estudiado.

Se ríe un poco, como si le hubiera contado un chiste.

—Claro que sí —ofrece—. Por supuesto.

—¿Quieres un poco? —le pregunto, ofreciéndole el poco licor que queda en la botella por educación—. No sabe tan mal una vez que te acostumbras.

Él empuja la botella con delicadeza hacia el escritorio.

—No, gracias.

—¿Qué quieres entonces? Te lo puedo dar.

Debería ser una pregunta sencilla. De opción múltiple. Pero él titubea, como si le hubiera pedido un ensayo de tres mil palabras. Traga saliva. Evita mi mirada.

—Nada —exclama al fin—. No… No quiero nada.

—¿Estás seguro? Te estás poniendo rojo. —Quizás no debería señalarlo. Una vocecita en mi cabeza me dice que no debería. ¿Pero por qué?, ¿por qué no? No es como que esté mintiendo. Me muevo hacia delante, solo para mirarlo más de cerca. Y es cierto. Hasta su cuello está colorado—. Es mucho más obvio aquí —le digo, trazando el relieve de su clavícula con la punta de un dedo. Incluso su piel se siente más cálida.

Su cara cambia. Se lame el labio inferior y da un paso atrás.

—¿Te quemaste con el sol? Ah, espera, eso no tiene sentido. —Me río de mí misma, me río como si hubiera dicho lo más divertido del mundo. Todo me parece gracioso ahora—. No te puedes quemar de noche… ¿O sí? ¿Es, de que, una posibilidad?

¿Es algo que saldría en el próximo examen de ciencia? —Tengo la necesidad urgente de averiguarlo, justo en este segundo. Debo saberlo. Odio no saber cosas— ¿Alex? —llamo en voz alta.

Nadie responde.

—¿Alex? —llamo de nuevo, más fuerte, dándome la vuelta—. ¿Hola? ¿Estás ahí?

Julius me mira.

—¿Hay un hombre llamado Alex que vive en tu casa? ¿O quieres decir Alexa?

—¿No es lo que acabo de decir? —protesto, molesta—. ¿Alexis? ¿Alexis, me puedes escuchar? Respóndeme. De verdad, de verdad necesito saber si te puede dar una quemadura solar de noche. Es sumamente importante.

—De nuevo, Alexa —opina Julius.

—Guarda silencio. —Pongo ambas manos sobre su boca—. Eres más bonito cuando no hablas.

Él hace un sonido casi inaudible de sorpresa, ahogado por mis palmas, y su aliento cosquillea mi piel. Su expresión no cambia mucho, pero puedo sentir su sorpresa parpadeando bajo la superficie.

—¿Me acabas de decir bonito?

—Cuando no hablas —enfatizo—. Que es lo opuesto de lo que estás haciendo.

—Así que lo admites.

—¿Qué cosa? —Ya ni siquiera sé de qué estamos hablando. Quizás sí estoy borracha. O quizás mi memoria está comenzando a declinar. Es una idea espantosa. Pero entonces mi atención pasa al mechón de cabello que cuelga sobre su frente. Quiero estirar mi mano y peinarlo hacia atrás. «No lo hagas», me dice de nuevo la misma voz, pero suena más y más distante cada segundo. Inconsecuente. Así que me dejo llevar por el impulso y arreglo su pelo—. Es tan suave. Mucho más suave de lo que parece —murmuro, jugando con una mecha de su cabello oscuro entre dos dedos. Él se ha quedado en una quietud total, con el negro de sus ojos dilatado. Puedo sentir cómo se mueve el aire con su siguiente exhalación, casi como un suspiro doloroso—. Siempre me gustó mucho tu pelo.

—Pensé que lo odiabas —dice, con una voz rasposa, como si hubiera tragado arena.

Arrugo las cejas. Juego ausente con el mechón.

—¿Yo dije eso?

—Sí. En tu correo —y luego, mirándome a los ojos, sin una sola pausa ni parpadeo, empieza a recitar—. «Desde el fondo de mi corazón, espero que tu peine se rompa y se te acaben los productos seguramente carísimos que has estado usando para hacer que tu cabello parezca suave, porque estoy segura de que no lo es, no hay nada suave sobre ti, en ningún lugar…».

Son mis palabras, pero en sus labios suenan distinto. Íntimas. Confesionales.

—¿Cómo… ¿Cómo recuerdas todo eso? —le pregunto.

—Tengo todos tus correos memorizados palabra por palabra —responde, e inmediatamente parece arrepentirse de haber hablado.

—¿En serio? —Me quedo boquiabierta.

—No —se enfada—. No, olvida que lo dije…

—Es verdad —le digo, una acusación esta vez—. Dios mío, es en serio —Empiezo a reírme de nuevo, a reírme tanto que doy un paso atrás, me tropiezo y termino en el suelo, sosteniéndome el estómago. Me río hasta que no puedo respirar, hasta que no puedo sentir ningún dolor en el pecho, hasta que nada importa más que esto. Cuando el júbilo finalmente se disipa, le sonrío—. Bueno, bueno, Julius Gong. Suena a que eres *tú* el que está obsesionado conmigo.

Él me tuerce los ojos, pero la piel en su cuello se torna un tono más oscuro de carmesí.

—¿Te puedo preguntar algo? —le digo.

Él me observa con cuidado.

—Depende.

—Primero siéntate —ordeno, y le doy una palmada al suelo junto a mí.

—Preferiría no…

—Siéntate —le digo, tomándolo de la muñeca y jalándolo hacia abajo.

—El piso está frío —protesta, pero se queda sentado, con sus piernas largas extendidas frente a él, apoyándose sobre sus manos.

—No tan frío como tú —contesto. Siento que me flota la cabeza y que me muevo en cámara lenta cuando me giro para estar de frente a él—. Entonces. Dime. ¿Por qué siempre yo?

Él arruga sus cejas.

—¿Qué tipo de pregunta es esa?

—¿Por qué yo? —las palabras salen arrastradas, como si tuviera la lengua hinchada. Agito las manos, frustrada—. ¿Por qué tú…? ¿Por qué siempre te esfuerzas tanto por hacerme la vida imposible? ¿Qué es lo que hice para que tú… para que me odiaras tanto? Ha estado pasando desde el día en que nos conocimos. Con el juego de quemados. Con el quiz de deletreo en sexto. Con nuestro proyecto de historia. Con todo. ¿Por qué siempre es contra mí?

—Porque… —susurra, con una expresión curiosa en su cara. Nunca lo he visto tan serio. Tan sincero—. Eres la única persona a la que vale la pena ponerle atención.

Y el dolor regresa a mi pecho, pero se ha transformado. Sus bordes ahora son cálidos, y al centro arde con fuego cegador. Cierro los ojos, trago saliva, no puedo hablar. Quiero que lo diga de nuevo. Quisiera que no lo hubiera dicho jamás.

—¿Estás satisfecha? —pregunta Julius. Suena casi enojado, rencoroso, como si se hubiera visto obligado a probar un punto en su contra.

Mis ojos se abren, y me sobresalta lo cerca que está. ¿Estaba así de cerca antes? Puedo ver las sombras bajo su clavícula, los destellos de dorado en sus iris, la curva suave de sus labios, el pulso latiendo en su cuello. «¿Qué si nos besamos de nuevo?» El pensamiento, ridículo, entra en mi cabeza, y no puedo quitármelo.

Pero antes de que la idea tenga tiempo de volverse algo peligroso, escucho el sonido inconfundible de un motor. La luz de unos faros brilla por la ventana, iluminando la entrada por un segundo, delineando las sombras de los árboles de la calle. Luego se escuchan voces caminando hacia la puerta. La de Max, que siempre es ruidoso, sin importar la hora.

—¿...no puedes culparme por ganar, o sí? Siempre me dices que aprenda de mi hermana y me ponga metas altas. ¿No deberías estar feliz de que soy tan bueno...

—¿Jugando mahjong? —se mofa mi madre— ¿Crees que debería estar orgullosa de ti?, ¿dónde aprendiste siquiera a jugar, eh?, ¿has estado apostando en vez de ir a la escuela?

—¡No! *Bro*, te lo juro...

—No soy tu *bro*. *Ni bu xiang ho le shi ba...*

—Muy bien, entonces, madre queridísima de mi corazón, quizás solo es un talento natural. Quizás es un llamado... Ah, no me pegues...

Dios mío.

Llegaron antes de tiempo.

—Mierda —Me levanto demasiado rápido, y por un momento la habitación se vuelve una mancha de colores. Mi cabeza retumba con más fuerza—. Mierda.

Julius se pone de pie también.

—¿Qué...?

—Mis papás —le digo—. Digo... Mi mamá. Mi madre. Regresó. No sabía... Ella no sabía que yo iba a hacer una fiesta. Literalmente me va a matar y va a arrojar mi cuerpo a un basurero cuando se entere.

—Creo que así no se usa la palabra literal...

—Tienes que salir de aquí antes de que te vea —lo interrumpo.

—Yo... Muy bien —Da un paso a la izquierda, luego a la derecha. Titubea.

—La puerta de atrás —Arrojo la botella al basurero. Dios, podría abofetearme a mí misma, no debí haberme dejado beber. Empujo a Julius fuera del cuarto con ambas manos. Afuera, las pisadas se están acercando. Las luces automáticas del pórtico se encienden. Puedo sentir el corazón en la garganta. La araña del pánico metafórica ya no está en su esquina, está subiendo por mi pierna, y yo quiero gritar.

—Por acá —le siseo a Julius, haciendo un gesto hacia la puerta. Pero entonces veo el cabello puntiagudo de Max por entre los arbustos. Viene por acá. Agarro a Julius de la camisa y lo jalo de regreso.

—¿Qué rayos?

—Puerta delantera —corrijo, empujándolo en la otra dirección—. Usa la puerta de la entrada.

En cuanto digo las palabras, las luces de la entrada se encienden.

Mi estómago se desploma. Estamos rodeados por ambos lados.

Es una emboscada.

—Okey, piensa, Sadie —me digo en voz alta, masajeando mi cabeza—. Deja de estar borracha y piensa. Resuelve. No te queda tiempo.

—Es fascinante este acercamiento a tu forma de pensar —observa Julius.

—Shhh —replico—. Estoy pensando…

Y luego se me ocurre una solución.

—La ventana. —Es la única forma.

Sus ojos se ensanchan.

—Estás bromeando. No voy a salir por tu ventana, Sadie. No es digno.

—Te lo compensaré.

—Ya van varias de esas. ¿Cómo planeas compensarme todos estos favores?

Ignoro sus palabras y lo arrastro hacia la ventana del cuarto de lavandería. Es lo bastante grande como para que Julius quepa por completo, y sale a un camino lateral que nadie usa y que los arbustos logran esconder.

—Por aquí —le digo, levantando la ventana. Puedo escuchar el sonido de las llaves en la puerta principal—. Apúrate.

Él se me queda viendo, pero hace lo que le digo. Echa su pierna a través del marco blanco y cae con suavidad del otro lado, sobre el pasto crecido.

Justo cuando se abre la puerta de la casa.

Capítulo XIII

Estoy caminando de puntitas por el pasillo cuando mi mamá me llama.

—¿Sadie? ¿Qué haces despierta?

Me doy la vuelta, y la casa da vueltas también. El alcohol sigue moviéndose en mi estómago, en mi torrente sanguíneo, volviéndolo todo borroso y surreal. Tengo que entrecerrar los ojos para poder enfocarme. Mi mamá se está quitando su abrigo, dejando las llaves del coche sobre el recibidor; son fáciles de reconocer porque ella amarra a su llavero los listones de las cajas de chocolate que compra y se rehúsa a tirar. Debe haber cinco listones en total, pero cuando parpadeo, se vuelven una colección de garabatos rosas y azules.

Dios, estoy tan borracha.

—No estoy borracha —anuncio en voz alta. Me parece un enunciado normal, para nada culpable, pero me doy cuenta por la forma en que ella me mira que mi plan no funcionó. «Está bien», me intento tranquilizar, mordiéndome la lengua con tanta fuerza que siento el gusto súbito de mi propia sangre. «Al menos no se ha enterado de la fiesta. Ya limpiaste casi toda la evidencia. No hay forma de que…».

—¿Hiciste… una fiesta mientras no estábamos? —me pregunta, frunciendo el ceño. Antes de que pueda responder, entra a la sala y comienza a inspeccionar los muebles. Quiero desaparecer—. La mesa de centro está chueca. Los libros no están en orden alfabético. El cajón izquierdo está abierto. Y, ¿eso es...? —Pasa su dedo sobre un punto tan diminuto en la pared que no puedo verlo hasta que ella lo acerca a mi cara, para mirarlo bajo las luces— ¿Es brillantina?

Es muy atinada. En efecto, se trata de una mota, singular y diminuta, de brillantina.

—No tenemos nada con brillantina en la casa —me dice, cambiando a mandarín. Siempre habla en mandarín cuando está agitada, como si todas las palabras del inglés no fueran suficientes para contener su furia—. La brillantina es, sin lugar a duda, la peor invención en la historia de la humanidad.

Por razones que no puedo comprender, decido que la mejor respuesta es:

—¿Qué hay de las armas de guerra?

—¿Disculpa?

—Nada —corrijo. Me cuesta quedarme de pie y hablar al mismo tiempo. O quizás solo quedarme de pie. O quizás solo actuar como una persona normal.

—¿Qué te pasa? —me pregunta, con una mirada pesada.

Todo es demasiado pesado: el aire a mi alrededor, la ropa sobre mi cuerpo, la piel sobre mis huesos, la fuerza invisible aplastando mi pecho. El esfuerzo de un solo y tembloroso aliento. Puedo sentir cómo me sudan las palmas, cómo la verdad va subiendo por mi garganta como bilis.

—Yo...

—¿Nos extrañaste? —Max llega dando zancadas desde el otro lado de la casa, con una sonrisa gigantesca. Tiene un paquete de gomitas Wang Wang sabor a lychee, las que más me encantan, que menea en mi cara como una bandera de victoria antes de soltarlas en mis manos—. Bro, debiste haber estado ahí. Da Ma invitó a un montón de amigos y les gané a todos en mahjong. Se les acabó el dinero y tuvieron que empezar a apostar dulces. ¿Te gustan de estas, no? Bueno, fue divertidísimo. Mamá nos obligó a irnos antes de que pudiera quitarles todo, pero te juro, si hubiera tenido la oportunidad...

—Estoy hablando con tu hermana —gruñe mi madre—. Ve a lavarte.

—Espera. Espera, espera, espera. —Mi hermano me mira fijamente—. ¿Estás... borracha? ¿Qué está pasando?

Abro mi boca para intentar negarlo...

Y termino por romper en llanto.

Estoy lo que le sigue de mortificada. Nunca actúo de esta manera. Se supone que yo solo absorbo lo que los demás sienten, que siempre presento la mejor versión de mí, que me quedo quieta y me trago mis propias emociones. Pero es como si hubiera perdido control de mi propio cuerpo, como si me estuviera mirando desde el techo mientras estoy ahí, parada en medio de la sala, llorando mientras abrazo mi bolsa de gomitas. Estoy inconsolable. Histérica. Estoy sacando las lágrimas de los últimos diez años, ahogándome como si tuviera algo venenoso y enfermizo dentro de mí, algo doloroso, y necesitara sacarlo de mi sistema. Pero está atascado. Ha supurado bajo mi piel por tanto tiempo que ahora es parte de mí. Es un dolor profundo, como un pulgar que aprieta un moretón.

—Aguanta. —La cara de Max es de alerta. Una vez tuvo un quiebre emocional por un comercial sobre una ardilla perdida, pero él no me ha visto llorar en años—. *Bro*, me estás asustando...

—Max —interviene mi mamá—. A lavarte.

Mi hermano no protesta esta vez, pero sigue lanzándome miradas de preocupación por sobre su hombro mientras recorre el pasillo.

Luego mi mamá me toma con delicadeza del brazo. Me sienta junto a ella en el sillón.

—¿Qué pasa? —me pregunta. Si el mandarín es el lenguaje de su enojo, también es el lenguaje de su ternura. Es su voz arrullándonos cuando estábamos pequeños, su tarareo suave mientras cosía los botones de nuestras chamarras, dejándolas como nuevas. Su voz anunciando que la cena estaba lista, sus «buenas noches» antes de apagar las luces, sus llamadas para decirnos que llegaría pronto, que esperáramos un poco más.

—Me arrepiento —logro decirle por entre los espasmos de mi respiración. Me derramo como no me había derramado nunca, como no había llorado desde la primera infancia.

—¿De qué te arrepientes?

«De todo».

Me arrepiento de haber escrito los correos, de haber hecho esta fiesta, de haber besado a Julius en un momento de impulsividad y de darle ese poder para humillarme. Me arrepiento tanto que siento que mi hígado se desangra. Me arrepiento tanto que se siente como un odio, como un cuchillo mirándome, como uñas clavándose en mi piel. Me odio por todo lo que ha ocurrido porque cada error es mío y solo me corresponde a mí. Y se siente también como un miedo. Como un terror puro y animal, como el momento en la película de terror en el que te das cuenta que tomaste la decisión incorrecta, que abriste la puerta demasiado pronto, que el hombre enmascarado con la motosierra está justo detrás de ti.

Quisiera que el tiempo fuera algo físico, algo que pudiera romper en dos con mis propias manos para poder darle la vuelta, hacerlo añicos, deshacer todas las consecuencias.

—¿Es por lo de la fiesta? —pregunta mi mamá—. Porque no estoy enojada. Me gustaría que me hubieras dicho, y no apruebo del alcohol, pero de hecho me alegra. Ya era hora de que actuaras como una adolescente.

Sus palabras son tan sorprendentes que me cortan el llanto.

—¿No… no lo estás?

Ella sonríe ante mi asombro. *Sonríe.* Me pregunto si me he teletransportado a un universo alterno. En el universo original, ella me estaría sermoneando o persiguiéndome por la casa con chancla en mano. Estaría enojada por todo lo que he arruinado, y estaría en todo su derecho. No merezco que se me perdone con tanta facilidad.

—Claro que no. Cuando era adolescente, hacía fiestas al menos una vez al mes. Eran bastante populares.

—Yo... ¿Qué? —Mi cabeza comienza a palpitar detrás de mis ojos, pero no sé si es por el licor o por el llanto o por el esfuerzo de acoplar este trozo de información a mi cerebro—, ¿desde cuándo? Pensé que dijiste... Pensé que dijiste que cuidabas cabras en las montañas cuando eras adolescente.

—Solo porque teníamos cabras no significa que no hiciéramos fiestas.

Me quedo en blanco. La casa sigue girando, más rápido que antes.

—Pero... No debería. No debería estar divirtiéndome y haciendo fiestas y... haciendo las cosas mal. No se supone que cause ningún problema.

—¿Quién te dijo eso? —me pregunta—. ¿Quién dijo que no podías?

Me doy cuenta de que nadie me lo dijo. Pero no hizo falta. Bastó con esconderme tras la pared cuando mis papás peleaban, bastó con ver a mi padre irse, con sentir cómo las puertas retumbaban tras él. No hubiera ocurrido de no haber sido por mí. Esa es la verdad a la que siempre regreso, la fractura en mi cuerpo que nunca sanó después de todos estos años. Mi papá estaba en el trabajo, Max estaba jugando básquet con sus amigos, y mi mamá tenía que ir a comprar abarrotes, así que me pidió que pusiera los panes de cerdo al vapor para la cena. Tenía tantas ganas de probarle que podía confiar en mí, pero entonces me distraje por el programa que estaba viendo. Solo me acordé de la cena cuando olí el humo. El olor agudo y amargo de algo que se quemaba.

Cerré mi computadora y corrí a la cocina a revisar, pero era demasiado tarde. La llama había dejado un agujero en el fondo, el metal estaba tan quemado que parecía carbón. Era la olla favorita de mi mamá, la que compró con sus ahorros y mandó a traer de una tienda en Shanghai. Cuando regresó, una hora más tarde, no intenté ocultarle nada. Solo me quedé quieta, cabizbaja, con el daño a plena vista tras de mí.

«¿Cómo puedes ser tan irresponsable?», demandó sobándose la cara como si pudiera quitarse la fatiga. «Solo te pedí que hicieras *una* cosa mientras no estaba. Ya no eres un bebé, Sadie, espero más de ti».

Me disculpé una y otra vez. «Lo sé. Lo siento. De verdad lo siento, mamá. Por favor, no te enojes conmigo. Lo siento muchísimo».

Pero entonces llegó mi papá, y él también estaba enojado. No conmigo, sino con mi mamá. «Es una niña», insistió, arrojando su portafolio al sillón. «¿Por qué siempre haces esto? Siempre haces un alboroto por nada. Es solo una olla».

Mi madre se fue contra él de inmediato, con furia en los ojos. «Solo dices eso porque *tú* nunca cocinas. Te vas a trabajar y regresas esperando que la cena esté servida y lista para ti. Como si fueras un niño tú también».

«Es mi culpa», intervine. Mis papás casi nunca peleaban, así que no sabía qué hacer. Solo sabía que detestaba su pelea y que tenía que detenerlos. «Yo lo arreglaré, lo prometo. Yo... Encontraré una olla nueva, la misma marca que la otra. No lo haré de nuevo...»

Pero ya no me estaban prestando atención.

«Nunca cocino porque no me dejas», dijo mi papá. «No tienes paciencia; mírate, estás perdiendo la paciencia...»

«No seas un *hundan*», explotó mi mamá, y entonces supe que de verdad estaba enojada: estaba maldiciendo en mandarín.

Y con eso, mi papá estalló. Azotó su mano contra la mesa tan fuerte que pensé que iba a romper algo. Su cara era de rabia. La olla derretida seguía olvidada en la estufa. Se sostuvieron la mirada desde extremos opuestos de la cocina, y entonces fue como si se rompiera una especie de barrera invisible, y comenzaron a intercambiar acusaciones, quejas, insultos.

«¿Disfrutas hacer sufrir a otras personas?», acusaba mi papá, y yo no sabía qué hacer. Estaba atrapada entre dos facciones en guerra, y por puro instinto de preservación, me puse frente a mi mamá. Escogí mi lado sin pensarlo.

«No le hables así a mi mamá», dije, callada, al principio, luego más fuerte. «La estás haciendo sentir mal. Solo... *Solo déjala*». No lo decía en serio. Solo estaba harta y asustada por su pelea. Solo quería que la discusión se detuviera.

Sobre su rostro se dibujó una capa de dolor, y me dio la impresión de que había cometido un acto de traición imperdonable. Sus cejas se fruncieron, sus manos se empuñaron. «¿Quieren que me vaya? Bien», escupió. «Me voy».

Se estaba yendo porque yo se lo había pedido, y mi mamá estaba ahí, viéndolo, siendo testigo de cómo se desmoronaba nuestra vida. «No regreses», le gritó, y nunca lo hizo.

Una vez que la calma regresó a la cocina, ella me dijo que no tenía nada que ver conmigo. Que había sido su decisión. Que eran adultos, que tomaban decisiones por su propia cuenta. Todas las excusas vacías y de esperar. Pero yo no le creía. No le podía creer. Cada vez que regresaba a la escena en mi cabeza, me veía tanto al inicio como al final de la pelea. Yo había sido el gatillo, y todo había ocurrido, ¿por qué? Porque no le había hecho caso a mi madre. Porque no me había portado bien. Porque fui impulsiva.

Porque algunos errores son irreversibles, como diamantina en la alfombra, como derramar vino sobre un vestido.

—¿Qué está ocurriendo de verdad, Sadie? —me pregunta mi mamá, buscando mi cara.

No tengo fuerza para contarle lo de los correos, así que me conformo con la respuesta más fácil que tengo a la mano. —Todos me odian —susurro—. Hice algo mal y ahora todos me odian y pensé que... que podía hacerles cambiar de opinión.

Ella absorbe la información un momento.

—Bueno, dudo que eso sea cierto. E incluso si lo fuera, no es el fin del mundo.

Se me escapa una risa temblorosa. Los adultos siempre dicen cosas así. Tienen otras: «¿Si tus amigos saltan de un edificio, tú también saltas?» (lo cual me parece poco realista; ¿cuándo se ha visto a un grupo de amigos saltar de un edificio así?), y «lo entenderás cuando tengas hijos» (a pesar de que no planeo tener hijos jamás), pero esta parece ser su línea preferida: «no es el fin del mundo». Y quizás tenga un minúsculo grano de verdad. Quizás crezca y piense de forma distinta en diez años. Pero justo ahora, este es mi mundo entero. Las personas junto a las que me siento en clase, las caras que tengo que ver en la escuela todos los días, los maestros que deciden las calificaciones que tengo que mandar a la universidad que determinará la trayectoria del resto de mi vida.

—¿Por qué no le das un poco de tiempo? —me sugiere— Mientras más fuerzas algo, menos funciona. Cómo es que dicen... La manzana que se arranca demasiado pronto casi nunca es dulce.

Me quedo viéndola.

—Dices... ¿que no haga nada? —Es una idea absurda. Es la ruta que eligen las personas que entregan sus ensayos dos días tarde. Pero de repente, me doy cuenta de lo exhausta que estoy.

—Así es. No hagas nada —dice con firmeza—. Vive tu vida y ve qué pasa. Claro, no aplica para la casa —añade—. Espero que limpies todos los cuartos y que todas las cosas queden en su lugar.

—Yo... Está bien —Me levanto, pero ella me jala de regreso al sillón.

—Mañana —me dice—. Esta noche solo tienes que tomarte el caldo de pollo que te voy a preparar e irte a dormir, ¿sale?

—Está bien —repito, anonadada. Debo seguir muy borracha porque no puedo evitar las palabras que terminan por salir de mi boca—. Lo siento mucho.

Ella sacude su cabeza.

—No tienes que disculparte por la fiesta...

—No por la fiesta —le digo—. Por... Por papá.

Silencio.

Es el único tema en la casa que nunca tocamos. Es como un sarpullido que no hay que rascarse, aunque duela porque siempre puede empeorar. Ya estoy arrepentida, quiero borrar mis palabras, pero la calma no abandona la mirada de mi mamá.

—Sadie. No es tu culpa.

—Pero…

—Ya pasó —dice—, y fue inevitable, y ahora tenemos el resto de nuestras vidas por vivir.

—¿Inevitable? ¿Cómo? Nunca peleaban. Eran tan felices hasta esa noche —susurro.

—No, no éramos felices. No nos amábamos. Solo éramos cordiales —me dice, mirando por encima de mi hombro ahora, como si pudiera ver el pasado proyectado sobre los muros de la casa—. Casi desearía que hubiéramos peleado más, que nos hubiera importado lo suficiente hasta para discutir por nimiedades, en vez de tragarnos nuestro resentimiento y quedarnos en silencio hasta que no pudimos soportarlo más.

Siento como si alguien me hubiera puesto de cabeza. Como si fuera a vomitar en cualquier momento.

—No es posible —le digo—. Lo debí haber sentido. Hubiera sabido.

—Eras tan pequeña —dice—. Sigues siéndolo. Y no queríamos que supieran —añade, y aprieta mi muñeca con ternura.

—Pero entonces… no eres feliz ahora —le digo, leyendo su cara, notando los indicios familiares de cansancio en el púrpura alrededor de sus ojos, en la curvatura descendente de sus labios—. Es por que se fue, ¿no es así?

Ella sacude su cabeza.

—Lo único que podría hacerme sentir así sería que tú no fueras feliz.

«Yo estoy bien», intento decir, excepto que la mentira no llega ni a mis labios.

—Todo lo que haces es trabajar y estudiar y vivir para otras personas —sigue, señalando los libros de texto en el suelo, los trofeos y medallas brillantes en la repisa—. Es cierto, nos ayudas mucho, y yo soy la más agradecida; la panadería no sobreviviría si no fuera por ti. Pero yo preferiría que estuvieras disfrutando de tu adolescencia mientras puedas. Me preocupa que vayas a mirar atrás cuando tengas veinte o cuarenta y que todo lo que recuerdes sean los trastes que lavaste y las horas que pasaste en tu escritorio. De verdad, me aliviaría la culpa si lo hicieras —me sonríe con tristeza—. Nunca quise que crecieras tan de prisa.

La cabeza me zumba. No lo puedo creer. Es como pasar años de tu vida entrenando para un juego solo para darte cuenta de que nunca entendiste bien las reglas.

—Voy a ir a preparar ese caldo —se pone de pie—. Quédate aquí.

Entonces camina a la cocina, y me deja sola a reacomodar las piezas de mi vida de las que antes estaba tan segura.

Capítulo XIV

Todos odian el Carnaval de Atletismo.

Todos. Los que no están en atletismo lo odian porque es un día entero sudando bajo el sol, siguiendo a sus compañeros. Los que están en atletismo lo odian porque hay una presión inmensa para competir, y alguien siempre termina con un tobillo torcido o un ligamento desgarrado.

Aunque yo pertenezco a la segunda categoría, a mí no me molesta el evento como a los demás. Pero tras haber pasado el fin de semana con resaca y miserable, me es difícil conjurar entusiasmo alguno.

—Tengo una solución —dice Abigail, mientras caminamos hacia el estadio que la escuela rentó, casi arrastrando nuestras mochilas. El sol brilla más fuerte que de costumbre, y la temperatura va subiendo tan rápido que la mayoría de los estudiantes ya se están quitando sus suéteres gruesos y sudaderas. Mejor esto, supongo, que el año en el que tuvimos que correr durante una tormenta. Más de una persona se torció el tobillo ese día—. ¿Y si me atropellas quedito con un coche?, ¿tendrían que cancelar el evento, no? Estoy dispuesta a sacrificarme por el equipo.

Una risa se me escapa de los labios. El estadio es tan amplio que nos toma diez minutos llegar a las bancas y dejar nuestras botellas en los asientos de plástico. Todos los años venimos aquí, y todos los años el tamaño de la pista me intimida.

—Si quieres sacrificarte por el equipo, podrías unirte al relevo —le digo a Abigail mientras me embarro de múltiples capas de protector solar. Nunca he podido olvidar esas monografías sobre rayos ultravioleta con las que tanto nos insistieron en la primaria—. Todavía tenemos un espacio.

Ella me hace una cara.

—Mira, las dos sabemos que soy un alma de múltiples talentos, pero correr es una de las pocas cosas para las que no soy absolutamente increíble.

—No importa. Yo puedo correr más rápido para compensar.

—¿Podemos seguir considerando la idea de atropellarme? —se queja.

—Abigail.

—Está bien —dice mientras arroja sus manos al aire—. Solo porque me siento culpable de haberte dejado con la fiesta.

El estómago se me revuelve al recordarlo, pero me obligo a sonreír.

—Ya te dije que no te preocupes. Salió bien.

—Eso no es lo que todo el mundo está diciendo.

Hago un esfuerzo por no reaccionar. «No me importa». Exprimo más bloqueador sobre mis manos y lo unto sobre mi cuello. El olor artificial me quema la nariz. «No quiero saber. Es mejor si no lo sé».

—¿Qué es lo que todo el mundo está diciendo?

Ella duda un segundo.

—Que tú los corriste de tu casa.

No se equivocan, pero igual se siente como una bofetada. Se me ocurren mil protestas, explicaciones y disculpas, pero me las trago. Después de mi pequeño episodio, me prometí escuchar a mi mamá. Darle tiempo. No arrancar manzanas que no están listas, o como sea que fuera la metáfora.

—También —dice, con una cara alarmada—. Escuché que algo… ¿pasó con Julius?

Mi estómago se contrae.

—Espera. Primero dime qué pasó contigo —rescato, esparciendo el exceso de bloqueador sobre mis brazos. En realidad, estoy cambiando de tema porque todavía no sé cómo decirle que besé al chico del que me he estado quejando los últimos diez años— ¿Lograste ayudar a tu hermana?

Una sombra se posa sobre su rostro.

—Sí... Bueno, más o menos. La ayudé con el coche, pero... —Se muerde el labio inferior, y exhala un suspiro hondo—. La razón por la que Liam y ella se pelearon es porque ella se enteró de que él la había estado engañando. No solo con una persona, sino con varias.

Hago una mueca de dolor, comprensiva, pero sin sorpresa.

—No puedo creer que no lo supiera —dice, pateando el pasto artificial—. Hasta le dije que se quedara con él la última vez que pelearon. Debí haber presentido que algo andaba mal.

Esta es la cuestión con Abigail: podrá no tener las mejores calificaciones o los planes de vida más confiables, pero sé que se enorgullece de tener un buen instinto, ya sea para los zapatos o para los chicos. Ella sabe si los maestros no van a pedir la tarea ese día en clase. Toma todas las decisiones, da todos los consejos. Y siempre tiene la razón. Incluso hay una notita de lonchera de parte de sus padres que lo dice.

—Solo... Creía que estaba haciendo lo mejor para ella —sigue con voz baja.

Y me doy cuenta de que de ninguna forma puedo decirle lo que ocurrió con Julius. La fiesta fue su idea también. Lo último que necesita ahora es que yo le diga lo mal que la pasé, cómo complicó mil veces más mi relación, ya de por sí incómoda, con Julius.

—No había forma de que lo supieras —le aseguro—. Es una característica lamentable de los imbéciles: son buenos ocultando lo imbéciles que son. Y, por cierto, tenías toda la razón sobre la fiesta.

—¿De verdad?

El hecho de que esté preguntando es prueba de que su autoestima recibió un golpe tremendo.

—Sí, en serio. De que, sí, la perdí al final porque las cosas se salieron un poquito de control, pero antes de eso, me la pasé increíble. No me había sentido tan entusiasmada por la vida desde que terminé de separar mis notas de Historia por colores. —Es un milagro que no me esté ahogando con mis palabras. Antes de que pueda detectar mi mentira, me doy la vuelta—. Ahora, si me disculpas, tengo que ir a conseguir que un montón de personas que preferirían morir antes que correr se anoten a las carreras.

Es una excusa legítima. La señorita Hedge me abordó afuera del bus escolar antes de que partiéramos esta mañana y me engatusó con la tarea. Julius y yo tenemos que llenar veinte lugares cada uno, y es por eso por lo que me paso la media hora siguiente corriendo por todo el estadio, no en una carrera, sino buscando voluntarios potenciales. Al final, me quedan diez lugares vacíos. Nada funciona, incluso cuando uso todas las estrategias que se me ocurren:

«Rogar».

—Es muy importante —le suplico a uno de los chicos atléticos de nuestra generación. Está sentado en la primera fila de las gradas, *scrolleando* la cuenta de alguna chica linda sin descaro alguno. Ni siquiera me voltea a ver—. Por favor. Todos deberían anotarse al menos para una carrera…

—¿Pero es obligatorio? —pregunta.

—Es… lo que se espera de ti…

—¿Me van a expulsar si no corro?

—No, pero…

—Sí, estoy bien así, gracias. —Lo miro enviar una de las publicaciones más recientes de la chica a un amigo, junto a una cantidad inquietante de emojis de carita encorazonada—. Buena suerte encontrando a alguien más.

—Buena suerte llamando su atención con tu foto de perfil —no puedo evitar decirle. No lo habría dicho bajo circunstancias normales, pero después de la fiesta se me ocurre que no puedo ser *menos* popular de lo que ya soy.

Ahora él levanta la cabeza. Se ve alarmado.

—¿Qué? Espera, oye, ¿qué tiene de malo mi foto...?

Pero yo ya estoy en camino a mi próximo objetivo con una nueva estrategia.

«Negociación».

—Solo una carrera —le digo a Georgina junto a los bebederos—. Yo puedo correr la de mil quinientos metros si tú corres la de quinientos metros.

Me mira con una sonrisa lastimosa.

—Lo siento, Sadie, me torcí el tobillo en el camión de camino a acá. Creo que es mejor si no lo hago.

—¿En... en el camión? —repito, pestañeando— ¿Cómo...? ¿Cómo se puede...?

—Creo que estaba sentada —dice.

—¿Y entonces?

—Y entonces me levanté —dice, sombría.

—Te torciste el tobillo —le digo, por si no estoy entendiendo—, solo por levantarte.

—Sip. Así, de la nada —afirma, y se da la vuelta. Lo que me lleva a mi último recurso...

«Hacerlos sentir culpables».

—Te necesitamos —le digo a Ray, acorralándolo afuera de los baños—. Si no corres al menos una de las carreras, entonces Georgina Wilkins tendrá que hacerlo, y ella tiene el tobillo torcido. No vas a dejar que vaya ella en tu lugar, ¿o sí?

Ray se seca las manos y levanta las cejas.

—¿Se torció el tobillo?, ¿cómo?

—No necesitas saberlo —le digo, con prisa—. ¿Puedes correr? ¿O te quedarás al borde de la vida, en la sombra, mirando a todos tus compañeros sufrir en la pista, sudando y sin aliento?

—En la sombra —dice sin dudarlo—. Tengo miedo de correr. Casi vomito sangre.

—Estás bromeando.

—Es un miedo real. Puedes buscarlo.

—Perdón, pero ¿cómo funciona eso?

—En cuanto mis pies comienzan a moverse rápido —dice—, mi corazón empieza a latir a toda velocidad, y mi visión se desvanece. Es como si estuviera en una montaña rusa. O en un coche de carreras. La velocidad con la que el mundo pasa a mi alrededor es aterradora.

—Qué poético —apunto en voz baja.

—De nada, por cierto —añade.

Lo miro.

—¿Por qué?

—El reto en tu fiesta —sonríe—. No sabía que a Julius y a ti les fuera a gustar tanto.

—No me… —mi voz sale diez octavas demasiado agudas, y me obligo a bajarla mientras la sonrisa de Ray se ensancha—. No me gustó, y a Julius en definitiva tampoco le gustó.

Tan solo recordarlo la cara me arde como si estuviera frente a una fogata. «Preferiría morir a besarte de nuevo».

—Olvídalo —decido, sacudiéndome los pensamientos intrusivos—. Será… Correré yo.

—Bien, más vale que te apures —dice, dando un paso hacia la sombra—. Creo que la carrera de relevo está a punto de empezar.

No puedo evitar mascullar maldiciones mientras tomo mi lugar en la pista, junto a Julius.

Él se ve relajado. Preparado. El sol brilla en su cabello mientras se estira y estudia la pista. Yo también estaría relajada si tuviera su equipo. Están Rosie, Jonathan, y un atleta nacional en las primeras tres posiciones del relevo. Los tres son veloces. En mi equipo están Abigail, una de las amigas de Rosie y el chico que, el año pasado, terminó al final pasado porque se cansó a la mitad de la carrera.

—¿Cómo te fue reclutando voluntarios? —pregunta, volteando a verme.

—Bien —respondo a secas, flexionando mi pierna derecha, luego la izquierda. La carrera comienza en dos minutos.

—Yo ya llené todas las posiciones para mis carreras —me dice—. No me costó tanto encontrar voluntarios.

—Me da muchísimo gusto que haya sido tan fácil para ti.

Él pretende ignorar mi sarcasmo.

—¿No me vas a desear buena suerte? —me pregunta— Ya que estamos a punto de competir, digo.

Me balanceo sobre mis pies para calentar, anticipando el momento en que mis nervios se transformen en adrenalina. Como es la primera del día, la carrera de relevo es la que atrae más atención. Necesito concentrarme. Necesito ganar. Necesito ganarle.

—¿Tú vas a desearme buena suerte a mí?

Se ríe. Literalmente se ríe en mi cara.

—¿Y como por qué haría eso?

A la distancia, el maestro levanta la pistola de salida. Todos los músculos de mi cuerpo se tensan.

—En ese caso —digo, mirando al frente—, espero que te rompas la pierna.

—Andamos de buen humor, ¿verdad? —me dice, sin titubear— ¿Es porque no pudiste encontrar voluntarios?, ¿o todavía sigues cruda?

Me paralizo, pierdo la concentración y volteo a verlo. Por suerte, los otros corredores ya están en sus posiciones, así que no hay nadie que nos escuche.

—No me digas que ya olvidaste lo borracha que te pusiste —dice, afilando la mirada, analizando.

—No… No sé a qué te refieres.

—¿En serio? —pregunta y gira la cabeza— ¿Nada?

—No —Estoy mintiendo, más o menos. Las particularidades del sábado me eluden, pero recuerdo la sensación que crecía dentro de mí cuando estábamos solo él y yo. Como si hubiera una antorcha ardiendo en mis venas, más potente incluso que el licor. Recuerdo el deseo, la hoja afilada del anhelo, la necesidad de hacer algo tonto e imprudente con él. Ahora que estoy sobria de nuevo, es fácil atribuirle la sensación a la pura atracción física. Hace sentido científico. El alcohol me ayudó a ignorar los innumerables defectos de su personalidad, dejando solo sus atributos geométricamente atractivos, sus ojos y sus labios y sus manos. Y desde un punto de vista evolutivo, ¿no es normal querer a alguien guapo, que además es de tu edad, y que encima está en tu casa?, ¿no está acaso escrito en nuestros genes?

—¿Entonces por qué te estás sonrojando? —pregunta Julius.

Volteo mi cabeza.

—Detente. Sé lo que estás haciendo.

—¿Qué estoy haciendo?

Se escucha el estruendo de la pistola y un segundo después, el vitoreo del público.

Comenzó.

—Distraerme —mascullo en respuesta, obligándome a concentrarme en la carrera. En Abigail. Tras solo unos segundos, Rosie ya la está dejando atrás.

—No pensarías eso si no estuviera funcionando —dice Julius, y puedo intuir la sonrisa venenosa en su voz—. ¿Pero no recuerdas ningún detalle?

El segundo corredor de su equipo toma el relevo. Jonathan es tan rápido que juro que puedo ver el rastro de polvo que dejan sus zancadas. Abigail, mientras tanto, está jadeando, sosteniendo el relevo con el brazo extendido y temblando, y el siguiente corredor lo deja caer.

Por el estadio reverberan los gritos de frustración.

«Está bien», me digo a mí misma. Lo repito como un mantra en mi cabeza. Está bien. No pasa nada. Soy la última por algo. Puedo compensar el tiempo perdido.

—¿No recuerdas lo que me pediste que hiciera? —insiste Julius.

No puedo evitarlo. Me giro hacia él, con el corazón palpitando, consciente de que es un señuelo.

—¿Qué?

Pero ahora decide callarse. Su equipo completa el segundo intercambio, y solo puedo observar, ahogándome con mi propia frustración, mientras Julius acepta el relevo y sale disparado.

—Vamos —siseo, tensando mis piernas. A nuestro corredor le faltan cinco metros.

Cuatro.

Julius está ganando distancia. Apenas puedo ver la parte de atrás de su cabeza desde donde estoy.

Tres.

Respiro profundo, estiro mi mano.

Dos.

—Vamos —apremio en voz baja, aunque quiero gritarlo. Julius no puede ganar. No puede. No le daré ese gusto.

Un metro…

Mi mano se cierra sobre el relevo, y estoy corriendo.

Me toma un momento encontrar el ritmo, pero una vez que lo hallo, toda la adrenalina acumulada inunda mi cuerpo. Corro más rápido de lo que jamás he corrido en la vida, con la mira fija en una sola persona: Julius. Mi blanco, mi objetivo. Esto es lo que hacemos, lo que siempre hemos hecho. Nos perseguimos, nos rodeamos, nos alcanzamos.

Tengo que alcanzarlo ahora.

Aprieto el paso y siento el empuje firme del suelo detrás de mí. Me hierve la sangre, mi cabello ondea con el viento. A mi alrededor solo veo colores. Los sonidos llegan a mí como en olas. Estoy corriendo tan rápido que siento como si volara. Como si estuviera cayendo, como si mi cuerpo se moviera hacia delante sin mí. No hay gravedad, no hay fricción: solo el latido frenético de mi corazón y la persona frente a mí. Solo estoy a unos pasos de él, y debe sentirlo porque también aprieta el paso. Su respiración es agitada, y su frente está cubierta de sudor. Sus ojos voltean a verme.

La distancia entre los dos crece, luego se encoge, como si estuviéramos jugando a tirar la cuerda.

Un músculo en mi costado empieza a acalambrarse, pero ignoro el dolor. Amplío mi zancada. Corto el aire con mis manos. No solo es una carrera física, sino también mental. Es una prueba de voluntad, de quién tiene más hambre de ganar. Y estoy *tan* cerca. Estamos cuello con cuello, y la meta se acerca.

Necesito seguir.

Seguir corriendo.

Se adelanta un centímetro y mi visión se pone roja.

Con un último estallido de fuerza pura, salto hacia delante, y el aire se estrella en mi cara mientras rompo la línea de llegada, una fracción de segundo antes que él.

Me estoy riendo a carcajadas entre jadeos, radiante. «Gané». La victoria siempre es deliciosa, pero sabe incluso mejor cuando Julius es el contrincante. Los dos nos detenemos. El público aplaude en el fondo, y no puedo diferenciar su clamor del latido de mis oídos. «Siete puntos para mí», me regodeo en mí cabeza, aunque me doy cuenta de que no recuerdo cuál era el puntaje. No he estado llevando la cuenta.

La mayoría de los corredores se doblan una vez que termina la carrera, o se tiran al suelo de forma dramática, así como Abigail en este momento. Pero Julius es demasiado digno para ello. Solo se queda de pie, se limpia el sudor de la frente, y se gira hacia mí, con los labios fruncidos.

—¿No me vas a felicitar? —le digo, imitando el tono arrogante que usó antes.

Él me tuerce los ojos.

—Cuánto descaro.

—Seguro lo aprendí de ti —le sonrío.

Él se detiene. Su enojo se disipa, y por un momento lo reemplaza una mirada confundida y nublada, como si se hubiera encontrado algo inesperado. Se me queda viendo un largo tiempo, hasta que me cohíbo.

—¿Qué? —intento sonar casual— ¿Demasiado estremecido por tu propia derrota?

Su sonrisa regresa de inmediato.

—Ese solo fue mi calentamiento.

—Veremos si me puedes vencer en la que sigue —le digo, antes de marcharme a recoger mi medalla. Puedo sentir cómo me mira mientras me voy.

Por desgracia, no tengo tiempo de saborear su derrota. Ni siquiera tengo tiempo de sentarme o de tomar agua. Hay demasiadas carreras por correr, demasiadas personas que necesitan mi atención. Termino ganando la carrera que sigue, pero Julius gana el esprint, así como el salto de longitud, lo cual es injusto porque él es más alto.

El sol sube en el cielo con luz cegadora.

Empiezo a perder la cuenta de cuánto he corrido, cuánto falta todavía. Empujo los límites de mi cuerpo… y está funcionando. Soy invencible. Termino en primer lugar en los ochocientos metros planos. Otra medalla, otra palomita junto a mi nombre, un número más en mi racha de victorias.

Pero de repente, mientras me alejo del podio, una ola de cansancio me revuelca y…

No puedo respirar.

En cuanto me doy cuenta, entro en pánico. Intento inhalar más aire, pero es como si hubiera una mano invisible alrededor de mi cuello, apretando más y más. El oxígeno se queda atorado a la mitad, y mis pulmones están vacíos. Me doblego, temblando, aferrándome a la puntada en mi costado. El sol brilla demasiado. Todos mis sentidos están desalineados, todo se está enchuecando de repente. Mi visión desaparece hasta que solo queda un diminuto punto blanco.

Sigo sin respirar.

Parpadeo con fuerza, y cuando el mundo regresa, hay una

cara frente a mí, entrando en foco. Cabello negro, piel clara, rasgos afilados. Una mirada extraña en sus ojos.

Julius.

Me está mirando, diciendo algo, pero el sonido queda distorsionado. Al principio solo puedo escuchar la sangre pulsando en mis oídos, mi latido enloquecido. Hace tanto ruido al latir que empieza a darme miedo, y me imagino cómo sería que mi corazón explotara en mi pecho. Intento tragar aire de nuevo. No baja.

—... Sadie. Tienes que sentarte.

Por alguna razón, su voz es lo que rompe el bullicio, la mancha de sonido y color del fondo, los gritos omisos del público. Tan clara como el cielo, familiar como mi propio latido, una línea a la que asirme en el mar.

Balbuceo una respuesta, «estoy bien, está bien, solo estoy un poco cansada», pero no estoy segura de que pueda escucharme. Si es que siquiera estoy abriendo la boca.

Una hendidura se marca entre sus cejas.

—Sadie...

Tomo otro paso y mis rodillas ceden. Caigo.

De pronto, sin advertencia, sus brazos están alrededor de mí. Si no estuviera tan mareada, saltaría de inmediato. Pero en cambio, llena de humillación, me recargo sobre él. Es lindo. Es tan horrible y desquiciantemente maravilloso, sentir el calor de su cuerpo, las líneas rígidas de su pecho. Podría quedarme en este momento para siempre, dejarlo sostenerme así y...

No.

La falta de oxígeno debe estar matando mis neuronas.

—Mira. —Me guía a una de las bancas en la sombra, y siento un alivio tremendo en cuanto salimos del sol. El aire aquí se siente fresco, amigable. Lo bebo como si me ahogara hasta que me vuelvo a marear.

—Respira lento. —Se arrodilla frente a mí, con sus manos en mis muñecas—. Cuenta: uno, dos, tres...

Sigo sus indicaciones, contando hasta cinco, manteniendo, soltando, y respirando de nuevo. Después de diez cuentas, las manchas blancas en mi visión empiezan a desaparecer. Después de diez más, la barra de metal alrededor de mi pecho se afloja.

—¿Te sientes mejor? —pregunta Julius.

Mi voz es un graznido seco.

—S-sí.

De inmediato baja las manos, da un paso atrás, y yo siento algo parecido a la decepción. A la derrota. Su gesto es severo al bramar:

—¿Cuál es tu problema?

—¿Cuál es mi problema? —Mi mente está intentando incorporarse a la realidad, pero va a la mitad de su velocidad usual. Apenas puedo repetir sus palabras. O preguntarme por qué me mira de esa forma, con la mandíbula tensa, con los ojos entrecerrados y furiosos.

—¿Estás intentando matarte? —demanda. Su mirada me atraviesa, me corta por la mitad— Estás a punto de desvanecerte, Sadie. No es una imagen linda.

Mis pulmones funcionan mejor ahora, y puedo responder con un jadeo.

—¿De qué te estás quejando? Yo soy a la que le falta el aire.

Hace un sonido súbito y enojado con su garganta, como un suspiro y una mofa al mismo tiempo.

—¿No lo entiendes, verdad?

—¿Entender qué?, ¿de qué estás hablando?

Pero él no responde la pregunta. Está hablando más y más rápido. Las palabras salen como un río de su boca.

—Da risa, de verdad. Siempre insistes en el primer lugar en todo, pero cuando se trata de ti, te pones hasta el final para complacer a los demás…

—Los demás me necesitan —protesto, sin entender por qué estamos teniendo esta conversación—. No quisieron correr así que…

—Al diablo con los demás —dice con firmeza. La convicción en su voz me sorprende. Me quema—. No me importan los demás. Solo me importa… —Se detiene. Advierte la mirada, contempla el cielo azul sobre el estadio. Los estudiantes alrededor de los bebederos, abriendo paquetes de nueces y barras de fibra. Unos empiezan a calentar junto a la reja, doblando y estirando las piernas sobre el pasto.

La cabeza me da vueltas, pero no sé si es la falta de oxígeno o es él.

—¿Por qué te enojas conmigo? —le pregunto sin rodeos— Deberías estar feliz. No hay forma de que gane las carreras que quedan. Tú ganas. Es lo que siempre has querido.

Él exhala una risa. Me mira de nuevo y en sus ojos hay una oscuridad inmensa, el tipo de oscuridad que podrías recorrer para siempre sin llegar al final.

—Dios, eres insufrible.

—Y nada de lo que tú dices tiene sentido —respondo.

—¿Por qué no puedes…?

El pitido del silbato ahoga lo que queda de su enunciado. La próxima carrera empieza pronto: los mil metros planos.

Me pongo de pie, o al menos lo intento. Pero mis piernas se sienten como si fueran de plomo, el mundo se tambalea cuando me levanto, y la pista se va de lado. Mi visión se llena de estrellas blancas. Frustrada, me dejo caer en la banca de nuevo.

—Mi cuerpo no me hace caso —mascullo, recuperando el aliento.

—Sí, los cuerpos suelen hacer eso para protegerse de la autodestrucción —me dice con tono mordaz—. Me parece que es una de las funciones evolutivas principales.

No tengo la energía para discutir con él.

—Todavía tengo que correr…

—¿Los mil metros, cierto?

Lo miro.

—Yo los corro por ti.

—Espera, ¿qué? —Me masajeo las sienes, intentando concentrarme. Entender lo que está diciendo.

—Seré más rápido de todas formas —me dice con su desdén habitual, como si lo estuviera retrasando. Pero la arrogancia no está en su mirada. Me está mirando, pensativo, concentrado.

—No. Julius, no tienes que…

—Te daré la medalla como regalo —promete, dándose la vuelta—. Solo espera.

Solo puedo mirar mientras él corre hacia el maestro, dice algo, apunta hacia mí. La piel me hormiguea. El maestro asiente, le da una palmada en el hombro, y Julius se une a los otros corredores en la línea de partida. Para la mayoría, es apenas su primera carrera. No están cansados, sus peinados están intactos, sus camisas están secas, listos para descargar toda la energía que llevan. Julius se acomoda entre ellos con la quietud deliberada de un depredador. Se arrodilla y se pone en posición. Dedos sobre la superficie sintética. Hombros tensos. Mirada al frente.

El maestro levanta la pistola de salida.

Bang.

El estadio rompe en gritos y los corredores salen. Desde el principio, él lleva un buen metro de ventaja. Siempre he corrido junto a él, solo se me han concedido visiones periféricas de sus movimientos, la amenaza de su paso junto a mí. Nunca he tenido la oportunidad de verlo en acción. Hace que parezca fácil. Sus zancadas son largas, consistentes, intencionales. Corre como si no hubiera gravedad, como si no hubiera resistencia.

La estrategia general en los mil metros es trotar, y así guardar energía para el final, pero él corre sin tregua alguna.

—A la mierda —escucho decir a alguien—. Carajo, hermano, está yendo rápido. Está yendo rápido.

—¿Qué se le metió?

Cuando Julius cruza la línea final, sin rivales alrededor, el ganador indiscutible, y el público enloquece, una sonrisa se posa sobre mi cara.

Pero me muerdo el labio hasta hacerla desaparecer cuando lo veo caminar hacia mí. De su cuello cuelga la medalla de oro, brillando con el sol. Se la quita, y me la extiende.

—Es tuya.

Pensé que estaba bromeando.

—Tú... Pero tú la ganaste. Tú deberías quedártela.

Él hace rodar sus ojos.

—Tengo tantas de estas en mi casa que ya no queda espacio.

—Vaya, ahora solo estás presumiendo...

—Solo digo la verdad.

—Yo...

—Solo tómala, Sadie.

Él da un paso hacia mí y me pone la medalla alrededor del cuello. Todavía conserva el calor de su cuerpo, y se siente suave al tacto cuando la giro, incapaz de apartar la mirada de su resplandor, del brillo del oro. Es más bonita que cualquier collar que haya visto en la vida. Abro la boca para darle las gracias, pero entonces añade, sin reparos:

—Considéralo la compensación por todos los premios que te he arrebatado.

La gratitud se me cuaja en la boca, y él se ríe de mi cara.

—De nada —dice.

—¿Por ser arrogante?

—También.

Pero acaricio la medalla con mi pulgar, y a pesar de que no logro descifrar su significado —un regalo, una compensación, una prueba de algo— es una de las mejores cosas que he recibido en la vida.

Capítulo XV

Al día siguiente, nos llaman a la oficina del director de nuevo.

Es lo mismo. La misma alfombra aburrida, el mismo par de sillas frente a su escritorio, el mismo aire sofocante. Los mismos nervios deslizándose en mi estómago. La única diferencia es la forma en que Julius me mira cuando me siento junto a él.

—Muy buenos días, capitanes —nos saluda el director Miller.

—Hola —digo con cautela.

—Se ve de maravilla hoy, director —dice Julius. Casi me impresiona su habilidad para halagar de forma tan descarada a la menor provocación. Es muy temprano para esto—. ¿Esa corbata es nueva?

El director se mira la corbata, negra y simple, idéntica a todas las corbatas que siempre le he visto usar. Parece que en cualquier momento pondrá a Julius en su lugar, pero entonces sonríe, cohibido.

—Sí, así es. Gracias por notarlo.

«Estás bromeando».

—¿A qué debemos el gusto esta mañana, director Miller? —pregunta Julius.

El director se recompone.

—Ah, claro. Sé que ha pasado un rato desde que tuvimos la conversación sobre su pequeño… incidente. —Su boca hace un gesto de disgusto, como si hubiéramos vandalizado su oficina, o agredido a la botarga escolar—. Solo quería tocar base con ustedes. ¿Cómo nos sentimos?, ¿cómo se la han pasado juntos?

—Sí, yo me la he estado pasando increíble —dice Julius.

Cuando volteo a verlo, sorprendida, él gira la cabeza de forma casi imperceptible y entrecierra los ojos un milímetro.

—Absolutamente increíble —afirmo, dándome cuenta de lo que pasa. Si podemos convencer al director Miller de que su plan funcionó, podremos dejar el incidente de los correos en el pasado y separar nuestros caminos—. Nos volvimos muy cercanos. Se podría decir que somos mejores amigos.

—Mejores amigos, de acuerdo —asiente Julius de inmediato—. Nos la pasamos juntos incluso cuando no estamos en la escuela. Ella es la primera persona en la que pienso cuando pasa algo bueno o malo. Incluso completamos nuestros…

—Problemas de Matemáticas —le digo—. Me ha ayudado mucho en clase.

—Tiene razón. La ayudo todo el tiempo.

Suelto una risa aguda.

—Aunque, claro, yo también lo ayudo bastante, ya que estoy más familiarizada con el programa de estudios…

—Pero solo porque yo estoy demasiado ocupado con las preguntas avanzadas. —La sonrisa de Julius es tan ancha que parece doler. Hay un músculo dando espasmos en su mandíbula—. Y porque no pienso que memorizarse el programa de estudios sea una forma eficiente de estudiar, aunque concedo que puede ser benéfica para aquellos con entendimientos básicos del contenido…

—Que es precisamente la forma de pensar que haría que algunas personas —digo con tono alegre, apretando mis dedos bajo el escritorio— pierdan tres aciertos en un examen importante y luego se quejen de que no se cubrió el tema, cuando en realidad estaba escrito en tinta y papel.

El director arruga las cejas.

—Todo esto para decir que Julius es increíble —añado rápido.

—Y que Sadie es la luz de mi vida —dice Julius, sonriendo, aunque hay algo raro en su tono. Algo que podría confundirse con sinceridad—. El sol de mi cielo, la fuente de mi alegría. Es la razón por la que me despierto emocionado por ir a la escuela. No pasa un día en que no dé las gracias por ella, por que exista, por que esté ahí, y yo pueda pasar junto a ella en los pasillos y escuchar su risa.

Me preocupa que haya llevado la ironía demasiado lejos, pero el director Miller parece convencido. No, incluso parece conmovido.

—Eso fue hermoso —dice el director, y tengo que obligarme a no torcer los ojos—. De verdad. Tengo que admitir, tenía mis dudas sobre si funcionaría entre ustedes dos, dada la naturaleza intensa de los correos, pero… bueno, siempre supe que se me dan los milagros. Supongo que es cierto que se me ocurren las mejores soluciones.

Mi mandíbula se desploma. No puedo creer que esa sea su conclusión.

—Tengo una última tarea para ustedes —dice el director—. Se acerca el viaje de graduación, y gracias a la retroalimentación de los estudiantes…

—¿Se refiere a cuando llevaron a la clase entera a una planta de aguas negras?

—Sí. —Se frota la cabeza—. Sí. Para ser claros, fue un caso de publicidad falsa y falta de comunicación, pero sí, a eso me refiero.

—Entendido.

—Por eso, para este año, queremos tener en cuenta la opinión de los estudiantes. Quiero que ustedes dos propongan sugerencias para el viaje, que sean sensatas y que se acoten al presupuesto. Sería fantástico si pudieran organizarlo cuanto antes y entregarme una propuesta mañana por la mañana.

—Espere. —Intercambio una mirada atónita con Julius. Por primera vez, parece que la línea de batalla está frente a nosotros, y no entre nosotros—. Mañana.

—Es correcto. —El director hace un gesto con la mano con la intención de alentarnos, pero parece más una amenaza con su puño. Siento como si ya me hubiera golpeado—. Buena suerte, capitanes.

—Llegas tarde —le digo a Julius en cuanto entra.

Agendé uno de los cubículos de estudio en la biblioteca para que lo usemos durante nuestro periodo libre. Las ventajas: hay una ventana arqueada que ofrece una vista de los jardines bajo nosotros, y las paredes son a prueba de sonido. También hay un pizarrón donde puedo pegar las fotos y los detalles de los destinos que he recopilado.

Las desventajas: es obvio que fue diseñado para ser usado por una sola persona, lo que significa que Julius tiene que apretarse entre una silla para llegar al espacio disponible junto a mí. Lo que significa que estamos mucho más cerca de lo que me gustaría. Lo que significa que tengo que respirar hondo y forzarme a enfocarme en el pizarrón, a no perderme en su cara.

—Recuerdo cuando al menos pretendías ser cortés —observa Julius mientras le da un trago a su café—. Me habrías ofrecido una sonrisa falsa primero, luego me habrías recordado la hora dando muchos rodeos, como: «¿Soy yo, o la escuela compró un reloj nuevo? El minutero se ve muy diferente». Ahora no tienes problemas para criticarme de frente. Es un verdadero progreso.

Yo prosigo, ignorándolo.

—¿Llegaste tarde porque fuiste a comprar café?

—¿Ves? —apunta hacia mí, como si le hubiera ofrecido evidencia valiosa para su argumento— Mucho más directa —dice antes de dar otro sorbo—. Y sí, felicidades, tu habilidad para identificar bebidas calientes es impresionante. Café oscuro.

Arrugo la nariz. El olor amargo es tan intenso que casi puedo sentir su sabor.

—¿Cómo puedes tomarlo así, sin leche ni azúcar?

—El sabor es estimulante —sonríe, sin levantar sus mirada oscura y afilada de mí—. Y quizás me gusta el reto.

—Suena masoquista.

—Un poco, ¿no? —responde. Luego se gira al pizarrón. Lo mira: mi trabajo duro, los recursos que preparé antes de tiempo, las notas detalladas y los cálculos. Pero solo lo hace por cinco segundos antes de decirme—. La playa no funcionará, por cierto. Deberíamos sacarla antes de avanzar.

—¿Disculpa?, ¿por qué no? —La playa era el destino más prometedor que me había encontrado. Solo está a dos horas de aquí, y el paisaje es hermoso: arena suave, olas turquesas, y hamacas colgadas entre palmeras. Incluso hice una lista de todas las actividades que podríamos hacer, desde voleibol de playa y surfear hasta recoger basura, lo cual no es tan divertido, pero en definitiva es bueno para el medio ambiente. El comité del medio ambiente podría escribir un artículo al respecto para el anuario.

—No lo tomes a mal, es lindo —dice mientras se encoge de hombros—. Pero ese es justo el problema. Es demasiado romántico.

Lo miro, inexpresiva.

Él suspira, como si yo estuviera siendo necia a propósito.

—¿Sabes cuál es el mayor miedo de los maestros con este tipo de viajes?

—¿Que uno de nosotros muera y la escuela se vea involucrada en una demanda larga y costosa a pesar del hecho de que hicieron que todos nuestros padres firmaran un documento que dice en letras pequeñas que la escuela no se hace responsable si nos lastimamos, si nos secuestran, o si morimos?

—Casi, pero no. Si morimos, es un inconveniente para ellos. Pero si «nos damos», es un inconveniente y además es incómodo.

La mayoría de los órganos en mi cuerpo dejan de funcionar.

—¿Qué...?

—Cuando digo nos obviamente no me refiero a... nosotros —aclara, y a pesar de su tono burlón, sus mejillas se enrojecen. Se está sonrojando. Es tan raro, tan poco usual de su parte. Es una debilidad visible, y la almaceno para usarla después—. Me refiero a… en general. Es una ecuación científica: la probabilidad de que un grupo de adolescentes desobedezca el toque de queda para colarse en las habitaciones de sus intereses románticos y besarse aumenta en cero punto cuatro cuando consideras que están en la playa.

—Te acabas de inventar eso —le digo—. Te lo acabas de inventar porque disfrutas discutir conmigo.

Él tuerce los ojos.

—No te eches tantas flores. Solo digo lo que sé que es verdad —dice mientras alarga el brazo para quitar el volante de la playa del pizarrón.

Con un movimiento veloz, pongo mi mano sobre la suya. Obligo a sus dedos a separarse. Ignoro el calor de su piel contra mi palma.

—Se supone que nos pongamos de acuerdo sobre lugar del viaje. Y no estoy de acuerdo contigo.

—¿Cuándo has estado de acuerdo conmigo? —murmura. Pero sacude su mano y se libera de la mía, lo que debería ser satisfactorio, no hiriente.

—No digo que no sería un problema si el viaje se vuelve… un ritual de apareamiento —le digo—. ¿Pero en verdad la playa conduce a eso?, ¿quién dice que tiene que ser romántica?

—No lo sé —dice con sarcasmo, fingiendo pensar—. Solo cada película y libro y canción de la última década. —Debe notar el escepticismo en mi cara, porque entonces gira su cabeza un poco. Suspira de nuevo—. Muy bien, ya que te hace falta imaginación, déjame ayudarte. Se está poniendo el sol. El cielo es de un rosa brillante, el aire está lo suficientemente cálido como para quitarte el suéter y ponerlo en la arena como una toalla. Puedes escuchar las olas romper contra la playa, puedes saborear el aire salado. Alguien está reproduciendo música desde su celular. Estás sentada junto a la persona que te ha provocado mariposas en el estómago todo el semestre, cuando una brisa desacomoda tu pelo. Él estira la mano y…

Julius me da una demostración, levantando su mano y peinando un mechón de pelo detrás de mi oído, rozando mi piel con la yema de sus dedos. Es un movimiento diminuto, breve, ligero. Soy patética por notarlo. Pero siento un latido agudo resonar por mis costillas con tanta intensidad que casi duele. Mi cuerpo sobrerreacciona como si estuviera en peligro mortal. Mi corazón late más y más rápido hasta que no puedo soportarlo. Cierro los ojos para escudarme de la emoción, y cuando los abro, me está mirando, con la mandíbula tensa.

Traga saliva, una sola vez.

—No... No veo tu punto —logro decir, y mi voz es más fuerte de lo que quería.

Él levanta las cejas. Su mano sigue detrás de mi oído.

—¿No?

Me toma muchísima fuerza hablar.

—No. Y... —Me trago el nudo en mi garganta. Me concentro en mantener un tono indiferente—. Creo que no le estás dando crédito a nuestros... compañeros. Tienen «algo» de disciplina, sabes. No es como que vayan a querer escaparse a otra cabaña para besarse solo porque hay una vista increíble y alguien tocó su cabello...

—¿Ni siquiera si hicieran esto? —pregunta en voz baja, y se inclina hacia mí. De repente, está demasiado cerca. Estoy paralizada y él hace una pausa a propósito, con la boca a milímetros de mi cuello. Puedo sentir su respiración en la piel—. ¿Quieres que siga demostrando?

Un sonido bajo y rasposo sale de mi boca. Podría ser una protesta o una súplica, no lo sé. No sé nada en este momento.

—¿Qué dijiste, Sadie? —insiste, bajando su boca un centímetro más...

Lo empujo.

—Ya entendí. —Mi corazón sigue latiendo con desenfreno, y hay un ardor quemándome las venas. Pero más que sentir miedo por lo que estuvo a punto de ocurrir, me siento decepcionada de que no haya ocurrido. Y temo que de alguna forma él pueda sentir mi decepción, el ardor en mi piel donde su boca se encontraba hace unos segundos. «Solo es atracción física», me recuerdo. Debe ser algún tipo de efecto secundario lamentable del beso en la fiesta—. Ya entendí, ¿bien? No tenías que demostrarlo de forma tan desagradable.

Algo cambia en su gesto. Luego sonríe, y se ve tan arrogante como siempre.

—¿Entonces admites que tengo razón?

—Sí, vale, como sea —replico. Perdí la discusión, pero se siente como si hubiera perdido más que eso—. Escuchemos tu propuesta, pues.

—Es justo eso lo que debimos haber hecho desde el inicio—. Da un paso atrás y comienza a buscar lugares en su celular con la energía de alguien en una junta de negocios. Yo me quedo pensando si aluciné los últimos cinco minutos. Lo único que queda de evidencia es mi pulso acelerado y el cabello detrás de mi oreja—. ¿Qué hay de esto? —me pregunta, mostrándome una foto en su pantalla.

Es un retiro en medio de unas montañas a tres horas de aquí, y todos los pisos y paredes están hechos de vidrio. Además, se encuentra a dos mil pies sobre el valle, con una terraza «al aire libre» en el techo. El sitio web describe la vista como «estremecedora», y en mi cabeza lo traduzco como «aterrador».

—¿Te das cuenta de que hay al menos cinco personas en nuestra generación con miedo a las alturas, verdad? —le pregunto.

Él ni siquiera se inmuta.

—Es justo lo que necesitan. Hay estudios que avalan la terapia de exposición, ¿no es así?

—¿Cómo puedes ser tan insensible? —le exijo.

—No soy insensible, tú solo eres suave.

Aprieto la mandíbula.

—Quieres decir considerada. Responsable.

—Quiero decir llena de una fútil y obstinada obsesión por hacer feliz a todo el mundo —corrige.

—¿Y qué tiene? —Le regreso su celular con un empujón— Este es el último viaje que tendremos juntos como generación antes de graduarnos. Quiero que todo el mundo tenga el mejor viaje de su vida, y eso no va a ocurrir si algunas personas no se sienten seguras caminando de un cuarto al otro. ¿Y ya leíste las reseñas? Necesitas un casco y un arnés solo para dormir.

—Eso resuelve el problema de los posibles besuqueos.

—No estés tan seguro. A algunas personas les gusta eso.

Por un momento parece sorprendido. Luego se muerde el labio, y sus hombros comienzan a sacudirse tanto que parece que va a caer al suelo. Su voz está cubierta de diversión cuando avanza de nuevo, con la cabeza de lado, diciendo:

—Vaya, nunca pensé que eras de ese tipo.

—Cállate —le gruño—, solo estaba estableciendo un punto.

—Yo igual.

—Tu punto no es convincente —le digo, sacudiéndome su mirada—. Regresemos al pizarrón.

—Tu deseo es mi orden —me dice con ternura. Con suficiente ternura como para que yo me quede viéndolo y que se me olviden mis pensamientos y caiga en su trampa. Comienza a reírse de nuevo, y mi cara se calienta—. ¿Te gusta eso, no es cierto? Entonces sí eres del tipo....

Giro mi cabeza y me escudo detrás de mi computadora. Nos la pasamos lo que queda del periodo discutiendo por cada opción posible. Yo sugiero una granja; él dice que preferiría un lugar sin la posibilidad de pisar heces de animal. Él me muestra el sitio de un hotel de precio «asequible» de cinco estrellas en el centro de la ciudad; yo le recuerdo que solo sería asequible si la escuela vendiera drogas o donara nuestros riñones, lo que se transforma en una tangente sobre cuál maestro tiene más pinta de vendedor de drogas (ambos acordamos que es el señor Kaye, y me doy cuenta de lo deprimente que es que eso sea lo único en lo que nos podamos poner de acuerdo). Yo propongo viajar a un parque nacional, él dice que no le gustan los parques.

—¿Por qué estás siendo tan difícil, Julius?, ¿no escuchaste al director? En cuanto terminemos con esta propuesta la tortura se acabará y seremos libres al fin. No tendremos que volver a cruzar palabra nunca jamás.

Una expresión extraña se posa sobre su cara.

—Lo sé.

—Entonces…

—Que sea este lugar —me dice con un tono seco. Apunta a un retiro junto a un lago que yo elegí y que él rechazó, diciendo que el mensaje en su página de inicio era «demasiado amistoso».

Me quedo en blanco.

—¿De verdad? Eso es… ¿estás de acuerdo?

—Sí. ¿Por qué no? —Se pone de pie y toma su café sin mirarme. Y a pesar de que debería estar feliz de que hayamos terminado el último encargo del director, feliz de deshacerme de él, siento más bien como si me hubiera tropezado en las escaleras. Antes de que pueda descifrar lo que siento, él se gira antes de salir y solo dice:

—Felicidades, Sadie. La tortura se acabó.

Capítulo XVI

«La tortura se acabó».

Son las últimas palabras que Julius me dirige en más de un mes. Y son ciertas. O se supone que son ciertas. Después de entregarle la propuesta final al director Miller, él no menciona ninguna otra tarea para los dos. Regresamos a nuestras vidas, a nuestros horarios ajustados y rutinas. Nos movemos como dos planetas en órbita: llevamos la misma trayectoria, pero jamás nos tocamos.

La única vez que rompe el silencio es cuando recibimos nuestros exámenes de matemáticas.

—¿Cuánto sacaste? —dice, girándose en su asiento para ver mi resultado.

Yo aplasto mi examen contra la mesa, boca abajo, e intento contener mi sorpresa. Intento controlar el latido de mi corazón. Ha pasado tanto tiempo desde que hablamos que me siento demasiado consciente de mí misma, desincronizada del ritmo que llevábamos.

—No te voy a decir. —En realidad, no me importa mostrarle: saqué un cien cerrado. Solo quiero hacerme la difícil. Quiero que me siga hablando.

Me sorprende la intensidad con la que me mira. Está sosteniendo su examen con tanta fuerza que comienza a arrugarse.

—Te diré lo que saqué si tú me dices lo que sacaste.

—¿Lo prometes?

Su mirada es afilada.

—Por supuesto.

—Vale. —Mi cara se relaja y aparece la sonrisa de mi satisfacción—. Saqué cien.

Las esquinas de sus labios se desmoronan, es un movimiento sutil, una muestra diminuta de molestia, pero él solo se gira de vuelta.

—Oye —le reclamo—. Oye, ¿no me vas a decir lo que sacaste?

—Preferiría no hacerlo.

La sangre me hierve.

—Literalmente me lo prometiste hace dos segundos.

—Estaba cruzando los dedos —dice.

—¿Estabas qué?

Él levanta sus dedos para mostrarme.

—¿Ya ves? No cuenta.

—Ya veo —rezongo—. Muy maduro.

—Es tu culpa —me dice—, por creerme en primer lugar.

A pesar de lo molesto que está siendo, una parte de mí lo agradece. Esta es la versión de él, de nosotros, a la que estoy acostumbrada. Quizás todo siga igual.

—Solo muéstrame, Julius —le exijo.

—No.

—Entonces no me culpes por esto. —Antes de que pueda reaccionar, me lanzo sobre el escritorio y le arrebato el examen. Voy a la primera página, esperando el mismo puntaje que yo, o un 98 si acaso…

86.

Me quedo mirando el número en tinta roja, intentando descifrar cómo lo imposible se ha vuelto posible. Tengo que cerciorarme de que no estoy sosteniendo el examen boca abajo. Es el puntaje que haría feliz a alguien como Ray. Si Georgina sacara un 86, sus padres le comprarían un carro nuevo. Pero ambos sabemos que cualquier resultado que comienza con el número ocho es deplorable. Apenas está por encima del promedio. Es una abominación.

—¿Feliz? —me contesta, tomando su examen de vuelta. Tiene un tendón marcado en el cuello, y cubre sus resultados con la mano como si fueran una cicatriz horrible.

—Lo... Lo siento —tartamudeo, sin saber qué hacer, cómo reaccionar—. No lo sabía... Solo estaba...

—Regodéate —me dice, con un filo en la voz—. Vamos. Hazlo. Es lo que yo haría.

A pesar de que también es lo que yo hubiera hecho hace un mes, no tengo ganas de regodearme en absoluto.

—Julius...

Desde el pizarrón, el señor Kaye nos llama la atención para comenzar su clase, y nuestra conversación termina. Julius no se gira de nuevo. Y así, sin más, regresa el silencio, la cortina pesada que cae entre los dos. Dura el resto de la clase, luego el resto del día, luego el resto de la semana. Es curioso lo fácil que puede cambiar mi definición de tortura.

Tengo los ojos pegados a la puerta de la panadería, pero nadie entra.

No hemos tenido clientes hoy, seguro por el clima. No está lloviendo para ser exactos, pero cada tanto una nube oscurece el cielo y deja caer unas gotas que solo alcanzan a mojar el cemento. Como si el cielo no pudiera decidirse.

En la luz tenue y gris, apilo las bandejas, limpio las vitrinas y alineo nuestros nuevos pasteles de fresa detrás del mostrador. Mi mamá salió temprano para reunirse con un contador, y nos dejó a Max y a mí a cargo de la panadería. Bueno, yo estoy a cargo de la panadería. Max está viendo un juego de basquetbol en su celular y comiendo una tarta de huevo.

—Tengo que preguntar —le digo—. ¿De verdad no tienes tarea? ¿Nunca?

—Nop —responde él sin levantar la vista.

—No te creo.

—¿Entonces por qué preguntas?

Me tallo la cara. Cualquier otro día dejaría de lado el asunto y lo dejaría gastar su tiempo como él quisiera. Pero hoy me siento más irritada que de costumbre.

—¿Podrías al menos intentar ser productivo, entonces? No sé, ¿ayudar un poco con la tienda?

—Cielos, sí que has estado de malas últimamente —dice Max, y por fin deja su celular. Se limpia las moronas de tarta y se inclina hacia delante en su lugar—. ¿Te rechazó un chico o algo así? Si fue eso, puedes decirme. Yo me encargo de él.

—Preferiría que te pusieras a limpiar una mesa —le digo, luchando por mantener mi gesto inexpresivo, a pesar de que puedo sentir cómo se calienta mi piel.

—Vamos, no hay por qué llegar a extremos —dice Max—. La última vez que limpié una mesa, tú y mamá me gritaron por usar el trapo incorrecto.

—Era el trapo que usamos para fregar el piso…

La puerta se abre tras de mí, y me doy la vuelta por instinto, lista para saludar al cliente…

Hasta que me doy cuenta de quién es.

Julius Gong está parado en la entrada. Todavía lleva el uniforme de la escuela, pero sin saco, y la corbata está floja, colgando del cuello blanco de la camisa. Se ve distinto, pero no puedo explicar por qué. Quizás es su postura. O la arruga entre sus cejas. La sombra debajo de sus ojos.

—¿Por qué estás aquí? —exclamo.

Se cruza de brazos, no sin que antes se dibuje en su cara el inicio de una emoción compleja.

—¿Qué no puedo estar aquí? —resopla— Estaba en el vecindario y quería comprar pan. Obviamente no sabía que tú estarías aquí.

—Obviamente —repito, avergonzada por mi suposición inicial. Por supuesto que no estaría aquí por mí. De hecho, apostaría a que, si él hubiera sabido que yo estaba aquí, habría conducido veinte kilómetros con tal de encontrar otra panadería.

—¿Vas a rechazar a un cliente? —me pregunta, levantando una ceja—. Estoy bastante seguro de que podría presentar una denuncia por eso.

Me muerdo la lengua. La idea de tenerlo cerca mientras trabajo me llena de una ansiedad muy específica. Pero el negocio es el negocio. Así que pongo una sonrisa de vuelta en mi cara y señalo los estantes con ambas manos.

—¿Qué podemos ofrecerle el día de hoy?

—Veamos… —Recorre toda la panadería. Pasa los bollos de taro, los rollos de pizza y las empanadas de coco. Hace una pausa, se detiene a inspeccionar los mostradores. Levanta la mano, como si fuera a elegir algo, luego la baja. Después camina, y repite el proceso.

Tras diez minutos, pierdo la paciencia.

—¿Estás aquí para comprar pan o escoger esposa?, ¿qué te está tomando tanto tiempo?

—Lo último.

—No puede ser… —Inhalo profundo. Repaso todas las reglas básicas de servicio al cliente que he aprendido: «Manténgase abierto a la retroalimentación tanto positiva como negativa. Tómese el tiempo para saber lo que su cliente espera de usted. No ponga excusas, ofrezca soluciones. No empuje su cliente a la repisa de cubiletes de mango en la esquina, incluso si el cliente se está comportando como un niño inmaduro…».

—¿Es tu hermano? —pregunta, mirando a Max por encima de mi hombro.

—Me temo que no le damos detalles personales a nuestros clientes —le digo con dulzura—. Si pudiera enfocarse solo en lo que necesita…

—Sí, lo soy —dice Max, levantándose de la silla. «Traidor». Mira a Julius de pies a cabeza como si estuviera midiendo a su oponente antes de enfrentarlo en el cuadrilátero—. ¿Quién es este tipo?

—Nadie —digo yo.

—Julius —dice Julius. Bien podría estar hablándole al aire—. Voy a la escuela de Sadie. Quizás has escuchado hablar de mí.

Max arruga la frente.

—Lo siento, *bro*. No me suena. —Antes de que tenga un segundo para sentirme agradecida, sus ojos se entrecierran—. Espera un segundo… ¿Tú eres el que rechazó a mi hermana?, ¿por eso es que ha estado de tan mal humor?

—¿Qué? —protesto.

—¿Qué? —pregunta Julius, paralizado, mientras voltea la mirada a mí.

—No lo escuches, está inventando cosas —le digo, plantándome con firmeza entre ellos—. Max, regresa a ver tu juego de básquet. Y Julius, solo… quítate de enfrente.

Julius levanta el mentón.

—¿Y si yo también quiero mirar el juego? Soy fan de… —Hace una pausa mientras mira el celular de Max en la mesa—. …de los Cazadores también.

Estoy anonadada, pero Max se relaja y ofrece una sonrisa gigantesca.

—*Bro*, debiste haber empezado por ahí. Venga, venga, siéntate.

—¿Qué estás haciendo? —le murmuro a Julius mientras avanza para sentarse junto a mi hermano. No hay forma de que esto esté ocurriendo de verdad. No estaría haciendo esto si no fuera para hacerme enojar— Ni siquiera te gusta el básquet.

Hace una pausa.

—La gente puede cambiar —me dice con un tono afilado—. Tú cambiaste.

—Cómo he…

—Has estado de mal humor por un chico, por lo que he escuchado —me susurra en el oído. Puedo sentir el calor en el cuello, concentrado en el lugar donde están sus labios—. ¿Quién es?, ¿lo conozco?

—Ya te dije, no es nadie. No le hagas caso a mi hermano.

Es claro por su gesto que no me cree.

—Bien, piensa lo que quieras pensar —le gruño, dándome la vuelta—. Tengo otras cosas que hacer.

El cielo comienza a despejarse mientras paso la escoba y preparo el siguiente lote de tartas de huevo. Lo que quedaba de la lluvia se seca, las nubes se vuelven rizos rosados sobre el horizonte, tan delgadas que parece que podrían desaparecer con un aliento. La luz dorada del sol se filtra por las ventanas, iluminando la mesa donde están sentados Julius y Max. Pero no les estoy prestando atención muy seguido. No es como que me voltee a verlos cada tanto ni que me dé cuenta de la forma en que Julius se pasa la mano por el cabello de forma tan casual.

Para nada.

A medida que el clima mejora, los clientes comienzan a llegar. Una mujer mayor con bolsas llenas de pitahayas y carne marinada. Una madre y sus dos hijas que dejan sus caras marcadas sobre la superficie de la vitrina. Una chica linda, más o menos de mi edad, que tiene un gran estilo a pesar de llevar solo una camisa blanca y la falda de su escuela. Se me hace conocida, y tras un momento me doy cuenta: es la chica quien estaba siendo *stalkeada* por el tipo que se rehusó a correr en el Carnaval de Atletismo.

No parece interesada en el pan. Desde que entra, su atención se posa en Julius y se dirige hacia su mesa.

—¿Academia Woodvale, cierto? —pregunta la chica, señalando su uniforme, como si la respuesta no estuviera bordada en las mangas.

Julius levanta la mirada de la pantalla. Le ofrece una sonrisa. A mí se me traba la mandíbula.

—Así es.

—Siempre escuché que los chicos de Woodvale eran más guapos —dice ella, quitándose el copete de la cara—. Pero yo pensaba que eran puras exageraciones.

Julius se ríe y a mí me asalta un deseo de violencia. Mis uñas se hunden en el mostrador cuando él se gira para hablar con ella de frente.

—No sé si me reconozcas —prosigue la chica—. Muchas personas me siguen en redes. No digo que sea famosa, pero, tipo, tampoco «no» soy famosa.

—La verdad es la primera vez que te veo —dice Julius.

A ella no parece importarle.

—Bueno, nunca es demasiado tarde. Si quieres buscarme… —dice con una mano extendida, para que Julius le dé su celular.

Esperaría que le dijera que no. No es la primera vez que una chica ha mostrado interés en él, famosa o no. En octavo, les gustaba a casi todas porque era el más rápido en Educación Física y podía abrir cualquier botella con las manos. En noveno, todas lo amaban porque lo invitaron a alguna sesión fotográfica para la escuela, y en las fotos daba envidia ver lo hermoso que salía, con las mangas dobladas, con el cabello negro y largo sobre sus ojos. En décimo, todas lo querían solo porque existía. No parecía importarle mucho nadie en específico, lo cual le daba un aire inalcanzable. Porque había crecido diez centímetros y sus hombros eran más amplios y su mandíbula estaba más definida. Tenía una forma de hablar como si todo lo que dijera importara de verdad.

Y a pesar de que siempre le ha gustado la atención, nunca se ha interesado en tener una relación.

Es por ello que me sorprende tanto ver cómo saca su celular y se lo da a la chica. Me mira mientras la chica escribe su nombre, como si quisiera asegurarse de que estoy viendo, y entonces recuerdo lo mucho que lo odio. Es un odio físico que se siente como si alguien me estuviera atravesando el pecho a puñetazos. El odio hacia él me provoca comezón en las encías.

—Esta es mi cuenta —explica ella, como si Julius nunca hubiera usado un celular en su vida—. Ya me puse *follow*. Las últimas fotos en la playa son supervergonzosas, tipo, todos los comentarios dicen que me veo muy linda, pero no sé cómo sentirme sobre mi bikini….

—Lamento interrumpir, pero ya vamos a cerrar —les anuncio. Es cierto. Bueno, técnicamente, cerramos en dos minutos y medio, pero todos los otros clientes ya se han ido.

La chica me mira. Julius solo sonríe.

—Supongo que mejor me voy, entonces —dice la chica, y me mira con tanta amabilidad que me siento mal. Casi quiero retractar mis palabras, invitarla a quedarse más si de verdad quiere, hasta que pone su mano sobre el hombro de Julius, apretando la camisa con sus dedos, y añade—, me puedes mandar mensaje cuando quieras. Hoy, por ejemplo.

Julius todavía me está mirando, sonriendo, cuando dice:

—Lo tendré en cuenta.

Julius no se va.

Incluso después de que le doy vuelta al letrero de la puerta, después de que apago las luces principales, o cuando le digo, con firmeza:

—Deberías irte.

Se pone de pie, pero solo para recargarse contra la pared.

—¿Vas a obligarme?

—Puedo —le digo—. Ya no eres un cliente. Puedo hacer lo que sea.

Su postura no cambia.

—Hazlo, entonces. Haz lo que quieras.

Una oleada de ira rompe contra mí. Estoy considerando arrastrarlo a la fuerza cuando noto la postura de su mandíbula. El brillo de sus ojos. Me está provocando. Pero no es solo eso… es como si estuviera buscando una pelea, o una distracción. Recuerdo cómo se veía cuando entró a la panadería, y dudo unos segundos.

Pero él parece notar el cambio en mí. Sin pensarlo, se retrae.

—La verdad no planeaba quedarme mucho tiempo de todas formas —dice, levantándose de la pared—. Te veo en la escuela.

—Oye…

Sale de la tienda sin decir una palabra, dejándome atrás con la cabeza dando vueltas, como si hubiera estado estudiando de último minuto para un examen final. Hay demasiado ruido, demasiados hechos confusos. Ni siquiera compró pan.

—Le gustas —dice Max detrás de mí.

—¿Disculpa? —respondo, sobresaltada.

—No paraba de voltear a verte —me dice, con una sonrisa pícara—. Treinta veces, al menos. Las conté.

—No sabía que podías contar tanto —le digo a secas, para esconder mi pulso acelerado.

—Es en serio. Y la verdad te podría ir peor. Es fuerte como tú, es alto, es guapo…

—No voy a tener esta conversación —le anuncio—. Y para que quede claro, estás equivocado. Seguro solo estaba mirando una mancha detrás de mí. Todas las veces que yo volteé, estaba viendo el juego contigo —le digo, señalando la mesa en la que estaban sentados, luego me detengo. El celular de Julius sigue ahí, boca arriba. Estaba tan decidido a irse que debió de haberlo olvidado. Me doy media vuelta, miro por la ventana, pero ya está a media cuadra de distancia, alejándose en la oscuridad.

—Ahora vuelvo —le indico, tomando el celular. Al hacerlo, no puedo evitar notar que el perfil de la chica se quedó abierto… Pero Julius ya no la está siguiendo. Siento como si pudiera respirar de nuevo, y el alivio resultante es tan fuerte que es vergonzoso. Completamente irracional.

Y aun así mi cuerpo entero se siente más ligero mientras abro la puerta y corro tras de él, despeinada por el aire del atardecer. La mayoría de los restaurantes siguen abiertos a esta hora, y la luz anaranjada de su interior se desborda en forma de rectángulos sobre la acera.

Doy la vuelta en la esquina y me detengo.

Julius está de pie junto a un carro deportivo. Por un breve y ridículo momento, pienso que le pertenece a una de las tías a quienes le enseñamos la escuela. Pero no, este carro es aún más caro, es tan nuevo que resplandece. Las ventanas están abajo, y puedo ver la cara indistinguible del hermano de Julius. No está sonriendo esta vez; está arrugando las cejas, y su gesto es uno de molestia.

— ...puedes salir como un niño pequeño cada vez que quieras —está diciendo James—. Ni que fuera para tanto. Papá solo te estaba dando un consejo...

—¿Cómo me encontraste? —exige Julius. Me está dando la espalda, no puedo ver su cara, pero el frío en su voz queda claro.

—No se necesita ser un detective, Ju-zi. Vi tu historial de búsqueda.

—Mi... —Julius se tensa—. Eso es privado.

—Cálmate, no es como que hayas buscado un prostíbulo. Es solo una panadería. ¿Por qué te agitas tanto?

Estamos fuera del alcance de las luces de los restaurantes, así que doy un paso en silencio, escondida detrás de un árbol. No quiero espiar. No es mi intención. Pero las palabras vuelan alrededor de mí como avispas. «Historial de búsqueda». «Privado». ¿Había estado buscando una panadería?, ¿esta panadería?

—De verdad no tenías que venir —dice Julius.

—Sigues molesto —observa James, bajando las ventanas un poco más—. ¿Por qué? Solo queríamos saber porqué básicamente reprobaste tu examen de mate. Es un poco alarmante. Sigues dejando que esa chica Sadie sea mejor que tú...

Mi corazón golpea contra mis costillas.

Están hablando de mí.

—No dejo que haga nada —replica Julius, e incluso en la oscuridad puedo ver la forma de sus nudillos cuando empuña sus manos—. Es inteligente, ¿vale? Es una fuerza formidable. Ella hace lo que quiera y nada puede pararse en su camino. Ni siquiera yo.

—¿Eso es todo? —pregunta James. Hay algo en su tono, algo que hace que mi próximo aliento sea demasiado corto, algo que me hace querer vomitar el corazón.

Julius lo detecta también.

—¿Qué estás diciendo?

—Digo, ¿seguro que no tiene que ver con la forma en que actuabas cuando estabas con ella en la librería? Me di cuenta de cómo la veías. Nunca lo había visto antes, pero…

—Estás equivocado —dice Julius con frialdad.

—Espero estarlo —le dice James—. Es tu último año de escuela. Es el inicio del resto de tu vida, no puedes darte el lujo de cometer errores. No espero que te saques la beca completa para Harvard y que seas todo lo que yo he sido, pero vamos. Nuestra familia tiene estándares. Odiaría verte distraído por una chica, y que todo tu trabajo sea para nada…

—Eso no es…

—Porque tendrás mucho tiempo para chicas cuando entres a la universidad, ¿sí? Ahí habrá chicas mucho más bonitas. No es el tiempo ahora. Hay que tener prioridades. Y lo entiendo. De verdad. Si se trata de atracción física… Si tienes que «dártela» una vez para sacarlo de tu sistema y poder enfocarte en lo que importa, claro que…

—Deja de hablar de ella —lo interrumpe Julius, y la amenaza en su voz casi me hace retroceder a mí. Incluso James titubea—. No la arrastres a esto. Ya te dije. Si me fue mal en el examen fue mi culpa. Estudiaré más. Seré mejor.

—Solo te estoy diciendo —James golpea el tablero del coche con los dedos—. Yo nunca tuve problemas así a tu edad. Nunca quedé en segundo lugar en nada. Si fuera tú, me daría vergüenza.

No puedo explicar lo que sigue.

Es como si alguien hubiera encendido pólvora en mi torrente sanguíneo, como si alguien hubiera tomado control de mi cuerpo. Solo puedo ver el dolor en la mirada de Julius, la forma en que su cabeza cuelga, y enloquezco un poco.

Abandono mi escondite en el árbol y me dirijo al coche, con las manos hechas puños a mi lado, con el pulso acelerado.

—Para tu información —exclamo, y mi voz es tan fuerte que por un momento no la reconozco—, Julius es uno de los mejores estudiantes de la generación.

Julius me mira, atónito.

—¿Sadie? ¿Qué estás...? —Se sonroja, y su mirada alterna entre su hermano y yo— No tienes que hacer esto.

—Cállate, Julius —le respondo—. Estoy hablando.

—Sí, déjala hablar —dice James, girando la cabeza y mirándome como si fuera una pregunta adicional al final de un examen—. Es bueno verte de nuevo, Sadie Wen. No esperaba que fuera bajo las presentes circunstancias...

Yo lo interrumpo.

—Te equivocas sobre Julius. No le ha ido mal en un solo examen en los diez años que lo conozco. Es presidente de cada club al que se postula. Es el único que ha conseguido que sus compañeros lo ovacionen por una presentación en Inglés. Y si queda en segundo lugar, no es porque no sea lo suficientemente bueno... Es porque yo soy mejor.

Julius se aclara la garganta.

—¿Este discurso es sobre ti o sobre mí?

—¿No puedes dejar de molestar cuando literalmente te estoy defendiendo? —le siseo.

—Sí, bueno, parece que te estás distrayendo...

—Tú eres el que se está distrayendo —Cierro los ojos. Me paso la mano por el cabello. Me enfoco de nuevo—. Lo que estaba diciendo es que a pesar de lo molesto que puede ser Julius, lo cobarde y poco sincero, todos los que lo conocemos sabemos que está destinado a grandes cosas. A través de su necedad y capacidad para manipular, logrará grandes cosas.

James mira a Julius con escepticismo.

—¿Segura que estamos hablando de la misma persona?

—Quizás no conoces a tu hermano tan bien como creías —le digo con frialdad. Nunca he estado así de enojada. Tengo tantas ganas de destrozar su coche con un martillo. No, eso es mentira:

Julius sí que logra hacerme enojar así. La ironía es que, por primera vez, no estoy enojada con él, estoy enojada por él porque la única persona que puede atacarlo soy yo.

James se queda en silencio un momento, luego se ríe, se ríe demasiado, y el eco de su risa resuena por la calle.

—Qué conmovedor, mi hermanito tiene una chica que sale a defender su dignidad. Esto es muy dulce.

—No se trata de su dignidad —le digo, articulando cada palabra—. Se trata de la mía. Al insultar a mi competencia, me estás insultando a mí.

Él levanta las cejas.

—Es una declaración atrevida.

Usualmente, ese tipo de acusación me desinflaría. Me haría sonrojarme y detenerme. Tragarme mis palabras, regresar el espacio que he ganado. Pero la adrenalina sigue corriendo por mis venas, y es distinto cuando estoy hablando por los dos. Ahora que, Dios sabe cómo ocurrió esto, estamos en el mismo equipo.

—¿Y qué tiene?

James se ríe de nuevo, y abre la boca tanto que puedo ver sus muelas.

—Supongo que ya veremos si tienes razón al final del año, ¿no? —Luego mira a Julius y lo llama con dos dedos—. Se acabó el recreo. Sube al auto.

—Espera —le digo, recordando—. Tu celular. Lo olvidaste.

Extiendo el celular, y Julius lo toma con mucho cuidado, pero su mano roza la mía, el contacto más mínimo y que de alguna forma se siente total. Titubea. Me mira. Un millón de emociones se dibujan en sus ojos, cada una atada a la otra: gratitud y resentimiento por su gratitud, y algo más.

—Sadie —me dice en voz baja para que solo yo pueda escucharlo—. Yo…

Los faros del coche se encienden, y la luz blanca me ciega unos momentos. Me cubro la cara con una mano, entrecerrando los ojos.

—Súbete —repite James—. Vamos.

Los labios de Julius se abren como si fuera a decir algo, pero termina conformándose con asentir. Las puertas se cierran, el motor se enciende. Mientras se alejan, creo que lo veo girarse en su asiento y mirarme.

No puedo dejar de pensar en él.

Es horrible. Poco productivo. No es natural. Y francamente, me enfurece. No tiene derecho a ocupar tanto espacio dentro de mi cabeza. Y aun así, cuando llego a casa con Max y me encierro en mi cuarto con la intención de completar mi tarea de Historia, termino mirando la pared por once minutos.

—Basta —me gruño a mí misma, tallándome la cara—. Contrólate.

Mi cerebro siempre ha sido disciplinado. Me resulta fácil separar mis emociones, separar la información necesaria de lo que es basura, etiquetar lo bueno y lo terrible. Julius, en definitiva, pertenece a lo terrible.

Pero esta noche mi cerebro me traiciona. Incluso cuando intento distraerme haciendo el doble de abdominales, con la esperanza de que el cansancio físico calle mi cerebro, solo consigo que me duelan los músculos.

Como una obsesión, como un mal hábito que no puedo cambiar, me imagino cómo fue el camino a casa para él. ¿Seguiría peleando con su hermano?, ¿hablarían de mí de nuevo?, ¿se preguntará por mí?

Finalmente, me rindo y le mando un mensaje a Abigail. Solo dos palabras: «vestido azul».

Es el código que tenemos para emergencias, ya sea rompimientos, malas calificaciones o reuniones familiares aburridas. Significa: «Ayuda». Significa: «Deja todo y habla conmigo». Se nos ocurrió una vez que salimos de compras y mi vestido se abrió de la parte de atrás. Abigail corrió a la tienda más cercana a comprarme una chamarra para cubrirme. Nunca había visto a alguien sacar su tarjeta de crédito tan rápido.

Abigail me llama después de dos minutos y medio.

—¿Sí, querida? ¿Qué incendio hay que apagar?

—¿Estás ocupada?

—Estoy en mi cuarto —dice, y alcanzo a escuchar el sonido de la puerta al cerrarse, la tela de sus almohadas—. Si estás a punto de decirme que robaste un banco, nadie escuchará.

—No es eso —le digo con una risa débil. Casi desearía que fuera eso. Sería menos complicado—. Es solo... —Hago una pausa, sin saber cómo articular lo que estoy sintiendo, ya que ni siquiera puedo descifrarlo por mi cuenta—. ¿Cómo sabes si... ya sabes?

—Em, ¿no?

Aprieto los ojos. Me arranco las palabras de la lengua.

—¿Cómo sabes si... te gusta alguien?

—Oh. —Su tono cambia de inmediato. Puedo escuchar cómo sonríe—. Va a ser una de «esas» conversaciones. Hace años que no te gusta nadie.

—Quizás no tanto —me apuro a decirle, enderezándome en mi silla—. Solo estoy... Confundida. Y estuve en el frío esta noche así que podrían ser solo síntomas de fiebre...

—No tienes que dar explicaciones. Déjame preguntarte una cosa: ¿piensas mucho en él?

—No mucho...

—Tu voz siempre se pone aguda cuando mientes —observa—. Esto no va a funcionar si no eres honesta.

—Está bien. Está bien, entonces, ¿quizás? —Pongo el celular junto a mi oído y considero la pregunta como si fuera el tema de ensayo para un examen— En las mañanas, cuando estoy a punto de entrar al salón, sí... me pregunto por él. Mi corazón se acelera y me asalta un enojo irracional cuando lo veo, pero cuando no lo veo, me siento decepcionada. Y cada tanto, cada quince minutos más o menos, me da curiosidad saber qué está haciendo.

Y cuando hablamos, siempre me pongo a sobreanalizar todo lo que dijo, y todo lo que yo dije. Quiero que piense bien de mí. Quiero ser mejor que él, pero también quiero impresionarlo…

—Odio decírtelo, pero no suena como que solo «te guste» esta persona —me informa—. Suena superserio, Sadie.

—No —protesto, apanicada—. No, no lo es. No puede serlo. Digo, ¿no sentiría todas esas cosas también si lo odiara?, ¿cuál es la diferencia entre querer a alguien y detestar a alguien? Fisiológicamente, ¿cómo sabes si tu presión aumenta por lo mucho que te molesta la otra persona, o por lo atractivo que es?, ¿si las manos te tiemblan es porque quieres estrangularlo o porque quieres besarlo?

—A la mierda.

—¿Qué?

—¿Es Julius, no es cierto? —dice Abigail— Estás hablando de Julius Gong.

Me ahogo y me pregunto si es posible morir de vergüenza. Tan solo el sonido de su nombre es demasiado para mí. Mi corazón va tan rápido que puedo sentir la sangre en mis venas. «Patética». Quiero patearme.

—Em…

—Dios santísimo —exclama. Lo repite una y otra vez, como si estuviera reinventando la frase—. Dios santísimo, Dios santísimo. Dios santísimo. Dios santísimo.

—Si sigues así, vas a llamar a Dios a la tierra —refunfuño, tapándome la cara.

—No, no, lo sabes, querida, no te estoy juzgando, para nada —me dice—. A mí me gustaba un león de caricatura a los trece. De que, sus garras tenían algo que funcionaba para mí.

—No puedo creer que estés comparando dos cosas tan extrañas y distintas —le digo—. En primer lugar, Julius es una persona…

—Y es justo la persona que se ha encargado de hacer tu vida miserable los últimos diez años —me interrumpe—. ¿No recuerdas cuando les asignaron el mismo proyecto grupal y él trabajó en secreto para estar más preparado frente al maestro?, ¿o cuando te venció en la competencia de deletreo y te siguió por toda la escuela solo para presumir su trofeo?, ¿o cuando dejó rosas en tu casillero para burlarse de que nadie te regaló nada en San Valentín?

—Recuerdos gratos, sí —le digo—. Lo recuerdo. Pero...

Pero también recuerdo la suavidad de su *blazer* sobre mis hombros. La mirada en su cara esta noche, la violencia súbita en su voz cuando su hermano mencionó mi nombre. Su respiración callada junto a mí mientras barría el confeti del suelo después de la fiesta. Sus manos firmes y cálidas sobre las mías durante la carrera. El brillo de la medalla, la luz de sus ojos, la curva de sus labios. Tan hermoso y molesto y confuso. Tan listo para abrirme con una palabra y coserme de vuelta con su tacto.

—¿Crees que haya alguna posibilidad... —Se siente tan tonto decirlo en voz alta—. ...de que yo le guste a él?

—Guau, sí, estás en problemas —me dice—. Y no veo ninguna razón para que no sea así. Eres el paquete completo. Eres lista y buena en todo lo que haces y eres superguapa y vas a ser una empresaria exitosa un día y...

Me río a pesar de mí misma. Pero entonces me doy cuenta de algo.

—No estás considerando los correos —le digo—. Debiste haber visto lo molesto que estaba cuando los recibió. No creo que me haya perdonado por ellos aún. No sé si lo haga.

—Cierto —hace una pausa—. Sobre esos correos...

—De que, ¿tú querrías salir con alguien que te expresó, claramente y por escrito, que preferiría «escuchar un recital de poesía *slam* sobre impuestos corporativos en un auditorio sin ventilación el día más caluroso del verano mientras un bebé juega a jalarte el pelo» en vez de escuchar tu discurso de capitán escolar de nuevo?

Hay un silencio largo. Luego, con tono de optimismo forzado, me dice:

—Quizá se despierte un día y haya perdido la mitad de sus recuerdos.

—Entonces es un caso perdido. —Me recargo en mi asiento de nuevo—. Porque nunca podrá superarlo.

—No puedes estar segura —insiste—. No puedes estar segura de nada, a menos que se lo digas cara a cara.

Me río.

—¿Decirle? ¿Decirle qué? «Oh, hola, sé que nos hemos odiado por una década y que no me soportas, pero creo que deberíamos besarnos».

—Suena bastante convincente —dice—. ¿Y sabes qué? El viaje será la oportunidad perfecta para hacerlo. Estarán en el mismo lugar y tendrán tiempo para estar a solas y no habrá tantos maestros. Lo único malo es que no es un viaje a la playa o algo así. Eso sería tan lindo…

—Iba a serlo —le digo—, pero Julius rechazó la idea. Dijo que sería demasiado romántico. Y sí, lo sé, me doy cuenta de la ironía.

—Se metió el pie él solito.

—O se salvó —le digo—. Quizás se estaba protegiendo de la posibilidad de que alguien le confesara su amor. Quizás se opone a las relaciones en general, y más a una relación conmigo, en específico.

Ella truena la boca.

—¿Dónde quedó tu confianza?

—De acuerdo a las leyes de la física, algo no puede desaparecer si jamás existió en primer lugar. La materia no puede ser creada ni destruida…

—Solo habla con él, Sadie. ¿Qué es lo peor que podría pasar?

Suspiro. Me sostengo de mi escritorio para no perderme en la oleada de posibilidades.

—Todo —respondo—. Se podría reír de mí. Podría usar mis sentimientos en mi contra para obtener ventaja en exámenes y competencias. Podría burlarse de mí por el resto de mi vida. Podría reaccionar con asco y horror…

—O podría sorprenderte —me dice—. Solo considéralo, ¿sí?

Me muerdo el interior de la mejilla hasta que arde. No sé cómo, pero me siento más desorientada que al principio de la llamada.

—Está bien. Lo haré.

Capítulo XVII

Escribir un buen ensayo de Historia tiene su truco.

La mayoría de las personas piensa que se debe comenzar por el argumento. Lees el tema asignado y te posicionas al respecto de algo, como que los *sans-culottes* en la Revolución Francesa deberían ser tratados como una turba confusa y desordenada, y luego buscas la evidencia en tu memoria para sustentarte: citas de historiadores, fechas, estadísticas. Pero yo siempre empiezo con la evidencia. Repaso la información que ya tengo, los hechos que me parecen más notables, los que más destacarán a los ojos de la persona encargada de calificar. Solo entonces elijo mi argumento. De otra forma, es inútil, una pérdida de valioso tiempo de escritura. No importa en qué creas, o en qué quieras creer si los datos no te respaldan.

Yo sé esto. Debería saberlo.

Pero después de colgar, no puedo evitar alojar la esperanza de que Abigail tenga razón. Que quizás, por algún milagro, Julius pueda sentir algo por mí que no sea amargura o molestia. Y a pesar de que no es el paso lógico, abandono mi propio protocolo, avalado por mis exámenes, y me pongo a reunir toda la evidencia que puedo para probarlo.

Evidencia como: corrió la carrera por mí cuando yo sentía que me moría. Como: se quedó conmigo después de la fiesta, y nunca antes había mostrado interés en barrer, así que debe haber otro motivo. Como: Max lo dijo cuando entró a la panadería después de la escuela, ¿y qué no su hermano había dicho que Julius buscó nuestra panadería? Como: hubo un momento hace cuatro semanas y media en que me miró con tanta ternura que perdí el aliento.

No sería suficiente para alguien a punto de calificar un ensayo, pero unas horas después yo estoy convencida. Voy a hacerlo, decido. Voy a decirle, y rezar por que no me rechace.

—Voy a vomitar —le informo a Abigail cuando me subo al camión el día siguiente.

Ella está tomando un café que es más crema batida que café. Su mochila está apretujada entre nosotras, y tiene su chamarra sobre el regazo como una almohada. A Abigail le gusta la comodidad, incluso si solo es durante el viaje de una hora al bosque.

—Te ves como que no dormiste nada —me dice, estudiando mi cara.

Yo hago una mueca.

—En efecto. Estaba ocupada planeando mi próxima jugada.

Ella casi escupe su bebida de la risa.

—Querida mía, no estás planeado una guerra, solo le vas a decir a un chico que te gusta.

—Baja la voz —le siseo, mirando alrededor del camión. Todavía hay estudiantes caminando por el pasillo, o de pie entre los asientos, buscando a sus amigos—. Alguien puede escucharte.

—Nadie podría adivinar de quién estamos hablando. De que, yo apenas lo creí cuando me dijiste. Y todavía ni siquiera está aquí —me dice—. Además, si estamos hablando de estrategia, creo que deberías tomártelo con calma. Sabes, considerando la... historia que tienen en común. No quieres asustarlo con un discurso apasionado e inesperado.

—¿Eh? —Sigo con mi cuello levantado, observando cada cara que pasa. Siento náuseas, y no es solo porque me salté el desayuno esta mañana. Me siento casi tan nerviosa como antes de dar mi discurso de capitán escolar. Incluso me siento más nerviosa que antes de los exámenes finales. ¿Así se siente cuando te gusta alguien? Porque al contrario de lo que esperaba, no hay nada cálido ni gentil sobre esto. Esto es una intrusión violenta, y mi propio cuerpo se está revelando contra mí. No hay mariposas en mi estómago, hay escorpiones.

—Quizás solo sé amigable primero. O al menos no actúes como si lo odiaras —recomienda Abigail—. Además…

—Dios mío, ahí viene.

Tras pasar tanto tiempo pensando en él desde ayer, es una experiencia surreal verlo a solo unos metros de distancia. Ahí, justo ahí. Iluminado por la luz del sol que se filtra por las ventanas del camión.

Pero si yo luzco como si no hubiera dormido desde ayer, él parece que no ha dormido en semanas. Sus ojos están enmarcados por círculos azul-grisáceos de cansancio. Su cabello está despeinado, y hay más de un solo mechón perfecto sobre su frente. Entonces nota mi mirada y me mira de regreso.

Los escorpiones en mi estómago suben por mi garganta.

Esto va en contra de todo lo que he aprendido los últimos diez años. Me es tan natural como saltar hacia atrás, como meter la mano en una olla de agua hirviendo, o como entrar a un edificio en llamas. Pero obligo a los músculos en mi cara a relajarse. Levanto las esquinas de mis labios. Un sonido agudo, medio estrangulado, sale de mi boca.

Sus cejas se contraen.

—¿Disculpa?

—Solo estaba… saludando —le digo con ligereza—. Un saludo. Salud-dando. Hola.

Me mira con un gesto confundido y sigue caminando sin decir otra palabra.

En ese momento, se me ocurre que preferiría no haber existido nunca.

—Bueno, para ser justas, eso pudo haber salido mucho peor —dice Abigail una vez que Julius toma lugar en la parte de atrás del camión. Las puertas se cierran, y los maestros nos cuentan una última vez antes de salir del estacionamiento de la escuela—. No es como que sea irreparable.

Yo estoy golpeando mi cabeza muy lentamente contra la ventana.

—Quizás no hagas eso —me dice.

—No te preocupes, no lo estoy haciendo con suficiente fuerza como para arriesgar mis habilidades cognitivas.

—No, me preocupa que la señorita Hedge te vea y nos obligue a ver el video de una hora sobre la importancia del autocuidado. Y porque Julius te está mirando.

Me paralizo. Siento el calor de mi cuerpo concentrarse en mis mejillas.

—¿Estás segura?

—Bastante —me confirma—. Pero yo me encargo.

Antes de que pueda preguntar, ella comienza a decir en voz alta, tan alta que su voz suena por encima del motor.

—Es increíble saber que las ventanas son tan resistentes, Sadie. Gracias por demostrarlo. Ahora elijo pensar que el artículo que leí sobre el chico de veinte años que salió volando de un camión y dejó un agujero con forma de humano en la ventana probablemente sea falso.

No sé si reír o llorar.

—¿Todavía está mirando? —susurro.

—Nop. Crisis evitada.

Suspiro y me desplomo en mi asiento.

—Dios, detesto esto.

—Te queda el viaje entero —me dice, poniéndose un audífono y pasándome el otro—. Solo espera a que lleguemos.

No hablamos mucho lo que queda del viaje, excepto para cambiar la música cada tanto (nuestro gusto musical no podría ser más diferente: a Abigail le gusta lo que ella denomina «música triste para chicas guapas», es decir, música con la que se pueda cantar a todo pulmón, y yo prefiero escuchar música con la que se pueda estudiar). Es una de las muchas razones por las que adoro estar cerca de Abigail. Podemos hablar por teléfono por horas, haciendo pausas solo para tomar agua o para cargar nuestros celulares, pero también podemos solo sentarnos y mirar cómo cambia el paisaje por la ventana. Al cabo de un rato, el camino se vuelve un solo carril lleno de curvas, y el sol brilla por entre los árboles a ambos lados. Desaparecen los centros comerciales, los cafés, las gasolineras. Todo se esfuma hasta que estamos dentro de las montañas, rodeados por tonos dorados, azules y verdes.

Y no somos las únicas calladas, saboreando la vista. Los otros alumnos también guardan silencio. Incluso los atletas han puesto una pausa a su competencia para ver quien puede arrojar su termo deportivo más alto sin golpear a un maestro por accidente que, por cierto, es una competencia ridícula porque no hay un objetivo claro ni una recompensa.

—Vaya, qué lindo —susurra Abigail, y yo concuerdo.

El lago Averlore se ve igual que en las fotos.

Desde las cabañas construidas a mano en la falda de la montaña, hasta los encajes de glicinias y flores silvestres, a los olmos gigantescos que bordean la orilla del lago. Giramos de nuevo, y el lago se nos presenta en todo su esplendor, vasto y hermoso. El agua color esmeralda brilla con el día, ofreciendo el reflejo de las nubes dispersas en el cielo. Se siente como un lugar remoto, un retiro en el sentido más fiel de la palabra. Casi es suficiente para hacerme olvidar a Julius, los correos, todo lo que ha ocurrido estos últimos meses.

Pero entonces el camión se detiene y regreso a la realidad. O quizás a una realidad alterna y extraña. Porque mientras todos comienzan a levantarse y a tomar sus cosas, Ray Suzuki se gira hacia mí y dice:

—Oye, ¿tú elegiste este lugar?

Desenredo los audífonos de Abigail y se los regreso. Alzo la mirada, preocupada.

—¿Sí?

—No está nada mal —sentencia.

Creería que estoy alucinando de no ser porque Abigail tampoco parece creerlo.

—Oh. Em. Me da gusto —le respondo, aguardando el remate. Algo así como «No está nada mal, pero tampoco está nada bien». O «me imaginaba un agujero en el infierno que combinara con el interior de tu alma».

Pero no dice nada más. Solo asiente, se aclara la garganta, y se une a la fila para bajar del camión.

—Entonces, tú te estás sonrojando y tartamudeando por culpa de Julius Gong, y Ray Suzuki te está tratando con respeto —observa Abigail, con las cejas levantadas—. Bizarro. Completamente anormal. ¿Qué falta?, ¿que la señorita Hedge nos invite unas cervezas y que Rosie se convierta en monja?

—No seas tan dramática —le digo, pero sé que tiene algo de razón.

Tenemos media hora para instalarnos en las cabañas.

Es casi perfecto. El interior es hermoso, como salido de un cuento de hadas, con sillones antiguos y repisas llenas de libros y una chimenea. El personal de las cabañas preparó unas bandejas de pan dulce con crema batida y mermelada de fresa para darnos la bienvenida; en cuestión de minutos, no quedan más que moronas. A los maestros los reciben con aperitivos de salmón y cocteles vírgenes con un sospechoso olor a alcohol, y yo nunca he visto a la señorita Hedge tan feliz. Las literas son bastante amplias también, y las sábanas huelen a las flores silvestres que rodean el lago.

Pero hay un problema.

—Payasos desnudos —dice Abigail con una mezcla de horror y asco puro.

Todas las otras chicas se reúnen alrededor de ella, mirando las pinturas colgadas de la pared. Pinturas, plural. Porque por alguna razón que solo Dios o el mismísimo diablo podrían entender, hay varias pinturas de payasos desnudos colgadas en cada cuarto: sobre las camas, junto a los espejos, sobre los marcos de las puertas. Quizás no sería tan malo si fuera un estilo abstracto, pero no, son cuadros de un realismo casi exagerado.

—Esto no debería estar permitido —dice Georgina Wilkins, sacudiendo la cabeza—. Es tan... ¿cuál es la palabra?, ¿«diamétrico»?

—Diabólico —la corrijo, y me retracto de inmediato. Sé por experiencia que es una de mis costumbres menos populares.

Pero Georgina solo me mira, agradecida, y dice:

—Eso. Exacto —Lo que demuestra lo horribles que son las pinturas.

Abigail se pasa una mano sobre la cara.

—Siento como si alguien estuviera apuñalando mis ojos. Con fuego. Como si alguien me estuviera apuñalando los ojos con fuego.

—Dios mío, lo siento mucho —le digo a todos—. Les juro que esto no estaba en ninguna de las fotos del lugar cuando revisamos el sitio....

Y quizás es cierto lo que dicen sobre cómo las alianzas menos esperadas surgen de enemigos en común, incluso si en este caso el enemigo en común son payasos bidimensionales que deberían estar bajo arresto por exposición indecente, porque Rosie se acerca caminando hacia mí.

—¿Por qué pides disculpas? —me pregunta, acomodándose el cabello— No es como que tú hubieras colgado los cuadros.

Abro mi boca. Luego la cierro de nuevo. Estoy tan acostumbrada a responsabilizarme por todo, a disculparme con ella y con todos los demás, que se siente mal no decir «lo siento».

—A veces eres bien rara, Sadie —prosigue Rosie, pero su tono no es hiriente—. Casi todos buscan culpar a otros, no culparse a sí mismos.

Pestañeo. Intento entender lo que ocurre.

—Yo… Cierto. Bueno. Puede no ser mi culpa, pero sí se me ocurre una forma de arreglar esto. De forma temporal, al menos.

—Por favor —dice Abigail—. Lo que sea.

Busco en mi mochila, saco la chamarra de reserva que empaqué, y la cuelgo sobre el cuadro de forma que el payaso queda cubierto por completo.

—Listo —anuncio. Las demás se unen, colgando vestidos sueltos y suéteres extragrandes, y pronto estamos corriendo de cuarto a cuarto, riéndonos, prestándonos ropa para cubrir todas las pinturas. La emoción me burbujea en la lengua como si fuera alcohol, y en algún momento me giro y me encuentro con la mirada de Rosie. No hay malicia en su gesto. Ambas estamos dobladas de la risa ante lo absurdo de la situación, y por primera vez en un rato no me siento como el villano número uno de la escuela. No me siento como la estudiante perfecta tampoco, solo soy una de ellos.

Todavía nos estamos riendo cuando salimos a la orilla del lago, bajo el sol.

La primera actividad del día es el remo de canoa. Hay dos canoas listas sobre las piedrecitas de la orilla, con el lago brillando tras ellas. Un tipo bronceado y musculoso, con pulseras de cuentas en las muñecas y tobillos, se presenta como Eduardo, «pero pueden decirme Edu». Comienza de inmediato a enseñarnos cómo sostener los remos y cómo acomodar nuestro cuerpo mientras la señorita Hedge bebe otro de los cocteles sospechosos y nos mira desde los árboles.

—Vamos a dividirlos en dos equipos —dice Edu, frotándose las manos—. Y para hacerlo más interesante, tendremos una pequeña carrera. La primera persona en llegar al otro lado gana, ¿entendido?

La mayoría asiente. Abigail aplasta un mosquito sobre su muslo y me susurra:

—¿Por qué todo tiene que ser carreras?, ¿no podemos solo tomarnos unas horas de siesta? Estaría encantada si pudiera…

—Tú —dice Edu, señalándola.

Abigail levanta la mirada y sonríe como si nada.

—¿Sí?

—Ya que tenemos tantas ganas de platicar, tú serás la líder del primer equipo. Y... —Nos recorre con la vista, estudiándonos, antes de encontrar a Julius—. Tú pareces tener madera de líder.

—Es el capitán escolar —alguien señala.

—¿Es cierto eso? —pregunta Edu.

Julius asiente sin esconder apenas su arrogancia, cruzándose de brazos.

—Perfecto. Tú te encargas del equipo contrario —decide Edu—. Ahora elijan sus equipos.

—Te escogería —me susurra Abigail por detrás—, pero voy a ser generosa y dejaré que te unas a su lado.

—Si es que me elije —le susurro de vuelta.

—Claro que lo hará. Tus habilidades atléticas bastarán para que te elija.

Sacudo mi cabeza y sonrío como si no estuviera pensando en ello, pero en secreto, qué humillación, estoy esperando a que Julius me mire. Que me considere al menos, si es que no me elije. Espero a que se tome su tiempo, que me mire a los ojos. La anticipación me revuelve el estómago. Mi corazón está latiendo insoportablemente rápido. El suspenso es tan desproporcionado a la situación que casi quiero reírme.

Y luego quiero darme una bofetada. Porque él no duda, ni me mira siquiera. De inmediato elije a Rosie.

—¡Eso es! —grita ella, sonriendo y caminando por la orilla como si estuviera en un concurso de belleza—. Seremos el equipo perfecto.

Julius le sonríe de vuelta. Aprieto los puños hasta que mis uñas se entierran en mi palma, y el dolor se vuelve ira. Pero no estoy enojada con Rosie. Estoy enojada con él. Siempre es con él.

Tampoco soy su próxima elección. Elije a Ray y a Adam y a Georgina, quien siempre consigue evitar las clases de natación alegando que es alérgica al cloro. Es como si no existiera. Como si lo de ayer por la noche jamás hubiera ocurrido. Quizás no ocurrió. Quizás estoy imaginando algo que no está ahí.

Al final, solo quedamos el chico de nuestra generación que no habla con nadie y yo.

Julius nos mira a ambos. Tiene un gesto pasivo e indiferente cuando le asiente al chico. Sin remordimiento alguno. No es que esperaba ser su primera elección, pero saber que no me considera en absoluto es como una puñalada en el hígado.

Me siento derrotada por la humillación. Ya no pienso declararle mis sentimientos. Pienso estrangularlo. Pero para salvar mi dignidad, actúo como si no importara. Me integro al equipo de Abigail con la cabeza en alto, apretando los puños para que no me tiemblen las manos.

—Genial, ¿quiénes quieren ser los primeros? —pregunta Edu.

—Yo iré —se ofrece Julius, levantándose las mangas.

Dave deja salir una sonrisa gigantesca.

—¿Y quién de ustedes piensa que puede competir contra…?

—Yo —anuncio en voz alta, caminando hacia la canoa. El agua del lago me moja los zapatos, pero actúo como si nada—. Yo lo venceré.

Hay un momento de sorpresa. Edu se me queda viendo.

—¡Vaya! Vientos, me encanta tu confianza. Ahora, el remo puede ser un poco pesado para ti…

Levanto el remo con facilidad, apretando mi mano sobre la madera.

—Solo enséñame a remar esta cosa.

Aprendo rápido.

Solo me toma unos minutos empujar la canoa al lago, ponerme el salvavidas, y acostumbrarme a la sensación del remo.

Un grupo de gansos vuela sobre mí mientras la canoa se abre paso en el agua. Los remos van dejando una estela blanca, y me siento envuelta por el aroma a tierra, a agua. El lago es sereno, rodeado de hierbas y espadañas, y el sol brilla sobre su superficie. Puedo ver árboles a la distancia, su corteza pálida, su follaje mecido por la brisa.

Si no estuviera compitiendo contra Julius, me daría el tiempo de disfrutar la vista. Me quedaría en silencio observando los reflejos de la luz bailar sobre el agua, las flores marchitas flotando con el viento.

Pero solo puedo concentrarme en su canoa acercándose cada vez más. Me inclino hacia delante y remo hasta que los brazos me arden. Sigue sin ser suficiente: Julius me está rebasando. Remo tan fuerte como puedo, pero pongo demasiado peso de un lado, y la canoa comienza a mecerse. El agua fría me da en la cara, me moja la ropa.

—Bájale —dice Julius a mi lado. Suena molesto—. Te vas a caer al agua si sigues haciendo eso.

—Tú bájale —le contesto.

No le baja. Claro que no. Aprieta la mandíbula y comienza a remar con el doble de fuerza. Sin voltear a verme, pregunta:

—¿Por qué estás tan enojada?

Ahogo una risa, inaudible con el ruido de los remos.

—No puedo creerlo.

—¿Qué?

—No estoy enojada —le digo con frialdad. Mis brazos están perdiendo fuerza y puedo sentir cómo la madera del remo me está empollando las manos, pero ignoro el ardor—. ¿Por qué estaría... —Una ráfaga de aire me sacude el cabello y comienza a mecer la canoa más y más. Se empiezan a formar olas que impactan contra la madera— enojada? —Me sostengo del borde de la canoa, y aprieto los dientes, luchando contra las emociones en mi interior—. No es como que nos debamos algo ni nada.

Él hace un sonido grave y frustrado.

—Eso dices tú, pero tu tono dice otra cosa.

—¿Y desde cuándo te importa mi tono? Ni siquiera volteas a verme.

—¿Estás bromeando? Yo… —Su enunciado se disuelve mientras mi canoa choca contra la suya, y el impacto nos sacude a ambos—. De verdad, Sadie, cuidado.

—No lo estoy haciendo a propósito —replico, enderezándome con un resoplido—. Quizás si me dieras más espacio…

—No puedo controlar la velocidad de esta cosa —alega. Una mentira descarada. No quiere arriesgarse a perder contra mí.

—Bueno, pues entonces yo tampoco —le digo, apurando el paso. «Estoy ganando», pienso. Ya solo nos falta menos de la mitad. Estamos tan cerca de la orilla que puedo ver el brillo sobre las piedras, el pasto a la altura de mis rodillas. «Voy a llegar antes que él». Pero entonces mi remo se atora en el agua. Una planta, quizás, o una red. Intento liberarlo, pero pierdo el control, y es como si todo ocurriera en cámara lenta. No puedo hacer nada mientras mi remo sale volando hacia un costado, hacia Julius, quien lo esquiva, pero pone demasiado peso sobre uno de los costados de la canoa y termina cayendo al agua. La ola resultante viene directamente hacia mí…

Se me va el aliento mientras la gravedad me abandona y mi canoa se voltea.

Capítulo XVIII

El agua sabe horrible.

Sabe a peces, a algas, a lodo. Entra en mi boca cuando grito y me atraganto. Solo puedo patalear bajo el agua helada. Mis huesos se sienten como si estuvieran hechos de piedra, pesan demasiado, y mi ropa se pega a mi piel como cemento. Es difícil moverme, es imposible respirar. Por unos momentos solo puedo ver la oscuridad del fondo, no puedo sentir nada más que el frío del lago y el limo cubriéndome los dientes…

Mi cabeza rompe la superficie. Jadeo, parpadeo. El color es lo primero que regresa: el cielo cerúleo, la luz dorada del sol derritiéndose en las nubes. Luego, la sensación en mis dedos. Luego, el sonido. Mi corazón latiendo. Los gritos distantes desde la orilla, diciéndonos que nos quedemos donde estamos, o que nademos. La voz de la señorita Hedge resuena por encima de todas las demás. Pero estamos demasiado lejos para que nos ayuden.

Julius está subiendo de regreso a su canoa. Chorros de agua caen de su cabello, y se me ocurre la observación más absurda: su cabello es incluso más oscuro cuando está mojado. Colapsa sobre el asiento de la canoa entre jadeos, empapado, con hojas pegadas a la camisa. Luego se voltea a mí, con los ojos entrecerrados.

Me asalta el miedo súbito de que no vaya a ayudarme. De que solo me mire patalear y esforzarme como una tonta desde la comodidad de su canoa. No me sorprendería.

Hace una pausa. No puedo leer su gesto, no hay nada en su rostro que me diga lo que piensa. Un momento pasa. Otro. Y otro más.

Me extiende la mano.

Inhalo y mis pulmones se llenan de alivio y de vergüenza. La tomo, o eso intento, mis dedos se resbalan entre los suyos. Pero su mano aprieta la mía con firmeza, y en un solo movimiento me saca del agua. El único problema es que nuestro peso combinado me arroja a un lado demasiado rápido: me impacto contra él dentro de la canoa. Su cuerpo está presionado contra el asiento, mi cuerpo está presionado contra el suyo.

—Sadie —me dice con un sonido casi sin aliento, casi un quejido—. Sadie… Estás…

—Lo sé, lo sé, perdona —le digo, y mi cara entra en calor mientras intento levantarme. Mis manos no dejan de resbalarse en los bordes de la canoa, no puedo sujetarme.

—Apúrate a…

—¿Qué crees que estoy intentando hacer?

—Creo que estás demasiado cerca de mí…

—No es por elección —protesto, chillando, pero tiene razón. Estamos demasiado cerca, no hay espacio entre nosotros. Debería estar congelándome, pero su piel me sorprende con su calor, ardiendo bajo mi pecho.

Él cierra los ojos. El músculo en su mandíbula se tensa.

—Esto es tu culpa.

—¿Mi culpa?

—Te dije que tuvieras más cuidado. No tenías que ir tan rápido.

—Era una carrera —me defiendo. Es lo único en lo que siempre hemos estado de acuerdo, el principio que rige nuestra relación: lo que más importa es ganar.

Puedo sentir el latir de su corazón bajo el mío cuando él pregunta:

—¿No me has vencido lo suficiente?

—No —le digo, segura—. No, nunca será suficiente.

Él sacude la cabeza. Dice, en voz baja:

—Me haces la vida tan difícil.

Al fin logro levantarme. El aire frío me rodea de inmediato, y casi extraño el calor de su cuerpo.

—¿No me vas a ayudar? —me pregunta, todavía de espaldas sobre el asiento, atrapado bajo mis rodillas—. Tú me empujaste al lago en primer lugar.

Resoplo una risa. Pongo las manos sobre las caderas.

—Que quede claro, yo no te empujé…

—¡Me pegaste con el remo!

—¡El remo pasó por encima de ti!

—¡Solo porque lo esquivé! —reclama.

Giro los ojos, pero imito su gesto y le ofrezco la mano. Él se sienta y luego suelta mi mano rápido, como si le quemara. Se queda mirando a donde está mi canoa, que sigue volteada, a la deriva sobre la superficie como un cadáver. Mi remo está más lejos, y parece alejarse más a cada momento. Pequeñas olas todavía golpean un lado de la canoa, tejiendo reflejos plateados sobre la madera.

—Esto no habría pasado si estuviéramos en el mismo equipo —le digo. Quiero que suene como un golpe, como una acusación, pero mi voz me traiciona y solo tiembla.

Él me mira de vuelta. Estudia mi gesto unos momentos. Demasiados.

—Tú nunca has querido estar en mi equipo.

Me exprimo el agua del cabello y lo aprieto un poco más de lo necesario para mantenerme ocupada.

—Me habría gustado tener la opción.

El silencio crece entre nosotros como si fuera sólido. Ya nadie grita desde la orilla. Solo puedo escuchar el salpicar del lago, el agua impactando la madera, el trino de unos pájaros demasiado lejanos. Mi propia respiración volátil.

—¿Por qué estás haciendo eso? —La gravedad súbita de su voz me sorprende.

—No es cierto —respondo, confundida—. No estoy haciendo nada…

—Estás siendo buena conmigo de repente —continúa—. Me sonríes en el camión. Dices que preferirías estar en mi equipo en esta carrera tonta en lugar de en el equipo de tu mejor amiga. Me defendiste anoche…

Sacude la cabeza. Se mira las manos.

Mi corazón está latiendo tan fuerte que me duele, y el aliento se me queda atorado en la garganta. Lo sabe. Debe haberlo detectado. Sabe que me gusta y está furioso, horrorizado, asqueado…

—No tienes por qué compadecerte de mí —me dice en voz baja, y mi cerebro se congela—. Es la razón por la que no quería que conocieras a mi hermano, y no debiste haber estado escuchando nuestra conversación en primer lugar. No deberías tomarte lo que dijo en serio, en especial lo que dijo sobre ti. Cuando… —Sus dedos se enrollan y Julius aprieta los puños—. No hay nada que resienta más que cuando las personas sienten lástima por mí. Porque no lo necesito. Estoy bien. No necesito a nadie.

—Dios mío —respondo. En mi conmoción, olvido que recién estuve en el lago y me froto los ojos con las palmas mojadas. Ahora seguro saldré de esta conversación con un dolor de cabeza y una infección en los ojos—. Estás bromeando.

—De ninguna manera —me dice, sin mirarme—. Preferiría por mucho que regresaras a insultarme a que sientas que tienes que caminar de puntitas a mi alrededor…

—¿Quieres que te insulte? —Me río de verdad. Me río tan fuerte que los gansos sobre nosotros graznan y se elevan aún más—. Ah, bueno, eso es fácil. Eres tan egocéntrico, Julius Gong. De verdad piensas que lo sabes todo… Piensas que me conoces a la perfección…

—¿Y no es así? —responde, y suena absolutamente convencido de sí mismo— Estás tan obsesionada con ser buena, con ser linda. La niña obediente que necesita que todos la amen. —Cada palabra que dice se siente como si estuviera cubierta de ácido—. La alumna perfecta que nunca dice que no, que sacrifica su propio tiempo por los demás. Quieres que todos piensen que eres buena más allá de cualquier duda; tienes que hacer lo que es correcto todo el tiempo, o al menos aparentarlo. Esa es tu personalidad: lo entiendo. Todo lo que pido es que me dejes fuera de tu juego.

Siento como si hubiera caído al agua de nuevo. Me ahogo, me sofoco, y el frío entra por mis venas, helando mis huesos hasta que el más mínimo tacto podría romperlos.

Ninguno de los dos intenta remar siquiera. Estamos a la deriva sobre el lago, sin dirección, rodeados por el agua y por el cielo. Nunca me he sentido tan pequeña.

—Retráctate —le digo en voz baja, sorprendida por mi autocontrol. Lo que de verdad quiero hacer es arrojarlo del bote, o ahorcarlo aquí mismo—. Te voy a dar una oportunidad de retirar todo lo que acabas de decir.

Su mandíbula se tensa, pero no dice nada.

—Dios, Julius —comienzo a decir, pero me detengo; la amargura en la punta de mi lengua. Hay algo tan presuntuoso, tan condescendiente al respecto de que él haya transformado mi sinceridad en una especie de caridad. Que mientras he intentado ver lo mejor de él, él ha estado asumiendo lo peor de mí—. ¿Sabes qué? Te odio —suspiro, porque es más fácil decir «te odio» que «me lastimaste». Porque ambas opciones me rompen el corazón, pero solo una me deja con el orgullo intacto. Y quizá porque quiero saborear el placer agudo y perverso de herirlo de vuelta.

Él levanta la mirada. Algo cruza su gesto y se inclina de repente. En sus ojos hay furia, peligro y fuego. Puedo sentir el calor de su aliento contra mis labios cuando me dice

—Te odio más.

—Eso es imposible.

Su sonrisa es una burla.

—Te prometo que no lo es.

Apenas me percato de que estoy temblando. Aprieto los dientes y hago un esfuerzo por controlarme, por no desinflarme. Sus ojos podrían partirme a la mitad cuando bajan y se posan en mi boca. Se oscurecen, se vuelven negros, y no puedo diferenciar entre su iris y su pupila.

Por un horrible segundo pienso que va a tomar mi cara y besarme, el tipo de beso que sientes en todo el cuerpo, un beso hambriento y con intenciones salvajes. Y por una fracción de segundo, necesito que lo haga, me muero porque lo haga, si acaso solo para hundirle las uñas, para encontrar un espacio vulnerable en su cuerpo.

Pero él se mantiene inmóvil. La luz reflejada sobre el lago encandila su cara y afila las crueles líneas de su cara, y ahora, justo en este momento, no puedo creer que alguna vez lo pensé capaz de ser tierno. Julius es quien siempre ha sido, quien siempre será: egoísta, despiadado, engreído. Esperar cualquier otra cosa de él es como esperar que una flor crezca en el filo de una espada. Como dejar que una serpiente te abrace.

—Eres el peor —le digo con los labios a centímetros de los suyos, sin que ninguno de los dos retroceda. Es una tortura, es agonía. Se siente como si me estuvieran quemando viva—. Me das asco. Me das tanto enojo, tanta violencia a veces, que podría... —Quiero seguir, pero la sensación de ardor llega a mis ojos, a mi nariz. «No voy a llorar. No seré débil frente a él». Mis dedos se aferran al cuello de su camisa, para dejar claro el sentimiento donde las palabras me fallan, y lo veo tragar, el movimiento de su garganta. «Vamos», me digo. «Tienes la ventaja ahora». Pero todo lo que sale es...—. Eres tan malo conmigo.

Es risible. Es patético. Algo salido de un jardín de niños. No es lo que quería decir en lo más mínimo, pero algo en esas palabras me deshace. Mi ira me abandona, y con ella cae la última arma que tenía contra él. Aprieto los labios para que no tiemblen. Parpadeo rápido para que las lágrimas no caigan.

Su gesto se transforma de inmediato. Se levanta, contrae las cejas. Levanta una mano sin saber qué hacer.

—Sadie —me dice. Dudando. Con ternura, casi—. No… No quería…

—Empieza a remar —le digo, grave—. Hay que regresar.

Luego escondo la cabeza para que no me pueda ver llorar.

Ninguno de los dos habla de regreso.

No tiene sentido: ya dijimos demasiado. Salto de la canoa en cuanto toca la orilla y apenas noto el agua mecerse contra mis piernas.

—Está fría el agua, ¿no? —dice Edu con una sonrisa, ignorando la tensión entre nosotros—. No te preocupes. Pasa bastante seguido…

—Los dos necesitan ir a cambiarse de inmediato —interrumpe la señorita Hedge, quien ahora se ve mucho menos relajada. Ni siquiera trae con ella su coctel—. Vayan a bañarse y pónganse algo calientito, no vaya a ser que a alguien le dé una neumonía en este viaje. Nos vemos aquí cuando salgan.

—Gracias, profesora Hedge —le digo con gratitud verdadera por darme una oportunidad para escapar. Pero mientras camino hacia la cabaña, Abigail me detiene y camina conmigo hasta que nadie puede escucharnos.

—¿Qué fue lo que pasó? —me susurra— ¿Estás llorando?, ¿le dijiste que te gusta?, ¿qué te dijo?

Casi me río.

—No. Le dije que lo odio, y él me dijo que también me odia. Así que, pues, eso.

—¿Qué? —me dice, boquiabierta— Pero pensé… Ese no era el plan…

—Era un plan terrible —le digo—. No sé en qué estaba pensando.

—Bien, espera. Espera un momento —sacude la cabeza—. No entiendo cómo pasaste de querer decirle que te gusta a pelearte con él…

—Vieja costumbre —Intento que suene como un chiste, como si no me molestara. Pero quizás es cierto. Quizás, después de todo lo que hemos vivido, no tenemos otra opción más que odiarnos. Como si ese odio fuera un aspecto fundamental de nuestro código, y no hay forma de sobrescribirlo sin destruirnos, sin que todo estalle. Quizás es mejor así.

—¿Estás bien? —se preocupa— ¿Quieres que le meta un golpe?

—No, no. Estoy bien. —Me obligo a sonreír—. De verdad.

Estoy bien. Perfecta. Estoy bien al marchar a los baños de la cabaña, al permanecer bajo el chorro caliente de la regadera, dejando que el calor derrita el hielo de mis huesos, tallándome hasta que el estropajo deja una estela roja tras de sí. Estoy bien al usar demasiado shampoo, cerrando los ojos contra el agua como si fuera lluvia. Llorando contra la palma de mi mano, sola, donde nadie puede escucharme. Y en definitiva estoy bien al secarme, al ponerme una falda y un suéter tejido, al caminar de regreso al lago. Juro en silencio: «Julius Gong está muerto para mí». Si pienso en él de nuevo, si tan solo volteo a verlo, entonces merezco ser apedreada con hielo.

Merezco ser apedreada con hielo.

En mi defensa, logré controlarme todo el almuerzo y hasta después. Los maestros nos dividieron en nuestros dos equipos para las actividades de la tarde, lo que significa que no tengo que preocuparme por encontrármelo. Estamos al otro lado del lago, pescando e identificando aves y dibujando las montañas. Todo está saliendo bien.

Pero más tarde, al reunirnos de vuelta en la calidez de la cabaña, con las luces apagadas, mi autocontrol se deteriora.

El proyector se enciende. La pantalla está extendida. A mi alrededor, la gente se está acostando, acomodándose sobre los sillones o extendiendo almohadas y cobijas sobre el suelo. Alguien coló una bolsa de gomitas, aunque se supone que las botanas no están permitidas, y pasan discretamente de mano en mano como droga.

Abigail me guarda un lugar, y me recuesto en la almohada junto a ella, con mi cabeza sobre su hombro. Entonces noto a Julius en el extremo opuesto de la habitación. La línea recta de sus hombros. El brillo de su cabello. Los planos fríos de su perfil. Se cambió la camisa de botones por una de cuello en V que deja expuesta su clavícula.

—¿Qué miras? —susurra Abigail— La película ya va a empezar.

—Nada —respondo de prisa, apartando la mirada. «Detente», me digo. «Ya quedó claro que no es una buena idea».

—Creo que no es de las que te dan miedo —añade. Ella conoce el nivel bajísimo de mi tolerancia por la sangre y el *gore*. Ella, por otro lado, se queda dormida viendo películas de terror. Dice que la música de suspenso la relaja—. Pero si termina asustándote, puedes usar mi brazo para cubrir tu cara. Solo no me pellizques como la vez pasada.

La empujo con la almohada.

—Ya te dije que no pude evitarlo...

Ella empuja la almohada de vuelta.

—Ni siquiera había sangre, era solo un tipo pateando la pared...

—De forma agresiva —complemento.

La película es un romance trágico de hace años, y Abigail tiene razón: no da miedo para nada. Creo que hay un perro en la trama. Quizás un bote. La verdad, no pongo mucha atención. Mientras los colores se mueven sobre la pantalla, con la banda sonora de fondo, busco a Julius con la mirada de nuevo. Como un instinto. Como siempre. Es más fácil observarlo ahora que está viendo la película. Aunque no sé qué tanto de lo que ve esté registrando. No se ríe cuando los demás se ríen ni reacciona de forma alguna. Solo mira al frente con un gesto vacío.

Estudio sus rasgos con detenimiento, con hambre, como si estuviera armando un rompecabezas. No puedo dejar de mirarlo. No puedo dejar de odiarlo ni de desearlo al mismo tiempo, con tanta intensidad, que se vuelve imposible separar cada emoción. El brillo azul del proyector ilumina la curva de sus pómulos, y a pesar de que juré no hacerlo, siento un anhelo feroz e impulsivo. Me imagino yendo a él ahora, tras el desastre de esta mañana, tras el llanto que sacó de mí. Me imagino acariciando su pelo, sus mejillas, su pecho, como una sombra envolviendo su cuello con mis manos.

Sin advertencia, él gira su cabeza milimétricamente y sus ojos se fijan en los míos con la potencia de un látigo.

Me estremezco. Aparto la vista. Pero puedo sentir su mirada sobre mí lo que resta de la película.

Es la película más larga que he visto jamás.

Capítulo XIX

La cena incluye malvaviscos rostizados, kebabs de pollo y ensalada cremosa de papa.

La comida se ve tan bien que a pesar de que no tengo hambre, apilo tanto alimento como me es posible sobre mi plato y me uno al resto de la clase alrededor de la fogata. Coloco mi suéter sobre el tronco y me siento sobre él. Inhalo el aroma dulce del fuego y la fragancia del lago, y me es suficiente solo masticar, estirar mis piernas y lamer el azúcar derretido en mi tenedor.

Se supone que los maestros cenarán con nosotros, pero la señorita Hedge termina siendo la única que nos acompaña. Unos segundos después de que se sienta, su gesto se altera y su complexión se torna verde enfermizo, y de nuevo está de pie, apurándose hacia las cabañas, cubriéndose la boca con una mano.

—¿Qué trae? —pregunta Ray.

—Seguro fue el salmón de hace rato —dice Georgina, con la autoridad firme de quien se ha intoxicado varias veces en el pasado—. Los otros maestros están igual.

Una ola de murmullos simpatéticos recorre el pequeño círculo, pero nadie se levanta para revisar el estado de los maestros. Al contrario, la falta de figuras de autoridad nos ayuda a todos a relajarnos. El aire parece ser más ligero y el volumen de las conversaciones a mi alrededor incrementa: los chistes en voz baja y las risitas ahogadas que tenían de respuesta se transforman en carcajadas estridentes y de cuerpo completo. No se siente tanto como un viaje escolar, sino más bien como una fiesta masiva, aunque a diferencia de la fiesta en mi casa, casi puedo disfrutar de esto. De comer malvaviscos derretidos y observar cómo el sol se esconde detrás de las montañas, tiñendo de rosa el cielo.

—¿Saben qué le falta a este momento? —anuncia Rosie.

—¿Jugar a la botella? —Ray responde de inmediato.

Se me cae el tenedor. «No. De ninguna manera». Creo que moriría si tuviera que besar a Julius de nuevo, y me moriría también si tuviera que verlo besar a alguien más.

—¿Qué tal si contamos historias de terror? —sugiero con todo el entusiasmo falso que habita en mi cuerpo.

Para ser honesta, espero que Rosie rechace la idea de inmediato, tildándola de infantil, pero lo considera un segundo y después asiente.

—Vamos —dice, cruzando las piernas con elegancia, como si el tronco fuera un trono—. ¿Tienes alguna?

—Ah... Supongo —Me enderezo con intenciones de improvisar—. Bien, bien, aquí hay una. Había una vez una chica llamada... em, Skye. Era una chica muy lista y organizada, y siempre guardada todas sus notas, tareas, certificados, y otros documentos importantes en un folder que guardaba en su casillero. Pero un día... descubrió que su casillero estaba vacío.

Pero nadie grita, nadie se desmaya, nadie ni siquiera tiembla. En cambio, solo me miran, confundidos.

—¿Se supone que eso dé miedo? —pregunta alguien al fin

—Sus documentos «desaparecieron» —insisto—. No queda ningún registro de sus logros. Tendrá que volver a hacer todas sus tareas.

—Vale, ¿hay alguna historia que no tenga que ver con tarea? —pregunta alguien más.

—Yo tengo una historia de fantasmas —ofrece Julius, y todos voltean a verlo. Él baja la voz y apenas se le escucha sobre el crujir de la fogata—. Una historia de fantasmas de verdad. De hecho, ocurrió en este mismo bosque, no muy lejos de aquí.

—Cómo no —mascullo.

Pero todos lo están escuchando, atentos, pendientes a sus palabras.

—Solía haber una casa en este bosque —comienza, saboreando la atención—. Le pertenecía a una pareja joven con dos hijos: un niño llamado Jack, y una niña llamada Scarlett. El chico estaba saludable y siempre estaba feliz; todos los que lo conocían terminaban adorándolo. Pero Scarlett había nacido con algo… extraño. —Alarga la palabra en un susurro—. Cuando era una bebé, su padre decía que los ojos se le ponían rojos. Sucedía tan rápido que, al principio, él creía que era un juego de la luz. Pero sucedió demasiadas veces para ser solo una coincidencia. Incluso la llevó al doctor, preguntándose si se trataba de algún tipo de enfermedad extraña. Pero el doctor dijo que no había nada fuera de lo normal. Nada que pudieran encontrar, al menos.

Al otro lado del círculo, una de las chicas empieza a temblar y se envuelve en su chal.

—Había otras cosas también —prosigue Julius—. Como que a veces, cuando corría, su sombra desaparecía. Cuando hacía berrinches, aparecían pájaros muertos en el jardín de la casa. Y cuando se peleaba con su hermano, él se despertaba a mitad de la noche diciendo que alguien lo estaba ahorcando. A medida que fue pasando el tiempo, sus padres comenzar a sospechar que estaba maldita. Que era un demonio, o un monstruo.

Es una historia tonta. Básica. De ninguna forma es mejor que la mía, que es bastante más realista. Pero en la oscuridad del bosque, frente al brillo anaranjado de la fogata, no puedo evitar sentir un pinchazo de miedo.

Julius me sostiene la mirada desde el otro lado del círculo, y las esquinas de su boca se levantan como si pudiera leer mi mente.

—Cuando Scarlett cumplió trece años, hubo una tormenta terrible. Era como si el mar estuviera cayendo sobre la tierra. La casa entera se inundó. A los padres ni siquiera les dio tiempo de empacar, solo tomaron lo que pudieron y huyeron en la noche. Pero olvidaron a Scarlett, quién sabe si por accidente o no. Cuando regresaron, casi todo había quedado destruido. La madera estaba podrida, los muebles hechos pedazos, las ventanas estaban rotas. Buscaron, pero no encontraron ningún indicio de Scarlett. No estaba su cuerpo. Ni siquiera estaba su ropa ni sus juguetes. Era como si jamás hubiera existido.

Julius se detiene para añadir dramatismo. En ese mismo momento, un viento fuerte comienza a soplar, sacudiendo las ramas de los árboles, y un buen número de personas se sobresaltan y miran a su alrededor. El cielo ya no es color rosa, sino gris oscuro, y se pueden ver nubes de tormenta a la distancia.

—A esta familia le gustaba mucho este bosque, así que decidieron reconstruir su casa en el mismo lugar —dice Julius—. Pero cada vez que llovía de nuevo, se escuchaba... un llanto. Como de niña. Como de Scarlett. Intentaban seguir el sonido, pero siempre parecía salir del interior de la casa, de entre las paredes. Un año después, hubo otra tormenta. Mucho más tranquila que la primera. Casi todo mundo sobrevivió, el nivel del agua no subió mucho. Todos excepto la familia de Scarlett. Los encontraron ahogados en su sala a la mañana siguiente, boca abajo.

—¿Y luego? —alguien susurra.

—Eso es todo —dice con calma—. Todos murieron.

A sus palabras les sigue un velo pesado de silencio.

Entonces una puerta se azota en la distancia, y Ray deja escapar un chillido tan agudo que por un segundo me pregunto si hay una gallina suelta.

Pero el hechizo se rompe. Todo mundo está riéndose de Ray, y ya se han olvidado de los detalles.

La fogata arde y la gente comienza a separarse en pequeñas

conversaciones privadas sobre los troncos que rodean el fuego. Estoy terminando de comer cuando siento un peso a mi lado.

Rosie.

Me tenso de inmediato.

—Tranquila, Sadie, vengo en son de paz —me dice, notando mi reacción. Está sonriendo, lo cual es muy alarmante—. Solo quería hablar.

—¿Sobre qué? —le pregunto.

—He estado pensando sobre el correo que me enviaste, ¿y sabes qué? Estaba muy, muy enojada. —Se pasa el cabello por encima de su hombro—. De verdad, cuando lo leí la primera vez, estaba lista para dar bofetadas.

Me muevo un poco más allá de su alcance por si acaso.

—Pero me lo merecía un poco. A fin de cuentas, sí copié tu proyecto —exhala—. No era mi intención. No sé en qué estaba pensando. O bueno, supongo… Todo el mundo sabe que soy hermosa, ¿no? A veces, cuando camino frente a un espejo, tengo que detenerme unos segundos porque no puedo creer lo bella que soy. De que, pura azúcar.

Oficialmente no sé a dónde se dirige esta conversación.

—Estoy orgullosa de eso —añade—. Toma mucho trabajo verse así de bien todo el tiempo. Pero tenía… curiosidad. Me preguntaba qué se sentiría recibir buenas calificaciones y que la gente te diga que eres inteligente. Me preguntaba cómo era ser como tú.

Esto es lo más extraño que he escuchado. Es más impresionante incluso que si Abigail hubiera acertado en su predicción de que Rosie se volvería una monja.

—Planeaba pedirte disculpas —continúa, cruzando las piernas—. Pero siento que solo estamos dando vueltas con nuestras disculpas. Yo me disculpo por copiar tu proyecto, tú te disculpas por escribir el correo. Yo me disculpo por gritarte frente a toda la generación. Así que creo que lo que estoy intentando decir es gracias. Por entender, y por toda tu ayuda —dice con una pequeña risa—. Es gracioso. No fue hasta que decidí ignorarte que me di cuenta de todas las veces que te pedí tus notas y cosas así. No tenías que hacerlo, pero lo hiciste.

Me toma unos segundos recordar cómo hablar.

—Em… ¿De nada?

Ella se ríe de nuevo.

—Entonces, ¿estamos bien?

—Sí. Sí, claro. Muy bien —le digo, sin que se me pase la sorpresa.

—¿Sabes? Te voy a extrañar cuando nos graduemos —añade—. No puedo creer que todo esto terminará tan pronto.

—Sí —repito en voz baja, mirando los rostros alrededor de la fogata, tan familiares, tan sonrientes—. Tampoco puedo creerlo.

—¿De verdad dijo eso?

—Ya sé —le digo a Abigail más tarde, desplomándome sobre la cama. Por un golpe de suerte, nos asignaron uno de los cuartos pequeños para solo dos personas. Algunas de las demás tienen que compartir cuarto con tres o cuatro otras chicas—. Estaba tan segura de que jamás me perdonaría lo de los correos, que se pasaría el resto de su vida odiándome. Que el daño sería irreversible. Me he estado preocupando como loca por semanas, meses, pensándolo, y ahora… Gracias a Dios. —Dejo salir una risa, sacudiendo la cabeza.

Ella me mira desde el tocador con una sonrisa extraña.

—¿Fue muy malo?, ¿lo de los correos? Quiero decir, ¿te afectó mucho?

—¿Muy malo? —me río— Fue catastrófico.

—Claro. —Su sonrisa se tambalea—. No me había dado cuenta… Sabía que estabas apenada, claro, pero nunca hablaste mucho al respecto.

Es cierto, supongo. No lo he hablado de verdad con nadie. No se lo he contado a mi mamá porque no quiero que se preocupe. Ni a Max porque no creo que lo entendería. Ni a Abigail porque no quiero que sienta lástima por mí. Pero quizá es un hábito mío. El verano en que tenía once, volamos a China a una reunión familiar importante. Mientras todos contaban historias y se reían y brindaban en el restaurante, un hueso de pescado se me atoró en la garganta. En vez de hacer un escándalo, de intentar sacarlo ahí, frente a 36 miembros de mi familia, directa e indirecta, elegí tragarme el hueso y el dolor mientras este raspaba mi garganta desde adentro. Pero por fuera, yo sonreía en silencio. Nadie habría adivinado que ocurría algo.

Fue hasta años después que se lo conté a mi mamá, medio en broma. Ella estaba horrorizada. «Te pudiste haber ahogado», me regañó. «Debiste de haber dicho algo».

«Pero tú estabas hablando con *laolao*», le respondí. «No quería molestarte».

Ella se quedó en silencio un buen rato. Cuando finalmente exhaló, había una tristeza pesada en sus ojos que me hizo arrepentirme de haber compartido la historia en primer lugar. «¿Por qué eres así?», preguntaba una y otra vez, hasta que ya no sabía si me lo preguntaba a mí o a ella misma. «¿Cuándo te volviste así?».

—Sadie —dice Abigail, y me trae de vuelta a la cabaña, al presente—. Hay algo… algo que no te he dicho. No era mi intención, de verdad… yo sé que te lo debí haber dicho antes, pero…

Me tenso, y mi pulso se acelera de inmediato.

—¿Qué pasó?

Ella se aprieta las manos. Da un paso hacia adelante y se detiene antes de llegar a mí. Abigail Ong nunca se pone nerviosa. Ni antes de una presentación, ni antes de una cita, ni antes de un examen. Pero está nerviosa ahora. Su mirada se distrae con las nubes oscuras que se asoman por la ventana, luego regresa a mí.

—Los correos —dice. Es todo lo que dice al principio.

Me quedo quieta, sin entender lo que está pasando.

—Yo los envié.

No alcanzo a procesar sus palabras. Hay un zumbido en mis oídos y todo suena distorsionado, apagado. Siento como si estuviera fuera de mi propio cuerpo, como en esas películas donde la cámara sale de una persona y se aleja hacia el cielo.

—No fue a propósito —dice, el inicio de una catarata de palabras, como si tuviera miedo de que no fuera a dejarla seguir—. No todos. Solo… solo estaba leyendo el borrador que le escribiste a Julius, y pensé en todos los años que se la había pasado haciéndote la vida de cuadritos, y en ese momento pensé… No lo sé, estaba cansada de ver cómo todo mundo te pisoteaba. Era solo un correo, se suponía que fuera solo un correo. Pero tenías tantas pestañas abiertas, y tu compu estaba lenta, y cuando presioné enviar, nada ocurrió, así que solo… seguí presionando y presionando y de repente todos tus borradores habían sido enviados y no podía deshacerlo…

Estoy petrificada de la impresión.

—Espera —logro decir. Me aprieto las sienes—. ¿Tú enviaste los correos?, ¿cuándo? No, espera…

De repente comienzo a recordarlo todo, y cada detalle tiene sentido. Cuando regresé al salón, mi computadora se había movido.

—Dios mío —exclamo. Parte de mí no se lo cree. Parte de mí está esperando que ella me diga que es una broma, que se lo está inventando.

—No debí haberlo hecho a tus espaldas —susurra, pálida—. Yo lo sé. Lo siento… Lo siento tanto. Quiero hacerme responsable. Puedo… Puedo escribirle una explicación a cada persona que recibió un correo tuyo. Haré lo que sea. Solo… Por favor, no te enojes conmigo.

—No entiendo —respondo, palabra por palabra, incluso si mi corazón late a su velocidad máxima—. ¿Por qué no dijiste nada?

—Lo intenté, lo prometo. —Levanta una mano como si estuviera haciendo un juramento—. Pero no encontré el momento correcto para hacerlo y, bueno, yo pensaba que lo que había hecho era lo mejor, a la larga. Toda la vida he pensado saber qué es lo más correcto, pero entonces ocurrió lo de Liam… y me hizo pensar que mi instinto no es tan confiable como pensaba.

Hace una pausa. Traga saliva. Mira al suelo.

Pero por entre mi sorpresa y mi furia, todavía siento un espasmo de simpatía bajo mi pecho.

—Además —prosigue—, por un momento parecía que todo iba a salir bien. La gente te empezó a respetar más, ya nadie te pisoteaba. Y Julius y tú se volvieron más cercanos…

El sonido de su nombre es como el azote de un látigo.

—Él es la razón por la que los correos jamás debieron de haber sido enviados en primer lugar.

Estoy temblando. Se siente como si me estuvieran sacudiendo. Como si una fuerza invisible me tomara de los huesos y de los músculos y de los nervios y comenzara a sacudirlo todo. Los dientes me castañean. No puedo controlar el pulso de mis manos. Todo esto es tan poco natural que no sé qué hacer, si quedarme de pie o sentarme o largarme del cuarto o gritar hasta quedarme afónica. Abigail y yo nunca peleamos. Ella es demasiado relajada, y a mí me provoca pavor la confrontación. La pelea más significativa que tuvimos antes de hoy fue sobre si las papas contaban como verduras.

—Si él nunca los hubiera leído, no nos habrían obligado a hacer todas esas tareas ridículas ni a pasar tanto tiempo junto, y yo no habría tenido que hacer esa fiesta, y él no me habría gustado. Pero ahora me gusta, Dios, y se… de verdad… —Busco las palabras correctas, la forma más sofisticada de expresar el dolor que siento en el pecho—. Se siente de la mierda.

—Oye, oye. —Por un segundo, Abigail parece olvidar que estamos a media pelea. Se queda boquiabierta—. Pensé que estabas en contra de decir groserías…

—Es horrible —prosigo con rabia—. Es indignante lo mucho que me importa. Incluso ahora. No debería desear esto. No debería desearlo.

Su boca se abre más. Está mirando algo detrás de mí.

—Em… Sadie…

Pero estoy demasiado enojada para detenerme.

—De todas las personas en la escuela, por alguna razón tiene que ser la persona que me llamó para burlarse de mí cuando me dio fiebre y no pude ir a entrenar…

—Sadie —repite Abigail, más fuerte esta vez.

—Es como si me hubieran envenenado —afirmo con comezón en las manos—. Es como una enfermedad, y de alguna forma, él es tanto la causa como la cura. Lo odio tanto, pero no puedo controlar mi propio cerebro…

—Sadie.

Me congelo. Porque esta vez, no es la voz de Abigail, sino una voz grave y masculina, proveniente de mis espaldas.

Se me desmorona la vida entera mientras giro sobre mí misma, rezando por que no sea él, no puede ser él, que sea cualquiera menos Julius…

—Disculpen la interrupción —dice. Lleva mi suéter en una mano, y no puedo leer ninguna de las emociones en su cara mientras me mira a los ojos—. Dejaste esto en la fogata.

Es difícil escucharlo por encima del sonido de mi dignidad rompiéndose en mil pedazos. Por un momento considero hacer como que todo fue una gran broma, o quizás un monólogo de teatro, una obra sobre el feminismo moderno, pero me doy cuenta por su expresión, por el silencio terrible que crece en la habitación, que el daño ya está hecho.

No hay cómo regresar de esto.

—Gracias —logro decir como por milagro. Aparto la mirada mientras tomo el suéter de su mano. Mi piel tiene la temperatura del sol.

—No hay de qué —me dice, igual de cortés.

Probablemente sea lo más cordiales que hemos sido el uno con el otro.

Nadie habla.

Mi mirada está fija sobre una grieta en la pared. En mi visión periférica, puedo ver a Abigail mirar las nubes por la ventana. Julius está mirando mi cara. Es agonía pura.

—Bueno, gracias por la visita —le digo al suelo debajo de Julius cuando ya no puedo soportarlo más—. Esto ha sido muy divertido. Si eso era todo, por favor, siéntete libre de marcharte cuando...

—No —se apresura a decir.

Mi cabeza se levanta en contra de mi voluntad. A esto es a lo que me refiero con la enfermedad porque solo alguien grave de salud escucharía esa única palabra y se preguntaría: ¿qué?, ¿hay más?, ¿no quiere irse?, ¿no le gusto?

Pero antes de que pueda decir más, un trueno ensordecedor nos estremece a los tres. El sonido es tan potente que el suelo de madera comienza a temblar. Miro por la ventana justo a tiempo para ver cómo se abre el cielo y cae el agua sobre la tierra. Es impresionante atestiguar la forma en la que baja la lluvia, las gotas que se rompen contra la superficie del lago como miles de cuchillos diminutos. En cuestión de segundos, el pavimento ha cambiado de gris a negro y las plantas silvestres han quedado rodeadas de charcos.

Entonces, desde el interior de la cabaña, alguien comienza a gritar.

Capítulo XX

Ray está temblando.

Lloriqueando, más bien. Está parado en medio del pasillo con su pijama de puntitos, sosteniéndose el brazo con una mirada tan alarmada, tan horrorizada, que mi primera reacción es buscar sangre. Su ropa está empapada, pero no hay nada de rojo. Es solo agua.

—El techo está goteando —jadea—. Estaba haciendo mi rutina para la cara y sentí el salpicón del agua sobre mi brazo.

—¿Desde cuando tienes una rutina para la cara? —pregunta Jonathan Sok detrás de mí.

No es ninguna sorpresa que los gritos de Ray hayan hecho que todos salieran de sus habitaciones. Basta mirar alrededor para darme cuenta que la mitad de mis compañeros llevan pijamas también. Georgina parece haber salido directo de la regadera. Todavía tiene burbujas de jabón en el pelo.

Ray entrecierra sus ojos.

—¿Qué tiene de malo? Lo que pasa es que tienes envidia de mi cutis cuidado y perfecto.

—Oye —protesta Jonathan—. Mi cutis no tiene nada de malo.

—Si tú lo dices…

Pero la voz de Ray es acallada por el ímpetu violento de la lluvia. En cuestión de segundos, el agua se empieza a colar por el techo y a caer sobre nosotros.

—¿Ven? —dice Ray, dando un salto hacia atrás— Aquí también hay goteras.

—¡Perfecto! Justo lo que necesitaba —Georgina camina hasta posicionarse debajo de uno de los chorros—. Hay que ser ingeniosos, chicos.

Tengo que admirar su forma de mantenerse optimista.

Más voces comienzan a quejarse, y el bullicio de la cabaña se mezcla con el sonido de la lluvia.

—Mi ropa se va a empapar. Este *blazer* solo se limpia en seco…

—El agua está helada…

—No puedo dormir así…

—Quiero irme a casa…

—¿Dónde están los maestros cuando los necesitas?

—Creo que están todos intoxicados…

—Así es como comienzan las películas de terror…

Siento un martilleo en la cabeza. Quiero unirme a ellos. Quiero gritar y quejarme y esperar a que alguien llegue a limpiar este desastre. Pero el agua se está filtrando con demasiada rapidez, y sé que la madera quedará dañada si no hacemos algo rápido. Hubo una tormenta así hace unos años y nuestra panadería apenas sobrevivió.

Me obligo a apretar las manos y a abrirlas de nuevo. Respiro hondo.

Uno.

Dos.

Tres.

—Alguien vaya por Edu —digo en voz alta, y todos guardan silencio—. ¿Alguien sabe dónde está?

—Eh, creo que está dormido —ofrece alguien—. Estoy seguro de que lo escuché roncar de camino a la cabaña.

—Ve a despertarlo —ordeno—. Debe haber trapeadores en el clóset de limpieza, pero solo él tiene las llaves. Mientras, todos agarren una cubeta o contenedores de la cocina o lo que puedan encontrar para sacar el agua…

Una risa interrumpe mi oración.

Me doy la vuelta y se me cae el estómago. Danny está de pie al fondo del pasillo, de brazos cruzados. Puedo ver esas palabras horribles de nuevo, como si estuvieran escritas en rojo ardiente: «Sadie Wen es una perra».

—¿Es en serio? —pregunta— ¿Incluso cuando no estamos en la escuela te pones a darnos órdenes?

La sangre se me hiela.

—No estoy…

—¿Solo porque eres capitán escolar?, ¿o porque piensas que eres una buena estudiante o lo que sea? —Tuerce los ojos— Te crees tan importante, pero la verdad, todos estamos hartos de ti, Sadie. No tenemos que hacer nada de lo que dices.

Puedo escuchar la detonación del latido de mi propio corazón dentro de mi pecho. No me sorprendería si todos pudieran escucharlo también.

—De verdad, de verdad, este no es el momento —logro decir—. Yo sé que me odias y está bien, pero la cabaña literalmente se está inundando…

—No cambies de tema.

—Tú eres quien está cambiando de tema —le digo, incrédula—. Yo solo digo que hay un asunto mucho más urgente que tratar. Si tienes una solución, estaré encantada de escucharla, pero si no, lo menos que podrías hacer es cooperar…

—Deja de actuar como si fueras mejor que nosotros —estalla Danny—. Eres el tipo de persona que escribe mal de otros a escondidas, como con tus correos.

—Y tú eres el tipo de persona que escribe «Sadie Wen es una perra» en el cobertizo de bicicletas.

El sonido de la reacción del público se escucha por encima de la lluvia.

—Demonios —susurra alguien.

No puedo creer las palabras que están saliendo de mi boca, pero se siente bien. Estoy tan harta de hacerme la linda, de sonreír mientras el resto del mundo me pisotea. Me estoy dando cuenta de que si te callas las cosas que te duelen, la gente verá tu paciencia y pensará que les estás dando permiso. Y te van a lastimar una y otra vez.

—Sí, ya sé que fuiste tú —le digo con frialdad, cruzándome de brazos.

Danny me mira.

—¿Lo sabías?, ¿entonces tú enviaste a Julius a golpearme?

Un silencio súbito cae sobre la habitación. El mundo se detiene.

Ahora me toca a mí mirar a Danny.

—¿Julius fue quien te golpeó?

—¿Julius lo golpeó? —alguien pregunta en el fondo— Pero pensé que él y Sadie se odiaban.

—Pero se besaron —alguien responde—. En la fiesta, ¿recuerdas?

—Espera, ¿Julius y Sadie se besaron? —pregunta la misma voz— ¿Por qué no estoy enterado de este chisme?, ¿cómo me lo perdí?

—Sí, bueno, ya que ella le mandó todos esos correos…

—Técnicamente fue Abigail quien mandó los correos.

—¿Abigail los envió?, ¿Abigail, la mejor amiga de Sadie?

—Perdón, sí, estaba cruzando el pasillo y escuché un poco de su conversación… pero me fui justo cuando Julius llegó a su habitación. Creo que le gusta.

—¿El cuarto de quién?

—El de Abigail.

—Espera, ¿a Julius le gusta Abigail?

—No, a Julius le gusta Sadie. Solo comparten el mismo cuarto.

—¿Julius y Sadie comparten cuarto?

—No… Dios santo, por esto no te enteras de los chismes.

Estoy respirando con un nudo en la garganta y mirando a mi alrededor, pero no puedo encontrar a Julius. No tengo idea de dónde esté o qué signifique esto o por qué estoy haciendo exactamente aquello de lo que acusé a Danny: olvidar el asunto presente. Es tan extraño cómo funcionan nuestros cerebros, cómo se organizan nuestras prioridades por emoción y no por significado. La cabaña podría inundarse y seguiríamos chismeando, tan obsesionados con nuestros propios rencores, querellas y flechazos para darnos cuenta de que el cielo se está cayendo.

—Solo… Alto —le digo a nadie en particular—. Alto. Si no están de acuerdo conmigo, no los puedo obligar a hacer mucho. Pero si están de acuerdo, por favor, escúchenme.

No espero nada.

Por un momento, parece que tengo razón. Nadie se mueve. Nadie hace nada.

Pero entonces Rosie me sonríe.

—Va. Lo tengo. Ya vengo con las cubetas. —Es como magia. Por primera vez creo que entiendo el término *influencer*. Porque con unas simples palabras, todo mundo ha sido influenciado. Sus amigas ponen manos a la obra de inmediato, y alguien consigue una cinta para detener las goteras más pequeñas. El agua cubre la mayor parte del pasillo, pero logramos evitar que llegue al área común.

Justo cuando pienso que ya ha pasado lo peor, el foco sobre mí comienza a vacilar. Hay un zumbido fuerte, como de un insecto atrapado en una trampa.

Y entonces se va la luz.

El área común está completamente a oscuras.

Tanteo el camino por la oscuridad, lejos de los demás, guiándome por el yeso frío y duro de las paredes. Afuera, la lluvia cae con mayor intensidad. El agua azota contra el techo con la fuerza de un monzón. El viento chilla entre los árboles, y me inquieta lo mucho que suena como el llanto de una niña.

La piel se me pone de gallina. Soy consciente de cada silbido que entra por las ventanas, de cada quejido que exhala la duela.

Trago saliva, me froto las manos para calentarlas, pero el viento comienza de nuevo, más fuerte. Siento un escalofrío bajar por mi nuca.

«Detente», me ordeno, maldiciendo a Julius por contar esa terrible historia. «Es una historia inventada. Solo la contó para asustar a los demás».

Doy otro cuidadoso paso al frente…

Y una mano fría me toma de la muñeca.

Dejo salir un grito ronco. Todo pensamiento racional me abandona. Mis instintos de supervivencia toman control, y ya que no tengo a donde huir, mi cuerpo pelea. Jaloneo, me retuerzo, golpeo y pateo como un animal salvaje que ha sido arrinconado. «Dios mío», pienso cuando mi puño hace contacto con algo duro. «Estoy a punto de ser asesinada por una chica fantasma en una cabaña en medio de la nada. La escuela ni siquiera se hará responsable porque nos hicieron firmar ese formulario…».

—Sadie. Basta… Ouch, basta…

No suena a una niña fantasma con hambre de venganza. Me toma un momento reconocer la voz. Julius. Mi mente lo comprende, pero mi cuerpo no ha recibido la señal; sigo pataleando, forcejeando, tirando golpes en la oscuridad. Entonces sus dedos aprietan con más fuerza alrededor de mi muñeca. Toma mi otra muñeca. Las sostiene ambas con una sola mano, las retiene contra la pared detrás de mí, sobre mi cabeza.

—Sadie. Quieta.

Me detengo, pero mi corazón todavía martillea con tanta fuerza que puedo escuchar la sangre que bombea por mis venas. Por más de una razón porque pronto mi visión se ajusta lo suficiente para distinguir la cara de Julius a centímetros de la mía. Está respirando fuerte, y los músculos del brazo que me sostiene están tensos. Un paso más y nuestros labios se tocarían.

Mi cerebro se satura de todo lo que ha ocurrido. Su mirada en la puerta de la habitación. La idea de que golpeó a Danny por mí. El hecho de que me escuchó decir con total claridad que me gusta tanto que se siente como si estuviera enferma…

«Cállate», le digo a mi cerebro.

—¿Por qué me asustas así? —No sé por qué, pero estoy hablando en voz baja— Pensé que eras Scar… —Me detengo, pero es muy tarde.

—¿Scarlett? —Su sonrisa es afilada, incluso en la oscuridad, como el brillo de un cuchillo— Me halaga que mis habilidades para contar historias te parezcan tan convincentes. Si tienes miedo, puedes decirme.

—No tengo —Sí tengo. Tengo tanto miedo que no puedo respirar. Estoy aterrada. Pero apenas y puedo admitir que él es el centro de mi miedo. Estar a solas con él. Estar en esta posición. Intento liberarme, pero su mano no cede.

—Prométeme que no me golpearás de nuevo —me dice.

—Julius… Dios, solo déjame…

—Prométemelo —insiste, su voz junto a mi oído, la calidez de su aliento sobre mi piel. El cuerpo entero se me enchina.

Asiento tras unos segundos, y él me suelta, pero no da un paso atrás.

—Quería hablar contigo —susurra.

Mi corazón enloquece. «Esperanza». Una esperanza tonta e irracional dentro de mí. Pero me la quito de la voz, porque hay mil direcciones que esta conversación podría tomar. Igual y solo quiere hablar sobre el examen de Matemáticas la semana que viene. O sobre el clima. O sobre lo bonita que es Rosie. Quizá ya no hay cubetas. Si no es aquello que deseo con tanta desesperación, al menos me puedo ahorrar la vergüenza de esperar algo que no es.

—¿Por qué?

Él exhala una risa.

—Eres demasiado lista para hacer una pregunta así. Sabes por qué. Los dos lo sabemos.

—¿Qué, me vas a acusar de compadecerte de nuevo?, ¿de ser demasiado buena? —le pregunto. Es un reto. Me doy cuenta de que esto es lo que hacemos. Hablamos en círculos. Nos damos acertijos, pistas confusas, respuestas a medias. Todo y cualquier cosa excepto la verdad.

—No… No, y lo lamento —se apresura a decir. Traga saliva. Nunca lo he escuchado tan nervioso, tan inseguro, y el enojo me abandona—. No era mi intención decir esas cosas. No debí haber asumido… Había dos explicaciones posibles sobre por qué estabas actuando de esa forma, y la otra parecía demasiado lejana. Y… tenía miedo.

—¿Miedo? —lo que me quedaba de frustración se evapora como un charco un día de verano. Casi es gracioso; nadie más me hace enojar como él, pero me es imposible mantener ese enojo— ¿De qué?

—De perder —susurra.

Estoy atónita.

—Tienes que entender… Si supieras el efecto que tienes en mí, la frecuencia con la que pienso en ti, las cosas que haría por ti… No tendría ninguna oportunidad de competir contigo jamás. Me quitarías todo —dice con el ritmo de una llamarada, como si las palabras lo estuvieran quemando por dentro, como si tuviera que sacarlas antes de que el dolor se vuelva insoportable—. No solo un campeonato de debate o puntos extra para un examen o un premio o un lugar en una competencia… sino mi corazón entero. Mi orgullo. Dios, mi cordura. Me aniquilarías.

Solo puedo mirarlo. Tengo miedo de parpadear, de respirar, de que cualquier movimiento de mi parte derrumbe la fantasía o el sueño lúcido que estoy viviendo. No puede ser que me esté diciendo estas cosas a mí. Sobre mí.

—Digo, nada ha pasado entre nosotros en realidad —me dice con voz ronca—, y de por sí me es difícil concentrarme cuando estás cerca. Mi hermano tenía razón, en algún sentido, en tanto que eres una distracción, pero eres mucho más que eso. No puedo fingir que me preocupan las cosas que antes me importaban. No puedo dormir. Repito en mi mente cada mirada tuya. Leo y releo tus correos hasta que los tengo memorizados.

Tú me hiciste esto —me dice, y hay un filo en su voz, casi de acusación.

Mis rodillas tiemblan. Es demasiado para procesar. Siento cómo voy cayendo, resbalando de la pared hacia el suelo.

—Tenías que escribir esos correos horribles —prosigue, bajando conmigo. Solo que él está arrodillado, y sigue demasiado cerca. Estoy segura de que puede escuchar mi corazón—. Tenías que besarme, patearme, y llenar mi cabeza con tu voz. Dejaste claro, demasiado claro, lo mucho que me odias. Que soy la última persona que jamás considerarías. Pero yo seguí buscando pistas que indicaran lo contrario. Seguí preguntándome si sería posible. Porque estoy dispuesto a perderlo todo —me dice, y sus ojos son más negros incluso que la oscuridad que nos rodea, que la noche que nos cubre—, pero no te puedo perder a ti.

No termino de procesarlo.

No puede ser una fantasía. Estoy segura de eso. Mi propia imaginación no alcanzaría para esto.

—Claro que si tú… si tú no quieres esto —nos dice a mí y al silencio, apartando la mirada—, puedo aceptarlo. No lo mencionaré de nuevo. Yo sé que no soy… Yo sé cómo soy. Soy exasperante. Y egoísta. Y cruel. No soy perfecto como mi hermano. Está bien si no me eliges, de verdad… No esperaría ser tu primera opción. No te culparía si…

—Sí te elijo.

No parece escucharme al principio. Sigue hablando, dejando salir las palabras como agua de lluvia.

—No siempre puedo decir cosas lindas y a veces te molesto solo porque quiero que me mires y… Espera —se detiene. Incluso su respiración se petrifica en su garganta—. ¿Qué… qué dijiste? Dilo de nuevo.

—Te elijo —le digo en silencio, agradecida con las sombras que ocultan mi rubor. Con la pared que sostiene mi peso—. Siempre serás mi primera elección, Julius Gong.

—¿De verdad?

—De verdad.

Sus ojos se abren y él se inclina hacia mí con los labios medio abiertos y las manos temblando como polillas sobre mi cara. Es claro lo que busca, y casi lo dejo. Pero no se lo voy a dejar tan fácil.

Giro mi cabeza.

—¿Qué no dijiste que preferirías morir a besarme de nuevo?

Él deja escapar un gemido a medias, casi de dolor, y el sonido entra a mi torrente sanguíneo. Me acelera el pulso.

—Dios, sí que sabes ser rencorosa.

—Son tus palabras, no las mías —le digo, rehusándome a ceder.

—Me estás matando —susurra contra la base de mi cuello. Sus labios rozan mi piel, su otra mano sube por mi nuca y se enreda en mi cabello. Me acaricia con la punta de sus dedos. Me toma un esfuerzo tremendo mantenerme firme—. ¿No es eso suficiente?

—No —Intento ignorar el calor de mis venas. Su aroma a menta y a lluvia. Por una vez tengo todo el poder y sería una tonta al no aprovecharlo, sin importar lo mucho que quiera que me bese de una vez.

—Está bien, entonces. —Su respiración abrasa mi oído. Me roza la mejilla—. Por favor.

Puedo sentir mi corazón enloquecer.

—¿Qué?

—Por favor, Sadie. Te lo ruego.

Una sonrisa triunfante se revela en mi cara.

—Está bien. Supongo que, en ese caso…

Ni siquiera me da tiempo de terminar mi oración. Su boca se posa sobre la mía en un instante, desesperada, urgente. Y yo me dejo llevar. Odio rendirme, pero quizá es distinto cuando ambos nos rendimos ante la misma cosa porque esto no se siente horrible. Todo lo contrario. Me zumba el cerebro, y todos mis pensamientos flotan como en fragmentos mientras él me besa más, mientras pone su mano alrededor de mi cintura y me presiona contra la pared. Pensamientos como:

«Si me hubieran dicho que esto ocurriría hace un año, me habría explotado la cabeza…».

«Juro por Dios que si alguien nos escucha…».

«Quizás lo de los correos no fue un desastre después de todo…».

«Sus labios son tan suaves…».

«Sus manos…».

«Julius…».

«Julius».

—Julius —respiro.

Siento su sonrisa contra mis labios. Su voz como seda pura.

—¿Sí?

—N… Nada. Solo… —Es difícil concentrarme. Aprieto los ojos—. Esto no se siente real.

Él se hace hacia atrás, y la ausencia de su cuerpo se siente como un dolor… hasta que besa la curva de mi cuello. Susurra:

—Lo sé, incluso cuando lo había imaginado…

—¿Te lo imaginaste?

Él se detiene, y se siente como un castigo. Luego me besa de nuevo, con firmeza.

—¿Siempre le pones tanta atención a lo que dice la gente? —me recrimina entre jadeos.

—No. Solo a lo que tú dices.

Respira hondo.

—No puedes hacer eso, Sadie. —Su mano se aprieta sobre mi cintura—. No sobreviviré.

Yo no sé cómo sobreviviré a esto, lo abrumador de la sensación, el deseo ardiendo en mi cuerpo como un incendio forestal, la necesidad de más…

Me besa de nuevo y apenas alcanzo a decir:

—Espera… Julius, espera…

Con lo que parece un esfuerzo titánico, él se aleja solo unos centímetros. Se ve casi intoxicado, delirante. Toco la base de su cuello, siento el bombear de su pulso bajo la yema de mis dedos.

—¿Qué ocurre?

—¿Y si somos malos para esto? —le pregunto con una voz diminuta.

Como respuesta, él solo se acerca a mí, tan maravillosa y terriblemente cerca, y su boca traza el contorno de mi quijada. Todo da vueltas, descontrolado, y mi pulso se acelera y me deja atrás. Casi se me olvida cómo hablar. Cómo respirar.

—¿Esto se siente mal?

—No, no me refiero… —Levanto la cabeza sin pensarlo—. Me refiero a ti y a mí. Nos hemos odiado por diez años, nos hemos hecho la vida imposible. ¿Cómo sabes que…? —Me obligo a mantener la concentración mientras él acaricia mi labio con su pulgar— ¿Y si somos malos gustándonos?, ¿y si no sabemos ser cordiales, o buenos…?

—No planeo ser bueno —me susurra—. Y tampoco espero que tú lo seas.

—Pero…

—Somos nosotros, Sadie —me dice, como si fuera respuesta suficiente—. ¿Cuándo hemos sido malos para algo?

Tiene un punto. Un muy buen punto. Y en cualquier caso, no tengo fuerza para debatírselo más porque me está besando de nuevo, y lo es todo. Es tan perfecto, tan satisfactorio. Como si me hubiera estado ahogando en silencio días, meses, años, y ahora finalmente pudiera respirar. Nada jamás ha tenido tanto sentido como sus manos sobre mi cadera, su corazón contra mis costillas, el sonido involuntario que hace cuando yo ajusto mi postura, cuando mi mano se desliza desde su cuello hasta el hueco de su clavícula. Dice mi nombre, lo susurra como si fuera sagrado. Y justo cuando me pregunto cómo podría detenerse esto, cómo podría hacer otra cosa más que escucharlo respirar, dejarlo besarme hasta que mi cabeza dé vueltas…

La luz regresa.

Parpadeo, encandilada, y me alejo de él. Me toma unos segundos recobrar la visión. En cuanto veo a Julius, siento un bochorno subir por mi cuello. Sus labios están hinchados, su cabello negro está despeinado donde estaban mis manos.

Se siente como ese momento surreal en el cine, cuando empiezan los créditos y las puertas se abren y los extraños alrededor de una se levantan de su asiento, recogen sus palomitas, y encienden sus celulares. Y una parte de ti sigue animada, sigue inmersa en otro mundo, con el estómago en la garganta, sin saber dónde empieza y dónde termina la vida real.

Julius me mira, nervioso. Como si estuviera esperando a que le diga algo. A que me retracte, ahora que el velo de la oscuridad se ha levantado y puedo verlo claramente.

Mi corazón palpita.

Quiero que sepa que se ve más hermoso que nunca bajo la luz, de cerca. Quiero besarlo de nuevo, hasta que todas sus dudas desaparezcan. Quiero quitar todo lo que le ha hecho daño. Pero por ahora, solo sonrío. Le doy mi mano.

—Ven. Vamos a ver qué tan grave es el daño.

Capítulo XXI

Me escabullo de regreso a la habitación a la media noche. Abigail me está esperando. Está casi en la misma posición y en el mismo lugar en el que estaba cuando la dejé, y me invade una sensación abrumadora de *déjà vu*. Como si el tiempo se hubiera detenido, pero hay tanto que ha pasado. Todavía puedo sentir el fantasma de las manos de Julius alrededor de las mías.

—¿Todavía estás enojada conmigo? —me pregunta.

Me siento y le doy unas palmadas al colchón para que se siente también. ¿Estoy enojada? Busco dentro de mí cualquier vestigio del enojo que sentí, pero no encuentro nada. No quiero discutir con ella. Solo quiero estar con mi mejor amiga.

—Eso es lo que mi mamá siempre hace antes de regañarme —susurra.

—No te voy a regañar —le digo—. Solo tengo unas preguntas.

Ella hace un gesto de horror.

—Eso es exactamente lo que dice también.

—De verdad. Tengo curiosidad genuina... ¿Por qué lo hiciste? —le pregunto. Es lo único que no puedo dejar ir, que no puedo entender— ¿En qué estabas pensando?

Ella se abraza las rodillas. No puedo estar segura de lo que dirá, pero jamás habría adivinado que sería:

—¿Te acuerdas de cuando le echaba agua hirviendo a las botellas de plástico antes de que me dijeras que eso soltaba cosas químicas peligrosas?

—Em, ajá —le contesto.

—¿O cuando casi toco mercurio porque pensaba que era como una versión rara de la plata?

—Sí.

—¿O cuando me convencí a mí misma de que podía escribir un ensayo de cinco mil palabras durante el almuerzo?

—Sí.

Tiemblo con solo recordarlo. Casi me salen ronchas por el estrés que sentí por ella.

—Definitivamente.

—Bueno, nunca he sido así muy, muy lista, ni talentosa. Siempre lo he sabido. No me puedo ni imaginar lo que se siente terminar una carrera en primer lugar o ser alabada por algún maestro. Mi maestra de kínder una vez llamó a mis papás a la escuela para decirles que no estaba avanzando al ritmo de los demás —dice con una risa callada—. ¿Y sabes qué hicieron mis papás? Le dijeron a la maestra que era una juiciosa de mentalidad cerrada, salieron de su oficina, y me sacaron de clases para llevarme a comprar helado. Nunca me hicieron sentir insegura. Pero hay momentos en los que aun así me quiero sentir… útil. Que alguien me necesite, de la forma en que te necesitan a ti. Y me siento así cuando doy consejos o cuando le ayudo a las personas a resolver algo en su vida. ¿Tiene eso algo de sentido?

—Un poco —le digo.

Ella descansa su barbilla sobre sus rodillas, cobijada por su cabello platinado.

—Estoy diciendo la verdad cuando digo que quería ayudarte, y que pensé que te estaba ayudando. No pensé que llegaría a tanto. No me volveré a entrometer, lo prometo —me dice—. Pero igual entiendo si sigues enojada y quieres alejarte o darme un pastelazo en la cara…

—Te aseguro que nunca en la vida he tenido ganas de darle con un pastel en la cara a alguien —me río—. Es un gastadero de comida tremendo.

Ella hace una pausa, y una sonrisa tímida se posa sobre sus labios.

—Y te aseguro que no me voy a alejar de ti —le digo, con un pequeño empujón—. Incluso si estuviera enojada contigo, puedes estar enojado con alguien y amarlo de todas formas.

—¿Lo dices de verdad? Seguimos… ¿Estamos bien?

Asiento. Levanto las cejas.

—¿Con quién más podría hablar después de que besé a alguien en el pasillo durante una tormenta?

Observo mientras ella procesa las palabras. Su boca se abre. Sus ojos se iluminan. Me toma de la mano y la aprieta.

—No me digas que… Tú y…

Solo puedo asentir una vez más, incapaz de contener mi sonrisa.

—¡No juegues! —grita, y toda la tensión entre nosotras se derrite mientras ella salta sobre la cama, y es como cada pijamada que hemos tenido: riéndonos con nuestras almohadas y susurrando con las luces apagadas—. Vamos, tienes que decirme «todo». No te guardes detalles… Bueno, no, puedes ahorrarte algunos detalles, pero, de que, ¿estuvo bien?, ¿estuvo bien él?, ¿están juntos ahora?

Me estoy riendo tanto que se me acalambran los costados, y aunque sé que estaremos exhaustas por la mañana, nos quedamos hablando hasta las cuatro de la mañana, y cuando finalmente me quedo dormida, me siento más ligera de lo que me he sentido en años.

—¿Qué tal estuvo el viaje? —me pregunta mamá desde el mostrador de la panadería. Me había preparado para un desastre al entrar; me imaginaba pan quemado, recibos sin pagar, mermelada por doquier y otros mini desastres que tendría que arreglar al regresar del viaje. Pero todo se encuentra en perfecto orden. El letrero de «CERRADO» cuelga de la puerta, y la mayoría de los estantes ya están guardados.

Dejo mi maleta sobre el suelo impecable y me siento en una de las mesas. Todavía me duelen los brazos de las actividades del campamento, mi playera está toda arrugada, y mi zapato izquierdo sigue húmedo de cuando pisé un charco camino al autobús de regreso, pero siento cómo una sonrisa se dibuja en mi cara, como si fuera la cosa más natural del mundo. Y no se me ocurre una sola razón para no sonreír, para no haberlo hecho todo este tiempo.

—Bien. Muy bien, de hecho.

Ella me mira por unos segundos con ojos cálidos.

—Te ves muy feliz.

—Tú también —le digo sorprendida, estudiándola también. No sé qué cambió exactamente, pero algo cambió. Quizás tiene que ver con la luz de la tarde que entra por la ventana y vuelve más suaves sus rasgos, o la línea relajada de sus hombros. O lo quieta que está. En todos mis recuerdos, ella siempre se está moviendo, inquieta, yendo de un lugar a otro.

—Porque tú lo estás —me dice—. Además, Max tiene buenas noticias. Ha estado esperando a que vuelvas para decirte.

Me inclino al frente.

—¿Buenas noticias?

En cuanto las palabras salen de mis labios, Max salta de la habitación del fondo.

—¡Sorpresa! —grita, con un brillo de felicidad.

De inmediato empiezo a llenarme de sospecha.

—¿Es una de esas bromas donde dices que la sorpresa eres tú porque tu presencia en sí es un regalo?

—No, pero me halaga que pienses eso —dice Max, arrastrando la silla frente a mí—. Tengo algo incluso mejor. —Hace una pausa dramática y se aclara la garganta—. Quizá quieras sentarte para esto.

—Ya estoy sentada.

—Es un decir —me dice, molesto—. Coopera, por favor.

—*Aiya*, solo apúrate y dile, Max —le urge mi mamá, saliendo de la caja para sentarse con nosotros. Incluso se quita el delantal de la panadería, lo que significa que se trata de algo grande. La he visto quedarse dormida con esa cosa puesta.

—Bueno. Básicamente, un *scout* de los Cazadores, sí, los Cazadores, ha estado asistiendo a algunos de mis juegos y... para no hacerla larga, están interesados en reclutarme. Superinteresados. De que, si esto fuera un matrimonio, ellos están comprando el anillo. Y puede que esa sea una analogía extraña, pero, de que, no importa, porque están interesados.

Mi mandíbula se desploma.

—Yo... Cómo dices... —Eso es todo lo que atino a decir—. Es... ¿Lo dices de verdad?

Él me sonríe.

—Obviamente.

No encuentro palabras que expresen la felicidad que siento, el alivio, la sorpresa, así que solo le pego en el brazo.

—¡Oye! —me grita—. ¿Por qué me...?

—¿Cuándo fue esto?, ¿por qué no nos habías contado?

—Digo, ha sido un poco una situación en desarrollo los últimos meses, y no quería darte esperanzas demasiado rápido por si terminaba siendo una decepción...

«Los últimos meses». Soy consciente de que mi boca no podría estar más abierta, pero no puedo evitarlo. Todo este tiempo he estado preocupada hasta un punto enfermizo por él y por su futuro, desesperada por resolver cualquier problema porque pensé que él no estaba preocupado en lo absoluto. Que solo no le importaba lo suficiente. Pero él está bien, mucho mejor que solo bien. Y la panadería también lo está. Y de alguna forma también lo está mi mamá, quien nos sonríe a ambos con luz en la mirada.

Y me tengo que preguntar cuándo cambiaron las cosas. O si

ha sido así por años, y yo he estado demasiado nublada por mi culpa para ver que en realidad todo está bien.

Me pesa el corazón de pensarlo, y siento una mezcla de felicidad y tristeza.

—Me da muchísimo gusto —le digo a Max—. De verdad.

Él arruga la nariz, pero también me da un golpecito en el hombro. Es lo que solíamos hacer cuando le ganábamos a papá en el básquet. Y lo he extrañado. No solo a nuestro papá, sino a estar en el mismo equipo que Max.

—No te me pongas toda sentimental —me advierte—. Guárdalo para cuando rompa un récord mundial.

—Bueno. Entonces me ahorraré el discurso y me pondré a hacer algo productivo. —Miro alrededor, buscando un trapo—. ¿Ya quedaron limpias todas las mesas? Porque puedo…

—No —dice mamá.

—¿No? —repito, confundida.

—Acabas de regresar —me dice—. Descansa. Relájate. Haz lo que quieras.

Yo titubeo.

—¿Estás segura?

—Ve —ella insiste.

«Lo siento». Las palabras llegan a mis labios por instinto, pero me las trago, las encierro junto a la parte de mí que cree que la felicidad de los demás debe costarme la mía. Intento algo distinto.

—Gracias —le digo en voz baja. Se siente distinto. Extraño. Pero tiene un sabor dulce, como el aire de la primavera, como el aroma a pay de fresa.

Como un inicio.

En el camión a casa, me siento junto a la ventana y escribo un correo nuevo:

Julius:

Te escribo para informarte que eres la persona más exasperante que he conocido en la vida. Tú, tus sonrisas arrogantes y afiladas, tus ojos burlones, tu soberbia y tu vanidad. Tu voz cuando dices mi nombre, tus manos cuando están alrededor de las mías. No sé mucho sobre los vicios me gusta pensar que no tengo ninguno, pero si tuviera, tú serías el único que tendría. Es como una adicción o una obsesión. Nunca he conocido a nadie de la forma que te conozco a ti, y aun así me quiero sentar junto a ti, estar cerca de ti, más cerca. Quiero que me cuentes todas tus historias, quiero escucharte hablar hasta que la noche se hunda en el cielo y las estrellas desaparezcan. Quiero que me guardes como un rencor, como un juramento, que me persigas como un fantasma. Me agravia lo hermoso que eres.

Quizás esperes una disculpa después de todo este tiempo, así que te ahorraré el suspenso: no hay ninguna. Me disculpo demasiado —estoy trabajando en ello, lo prometo— pero no me disculpo por esos correos.

¿Recuerdas la noche en que me los encontré, a tu hermano y a ti? Bueno, no me los encontré, te seguí. Pero eso no importa. Esa noche vi dolor en tu mirada, y todo en mí ardió. No sé si lo expresé con claridad suficiente en ese momento, si te terminé de convencer. Si no, déjame establecer ahora y para siempre que jamás serás un segundo lugar. Jamás dejarás algo que desear. Jamás serás algo que no sea bueno.

Porque te importa lo que tus padres piensen de ti. Porque puedes hablar de todo menos de lo que te duele. Porque nunca te comprometes con algo que no puedes terminar. Porque te esfuerzas de forma brutal en ser duro contigo mismo y nunca has sido blando conmigo en exámenes o competencias. Porque me retas, me distraes cuando mi cerebro está siendo cruel, me afilas cuando el mundo me quiere dejar sin filo. Porque cada vez que me cansaba en clase, te miraba al otro lado del salón y encontraba una razón para seguir.

Ya que estoy haciendo mi orgullo a un lado durante este correo, déjame contarte un secreto. Cuando tenía catorce, solía tirarme en mi cuarto y preguntarme lo que se sentía enamorarse. Toda mi inspiración venía de canciones y de películas. Pero igual me lo imaginaba. Lo que sería ser alguien que tuviera a alguien más. Me imaginaba ternura. El concepto del infinito. De paciencia sin fin. Imaginaba a alguien que me seguiría incluso si corriera. Que sostuviera mis penas en la palma de su mano. Alguien a quien le importara, que quisiera entender.

Y ahora estás tú. Todo este tiempo has sido tú y ni siquiera me di cuenta. En retrospectiva, es lógico, ¿no? Para vencer al enemigo, hay que entenderlo de forma íntima. Hay que observarlo, aprender sus debilidades, memorizar todas sus palabras, seguir su progreso, anticipar su próximo movimiento. Por años pensé que me estaba preparando para destruirte, cuando en realidad me estaba preparando para amarte.

Todo esto para decir: ojalá encuentres esto en tu bandeja de entrada y lo leas.

Y ojalá me encuentres a mí también,

Sadie

Recibo su respuesta en solo diez minutos. Son solo dos enunciados.

Tenías razón, Sadie Wen. Estoy absoluta e irremediablemente obsesionado contigo.

Con amor,

Julius.

Agradecimientos

Este libro no podría haberse logrado sin el talento y esfuerzo de las siguientes personas:

Mi eterno agradecimiento a mi extraordinaria agente, Kathleen Rushall. Gracias por siempre hacerme sentir vista y apoyada, y por acompañarme en este viaje. Quizá me cueste confiar en los demás, pero a ti te confiaría mi vida. Gracias al apoyo del increíble equipo de Andrea Brown Literary Agency.

Un enorme agradecimiento a Maya Marlette, por captar el corazón de esta historia y por ayudarme a darle su forma actual. Me daría una alegría tremenda y sería todo un honor poder trabajar contigo en un siguiente libro. Gracias a Maeve Norton, Elizabeth Parisi y Robin Har por su trabajo en esta hermosa portada. Gracias a todos en Scholastic por su entusiasmo y experiencia, incluyendo a: Elizabeth Whiting, Caroline Noll, Melanie Wann, Dan Moser, Jarad Waxman, Jody Stigliano, Jackie Rubin, Nikki Mutch, Savannah D'Amico, Lori Benton, John Pels, Rachel Feld, Erin Berger, Lia Ferrone, Avery Silverberg, Daisy Glasgow y Seale Ballenger. Todo mi agradecimiento a Janell Harris, Priscilla Eakeley, Sarah Mondello, Jody Corbett y Jessica White por desempeñar un papel integral en el proceso de preparación de este libro. Gracias a ustedes, las fantásticas Emily Heddleson, Lizette Serrano y Sabrina Montenigro. Mi más sincero agradecimiento a David Levithan, Ellie Berger y Leslie Garych.

Estoy profundamente agradecida con Taryn Fagerness de Taryn Fagerness Agency. Gracias por ayudar a llevar este libro a más lectores en todo el mundo y por todo lo que haces.

Gracias a todos los que, en Estados Unidos y en el extranjero, han promovido este libro durante todo el proceso de publicación y más allá.

Gracias eternas y por siempre a mis lectores, por ser tan amables, generosos y maravillosos. Poder compartir estas historias y personajes con ustedes, es verdaderamente una de las experiencias más significativas de mi vida.

Gracias infinitas a mis amigos dentro y fuera de la industria editorial, por su calidez y sabiduría, y por hacer todo mejor.

Gracias, por supuesto, a mi hermana Alyssa. Gracias por ser siempre mi primera lectora y una gran porrista, y por no molestarte demasiado cuando te pido tu opinión sobre cosas muy pequeñas y específicas, o cuando te hago preguntas como: «¿Sobre qué debería escribir de ti en los agradecimientos?». Estoy extremadamente agradecida por tu compañía, tu tranquilidad y tu humor; tan agradecida que casi ni siquiera me importa que seas la hermana más alta.

A mis padres: gracias por apoyarme en más formas de las que puedo contar. Gracias por animarme a leer y escribir cuando era niña, y por no asustarse cuando decidí que quería ganarme la vida leyendo y escribiendo.

感谢我的家人对我一直以来的支持和鼓励：姥爷、小姨、小姨夫、南华小姨、大大、大妈、二大大、二大妈、和姑姑.